4

みわもひ
Author / Miwamohi
イラスト 花ケ田
Illust / Hanagata

JN131201

The Reproducer of Creation Magic
創成魔法の再現者
魔法学園の聖女様〈下〉

CONTENTS

KEYWORDS

魔銘解放（リベラシオン）

『血統魔法』に封印された真の力を引き出す奥義。神代に『血統魔法』が開発された際、受け継ぐ者の手に余ると判断された一部の機能が封印された。極めて高い魔法の適性を持つ者のみがこの封印を解除し、オリジナルの神代の魔法を十全に行使することが可能となる。

灰塵の世界樹（レーヴァテイン）

赤紫色の大剣を創る魔法。エルメスが『獄界の獣遣（ケルベロス）』を打倒するために、創成魔法『原初の碑文（エメラルド・タブレット）』で創り上げた。その性質は極端な火力特化であり、魔物の類を一振りで消し飛ばすほどの破壊力を秘める。

外典魔法（オルタネイト）

『原初の碑文（エメラルド・タブレット）』で再現された“魔物の魔法”。高位の魔物が操る魔法は時に『血統魔法』すら凌駕し、人間の魔法では再現できない現象を引き起こすこともある。

トラーキア公爵家

ユースティア王国屈指の名門貴族家。現当主のユルゲン・フォン・トラーキアは王宮で法務大臣を務める。多くの貴族を傘下に収め、派閥を形成している。

それは、星の始まりを示す魔法の一つ。
姿を変え、形を変え、血によって伝わった願いの象《かたち》が、
今新たな形となって顕現する。
彼女の頭に、より複雑で美麗な模様を描く光輪が現れる。
「【天使の御手《みて》は天空《そら》を正す
人の加護に冠の花
大地に満ちるは深なる慈愛】」
佇まいは静かに。
穏やかで、温かく、されど大きな存在感。
誰もが自然と、敬意を持って膝をつくような。
祈りを捧げるような姿。
そんな神使の化身となった彼女は、
瞼を軽く沈めて両手を重ね。
――自らの魔法を、宣誓する。

「『星の花冠』――
『天審判』」
結果。
彼の背後に展開された魔弾が――
燃え上がった。
単純に火炎属性を付与《エンチャント》しただけではない。
それとは比べものにならないほど苛烈に、
強烈に、凄まじい熱量を宿して一つ一つが
太陽の如く灼熱に光り輝く。
そして、エルメスは右手を振り下ろし。
炎獄の魔弾が、一斉に魔物に向けて殺到した。

創成魔法の再現者 4

魔法学園の聖女様〈下〉

みわもひ

OVERLAP

――一つの国が滅ぶ過程というものには、大体決まった流れがある。

まずは、頂点が腐る。その国の権力構造の一番上ないしはそれに近い連中の大半が、世界の進化についていけなかったり、何かに唆されたり、身の丈に余るものを与えられて堕落したりと、様々な要因で頂点としての役割を果たさなくなる。

続けて、当然の帰結として国が停滞する。頂点の澱《よど》みは遅かれ早かれ国の全てへと浸透し、末端まで滞りきって機能不全に陥り、あちこちに歪《ゆが》みが生まれて溜《た》まっていく。

そうして限界まで溜まりきった歪みはいずれ臨界点を迎え――

それと概《おおむ》ね時を同じくして、何かしらの『破壊者』が現れる。それは時に英雄と呼べる存在かもしれないし、或《ある》いは別の国からの侵略者かもしれない。後の歴史解釈によって様々な名を付けられる類《たぐい》の彼らが、既存の権力構造、理念、信仰、価値観、そういうものを破壊してそれまでの国を滅ぼす。

かくして旧《ふる》い体制は壊され、新しくこれからの世界により順応できる体制に生まれ変わる。名を変え形を変え、移り変わりながら進んでいく。

だから国の滅亡は、滅亡と言うよりは再生、新生という意味合いが強いかもしれない。

まぁ考えてみれば当然だ、国が滅ぶと言ったってこれまでその国を支配していた連中が一瞬にして残らず首がすっ飛んではい終わり、なんてことはそうそうない。

そして……多分、ユースティア王国も近いうちにそうなる。

頂点の連中はとうの昔に腐り切っており、その澱みは魔物の活発化という形で既に国のあちこちに現れつつある。王位継承にすらここまで手こずっている始末である以上、限界をとっくの昔に超えているのは誰の目にも明らかだ。

そうして、どこかに既存の価値観を壊すような、世界を書き換えるような英雄が近いうちに現れる。ひょっとするともう表に出ていないだけで生まれているのかもしれない。

その彼、或いは彼女が中心となってこの国の腐り切った澱みを一掃し、また新しいユースティア王国を創り上げていくのだろう。当たり前の帰結。ありふれた歴史の一幕。人類が国という集合体を獲得した瞬間から飽きるほどに行われてきたサイクルだ。

今回もその一つとして。様々な苦難と理不尽を乗り越え、そいつらの手によってまたとてもとても素晴らしい英雄譚《えいゆうたん》が紡ぎ上げられていくのだろう。

ああ。


——そんなこと、させてたまるか。


舐《な》めるな、巫山戯《ふざけ》るな、馬鹿にするな。お前らの積み上げてきた罪禍は、貪ってきた禁忌は、そんなありふれた歴史の一幕なんかで終わらせて良いものでは断じてない。

権力を失って、新しい国の一員として今までと違う形で組み込まれてひっそりと幕を下ろす……なんて絶望的なまでに平和な帰結なんて絶対に許さない。

お前らだけは、きっちり『滅亡』してもらう。

「……これまで、血統魔法なんて素晴らしい先人の正の遺産をたっぷり貪ってきたんだ」

そんな決意と信念のもと、その男は口を開いて。

不敵に、粗野に、凄絶に、口の端を吊《つ》り上げて告げる。

「じゃあ——その結果生まれた負の遺産も全部テメェらに被ってもらわねぇとなぁ？」

そうやってもう一度、己の意志を確たるものにするように口にして。

「始めようぜ、ボス」

男は、地を蹴り軽やかに中空に身を躍らせ——目標の魔法学園を、見据えるのだった。

創成魔法の再現者

The Reproducer of Creation Magic

魔法学園の聖女様
〈下〉

4

みわもひ
Author / Miwamohi
イラスト 花ケ田
Illust / Hanagata

第六章 波及

学園祭が終了し、休日を挟んだ翌週。

あの対抗戦は多くの生徒と観客に衝撃を残したものの、それで時の流れまで止まるわけではない。衝撃の余韻を保ったまま学園祭の残りのスケジュールはつつがなく終了し、学園にも普段の日常が戻ってきた。

エルメスも今までの激動の日々、その集大成が一先《ひとま》ずは成功に終わり。その忙しさを取り戻すかのように、穏やかな日常を取り戻した――のは良いのだが。

「…………」

流石《さすが》に、それだけでは解決しない問題と言うべきか後始末と言うべきか。その類のものがいくつか残っている。

差し当たってその最たるものである少女が現在――エルメスの隣に座ってぷくりと頰を膨らませているのである。

「あの、カティア様」

「……何かしら」

「……お茶、おかわりをお注《つ》ぎ致しましょうか？」

「…………お願いするわ」

現在は、学園祭後週明け初日の昼休み。中庭にて昼食の卓を囲んでいる状態だ。

結局あのクライドに絡まれた一件以降、昼食を一緒に取ることができていなかったので満を持して、という形にはなるのだが、問題が一つ。

（……動き辛《づら》い）

エルメスがそう心中で呟《つぶや》く原因は、隣に座る彼の主人、カティアである。

まず、近い。お互いの体温を交換できる、ほとんど密着していると言っても良いくらいに椅子を近づけてきている。

けれど、肌を触れ合わせることはなく。されど指でしっかりとエルメスの服の裾を摘《つま》んでいる。あたかも『離れないで』と無言のメッセージを飛ばすかのように。

それでいて、表情は恥ずかしそうに紅潮しつつも軽く眉根は寄り頬がしぼむこともない。

学園祭が終わった直後から、彼女はずっとこの調子だ。

『たくさん構ってもらう』との宣言通りにずっと彼の傍《そば》にいる、どころか普段以上に色々と物理的な距離を近づけてきている。

それ自体はまあ良いとしても、加えてどこか不機嫌そうな調子も崩すことはなく、でも絶対に離れようとはしないのだから……エルメスとしても対応に困るのである。

とりあえず差し当たっては、裾を離してくれないので結構紅茶のポットが持ち辛い。

一応週明け授業後の休み時間、ニィナにその辺りのことを相談してみたところ、

「……あー、多分本当に怒ってるわけじゃないと思うよ。なんて言うかな……ほんとは

すっごく構って欲しいんだけど、学園祭であれだけ大々的に怒っちゃった以上、構われてすぐに機嫌直しちゃうのもなんかこう……違うって言うか、ちょろく見られちゃうかもって感じかな」

「…………ええと、はい」

「うん、頑張って理解しようとしたけど無理だったのはよく伝わったよ」

恐らくはかなり正鵠《せいこく》を射た発言だったのだろうが、エルメスの反応で大凡《おおよそ》察したらしくニィナが苦笑と共に頷《うなず》く。

「まあつまりぶっちゃけると、怒っているっぽいのはフリだけで本心は普通に嬉《うれ》しいはずだから。その証拠に理不尽や無理難題を言ってきたりとかはしてきてないんでしょ？」

「それは、はい」

「なら大丈夫。ちゃんと言われた通りたくさん構ってあげればすぐに機嫌は戻るよ。気難しい子猫ちゃんの相手をしていると思ってね……っていうかさ」

カティアに聞かれると色々とまずそうなたとえをした後、ニィナはそれこそ猫のように目を細めてこう提案してきたのだった。

「その不機嫌甘えモードのカティア様、絶対可愛《かわい》いよね。すごく見たいから、今日のお昼ご飯もご一緒していい？」

と提案され、宣言通り現在。

「やー、仲良しだねぇ」

「……ええ」

ニィナと、あと恐らく彼女が誘ったであろうサラが同じ卓を囲んでいる。

カティアの態度に加えて、この二人が一方は愉快そうに、もう一方は微笑《ほほえ》ましそうにこちらを見ているのでエルメスとしてはなんともいたたまれない。

……まあでも、自分にも落ち度はあった。Bクラスでの出来事が色々と濃すぎたのもあったとは思うがそれでも、方々から言われた通り彼女を蔑《ないがし》ろにしすぎた。今のエルメスはここの生徒ではあるが——やはり、彼女の従者でもあるのだから。

故に、これがその罰だというものならばむしろ軽いものだ。甘んじて受け入れよう。今週末は彼女の買い物に同行する約束も交わしている、荷物持ちでもなんでもしようと思うエルメスであった。

それに、ニィナの言う通り本当に不機嫌というわけでもないのだろう。

今日ニィナとサラの参加を許可したのもそうだ。対抗戦で派手に敵対した者同士、多少のしこりはあるかとも思っていたがそんな様子もなさそうなので、彼としても安心だ。

そう思っていると、丁度ニィナが声を上げる。

「落ち着いたようだし、とりあえず改めて。——対抗戦お疲れ様！　良い試合だったね」

「はいっ」「そうね」

彼女の声に、サラは心持ち力強く頷き、カティアも素直に同意の声を上げる。

「楽しかったねぇ。Bクラスは勝てたし、ボクも久々に思いっきり剣を振るえたし。……

それに」

　そして、一旦言葉を区切ると彼女は少し悪戯《いたずら》げな視線をカティアに向ける。

「――カティア様の、知らない一面も見れたしね？」

「……その話はやめなさい」

　カティアが、少しばかり気まずそうに視線を逸《そ》らす。

「いやーカティア様、意外と独占欲強めだったんだね。ボクもあれはいい意味でぞくっとしたなぁ。もー、前期はそんな様子一切なかったのに、こんな可愛い人だったんならもっと早く言ってよー」

「やめなさいって言ってるでしょ……っ」

「に、ニィナさん、カティア様はからかわれるのに慣れていらっしゃらないので……！」

「サラちゃん、それもフォローとしては微妙だと思う」

　今まで以上に頬を紅潮させて突っかかるカティア。彼女自身、あの時は色々とおかしかったと思っているのだろう。この不機嫌モードであってもその件だけは真っ先にエルメスにも謝ってきたくらいなのだから。……とは言え、それも元を正せば自分にも原因があるようなので。気を付けようと改めて決意する。

　その後は食事を楽しみつつ、対抗戦の内容を含んだ雑談にしばし興じる。

「……カティア様、本当にすごい魔法使いになられたんですね……直接対峙《たいじ》して改めて分かりました……」

「ありがとう。エルのおかげだけれどね」

「光栄です。……でも正直言って、僕としても想像以上でした。まさか敵に回すとあそこまで厄介とは」

「ねー。壁にも盾にも使えるくらい硬くて攻撃能力もある兵士を無限に召喚するってもうそれ、実質一人で要塞みたいなものじゃん」

言い得て妙である。他のBクラス生の健闘を蔑ろにする気はないが――それでも最後はもう、Bクラス対AクラスではなくBクラス対カティアのようなものだった。それでも辛勝が精一杯だったのだから途轍《とてつ》もない。

「実際、周りの人からの評価もそんな感じだしね」

ニィナが周囲を――この場を遠巻きに見ている生徒たちを見回してそう告げる。

今までも、見目麗しい少女たちの昼食会ということで注目を集めていたこの場だったが……今ではそれに加えて、敬意と畏怖が多分に混ざった視線がより増えたように思う。

その視線を向けられる先として最も多いのは、やはりカティア。

Aクラス自体は負けたものの、あの最後の一戦。実質八対一になった状況からあわよくば勝ちかねないほどの奮戦を見せた彼女を馬鹿にする者はほとんど居ない。

……相対的にそれ以外の見せ場が一切なく、落ちこぼれと呼ばれているBクラスに敗北した他のAクラスの面々に対する評価は悲惨なことになっているらしいが……正直知ったことではない。

そして、次にそういった視線を向けられる対象は——サラだ。

Bクラス生の個々の奮戦も凄《すさ》まじいものだったが、やはり観客の視線は分かりやすい活躍をした者に向く。その点、戦場の最前線で傷ついたBクラス生を癒し続け、時折加えられるAクラス生の猛攻からクリスタルを守り切った彼女も、その容姿や『二重適性』の話題も相まって高い評価を受けている。

聖女様、との呼び声も今回の件を通じてさらに広まったことだろう。

そして逆に言えば……あれほどの激戦で、表立って評価されたのはこの二人だけ。ということは。

「……ちょっと落ち着かないですね……あと、少し……納得がいかない、です」

「奇遇ねサラ。私はすごく納得がいかないわ」

その不安をサラが控えめに述べ、カティアがそれに乗っかるように感情を溜《た》め——すぐに爆発させる。

「なんでエルが——エルとニィナが全っ然評価されてないのよっ！」

「カティア様、ギリギリだったけどボクのことも忘れないでくれてありがとう。……まあでも、仕方ないよ」

「ですね」

無論、Bクラス全体が崩れないよう的確なサポートを挟んだニィナ、そしてカティアを押さえ込んだエルメスの働きも非常に大きかった。当人ではあるがその点に自信は持てる。

だが――この国は魔法国家。魔法ではない技術は、どうしても評価されない傾向にある。

「それに、ボクは最初を除けばなんだかんだ誰も倒してないし。エル君の方も――見る目のない人からしたらただカティア様にぼこぼこにされているようにしか見えなかっただろうしね」

「でしょうね。それで問題なのは……その、見る目のない人があまりにも多すぎるってことよ……っ」

カティアの言葉は、他でもないエルメスに向けられる視線が証明していた。

彼女らを尊敬と憧れの視線で見ている周囲の生徒たちが――翻ってエルメスには敵意に満ちた目を向ける。……まあ多分、他の原因による敵意も入っているのだろうが。

でも、構わないと思う。そう言った視線を向ける人間は無視する――のとは少し違う。彼らにも何か、『敵意を向けるだけの理由』が当然存在するのだ。

それがくだらないものか、深いものかは分からないが……少なくとも分かるまでは、特段受け入れも切り捨てもしない。

そんな、以前とは少しだけベクトルの違う無関心。ここに来て、彼が得たものの一つだ。

……あとはまあ単純に、ここまでが激動すぎたので。流石の彼も少しはこの、穏やかな時間を楽しみたい――と、思ったのだが。

(……まあ、そうはいかないよね)

奇《く》しくも以前と同じように、昼食会に現れた人間によって。

また次の……愉快なことが起こる前触れを、エルメスは感じ取った。

不幸中の幸いは以前のクライドと違って、現れた人間自体は敵意を持たない、むしろどちらかと言えば好意的な生徒だったことだろう。

「……昼食中失礼する。よろしいだろうか」

「──アルバートさん。どうしたのですか？」

礼儀に則《のっと》って、邪魔をしない距離で声をかけた男子生徒──アルバート。

サラが気付き、声をかける。一礼と共に近づいてきた彼は、こんなことを述べてきた。

「用があるのは……というより用を言いつけられたのはエルメスに対してだ」

「僕にですか？　なんでしょう」

首を傾《かし》げるエルメスに、アルバートは少しばかり言いにくそうに黙り込むが、やがて意を決して口を開く。

「……先ほど、教員の一人に呼び止められてな。

エルメス。お前を──至急教官室に連れてこい、とのことだ」

「──」

この学園における、教員からの、呼び出し。

目を据わらせるエルメスに、アルバートは察して頷くとこう告げるのだった。

「お前のことだ、大凡予想はついていると思うが──まず、ろくな用事ではないだろう。

……気を付けろ」

友人からの素直な忠告に、感謝の意を示しつつ。エルメスが次に立ち向かうべき問題が、幕を明けたのだった。

◆

そこからすぐアルバートの言葉に従い、教官室へと足を運ぶ。するとそこにいた職員にまた別室へと案内され、扉を開けた瞬間——エルメスは目を見開いた。

入ったエルメスを取り囲むようにコの字形に机が並べられ、そこにずらりと多種多様な教職員が座り込んでいる。ざっと十人ほどだろうか。

共通しているのは、全員が一様に頬杖《ほおづえ》をついていたり剣呑《けんのん》な視線を向けていたりと、こちらに対する好意など欠片《かけら》も感じられないことだろう。

カーテンは閉められ、部屋の明かりはどこか薄暗い。体感温度も冷たく、どこか床の硬さが強調されて感じられる。そして中央にできたスペース、その更に真ん中にぽつんと椅子が置かれているのだが……まさかあそこに座れと言うのだろうか。

「座りたまえ、エルメス君」

そのまさかだった。

これではまるっきり裁判の被告と同じだ。仮にも生徒にする仕打ちだろうか。

しかも、位置取りと言い視線と言い照明と言い、露骨なまで圧迫感を与えてくる。ここまでくると狙いが分かりやすい。

恐らくこの教員たちも高い家門の人間なのだろう、なるほど普通の生徒——身分や権威を至上とする人間であるならばもうこの時点で怯《おび》えきり、真っ当な発言などできなくなってしまうに違いない。それも向こうの狙いだろう。

だが、エルメスはエルメスである。

この光景を見て真っ先に彼が思うのは怯えでも恐れでもなく……呆《あき》れだ。

たかが生徒一人に話を聞くだけで。恐らく別の狙いもあるのだろうが——それでもここまで一人の生徒を詰問、或《ある》いは尋問するためだけにこれほどの人数と情熱をかけるなど、非効率の極みである。

そんなことを考えながら、表面上は大人しく着席した彼。その正面に座る髭《ひげ》の豊かな男性教員、先ほど着席を促した教員が、再び口を開く。

「それでは始めようか、エルメス君。私は学年主任をしているオーバン・フォン・ルジャンドル、侯爵家の者だ。まあ、当然知っているものとは思うが」

当然知りませんでしたが。

そう言おうとするのをかなり苦労して抑え込むエルメスの前で、そのルジャンドル主任は意外にも微《かす》かに友好的な表情を見せ。

「まあそう硬くならないでくれたまえ。ここに呼んだのは、君に簡単なことを聞きたかったからだ。つまり——」

欠片も信じられないことをいけしゃあしゃあとのたまってから遂《つい》に、その聞きたいこと。話の核心へと切り込んだ。

「先の対抗戦。君は一体――如、何、な、る、不、正、を、使、っ、て、B、ク、ラ、ス、を、勝、た、せ、た、の、だ、ね、？」

「…………」

……なるほど。

その言葉でもう、エルメスはこの教員たちへの信頼を相当に落とすことを決めた。

『何かをしたかどうか』ではなく、『一体何をしたのか』でもなく。

最早《もはや》彼らの中で、エルメスが不正をしたことは確定事項で。ここからするのは、その内容を問いただす作業だと疑いもなく信じている。

エルメスが黙り込んだのをどう思ったか、ルジャンドルは不自然に友好的な響きを作って問うてくる。

「言わないのは君のためにもならないよ？　大丈夫、私は分かっているとも。誰もが羨むAクラス生に嫉妬して、如何《いか》なる手を使ってでも引き摺《ず》り下ろしたかったんだよね？　まさに平民らしく卑しい思考だが、私は責めないよ。そう言った若気の至りを正すのも我々の仕事だし、ここは学園。身分を理由に差別はしない。白状してくれれば悪いようにはしないとも」

差別しないと言った直前に差別発言があったのは気のせいだろうか。

……しかし、大凡《おおよそ》分かってきた。

まず、エルメスを呼んだ目的は前記の通り対抗戦の詳細を問いただすことで。この人を威圧することだけに情熱を注いだ部屋で冷静さを奪い、そこでルジャンドルが友好的に問いただすことで白状を誘おうという魂胆だろう。

なるほど、理に適《かな》っている。人に何かを吐かせる上では有効な手段だ。

——本当に何か不正をしていれば、の話だが。

「と、言われましても」

何か気の利いた言葉でも返そうかと一瞬考えたが、この連中相手に迂遠《うえん》な言い方をするのもどうかと思ったので結局直球で述べることにした。

「何もしていませんが。僕たちは対抗戦までの時間を有効に使い、正々堂々対抗戦のルールに則り戦った結果勝利しただけです」

「ふざけるなッ!!」

すると、横合いから大きい怒声が飛んできた。

それを皮切りに、次々と怒りに満ちた詰問がエルメスに浴びせかけられる。

「そんなわけがないだろう、いい加減にしろ！」

「そもそもなんだ貴様のその態度は、自分が罪を問われる側だと理解しているのか!?」

「このお方は侯爵家当主の兄君だぞ！　そんな方に虚偽を述べるなど、学園でなければ即座に首を刎《は》ね——」

「へぇ、『当主』の『兄君』と。どうして先生が当主ではなかったのでしょう、不思議ですね」

あ、いけない、苛立《いらだ》ちのあまり明らかに踏んではいけない地雷を衝動的に踏んでしまったかもしれない。その証拠に怒声が静まり返り、当主の兄という情報を流した教員が口をつぐみ、ルジャンドルのこめかみに血管が浮き出た。

「……わ、私は未来ある子供たちを教え導く栄誉ある仕事は当主などよりも尊いことと考え弟に家督を譲っただけだとも。君、決めつけから余計な邪推をするのはよした方が良い。平民には分からないことかもしれないがね」

しかし、どうにかギリギリのところで持ち直したようだ。情報をばらした教員に一瞬憤怒に歪《ゆが》んだ顔を向け、明らかにコンプレックスと差別意識が噴き出ている台詞回《せりふまわ》しが所々に見られたが、それでも表面上は穏やかな表情を保っている。

冷静さを奪えたことをプラスと考え、エルメスは会話の主導権を貰《もら》うことにした。

「そもそも、『不正をした』ことを前提と考えていらっしゃるようですが——そう考えるに足る証拠はあるのですか？　したかしていないかが不明であるならば、まず通常起こり得ない『不正をした』方の根拠を先に提示するのが筋だと思うのですが」

「……は。何だい、そんなことか」

しかし、ルジャンドルは逆にその言葉で落ち着いた様子で。

「そんなことも分からないのかい？　根拠はあるとも、特大のものがね」

それを絶対の真実、普遍の定理と心の底から信じ切った声色で、揺るぎなく述べた。

「――BクラスがAクラスに勝った。これこそが絶対の根拠、揺るぎない不正の証拠じゃないか！」

「――」

「選ばれし貴族子弟が所属する、かつて私も所属していたAクラスと、そうではない落ちこぼれのBクラス。身分も、教養も礼節も実力も、そして魔法も！　全てにおいて上回るAクラスが、よりにもよって魔法での戦いでBクラスに後れを取るだと!?　あり得るはずがない、不可能だ！」

「そうだそうだ！　これ以上の根拠があるか!?　お前が――お前たちが正道に背く行いをしたことはもう決まっているんだよ！」

「そして一番怪しいのは、後期からの編入生である貴様だ平民！　分かったか!?　良いから大人しく吐け、これ以上我々に時間を使わせるな！」

……ああ、思い出した。

そうだ。身分至上主義、魔法至上主義。それを絶対不変、無謬《むびゅう》の真理と捉え。それ以外を認めず、それに背くものがあれば異常と見て処理する――

――その考えに凝り固まった貴族。まだ染まり切っていない生徒とは違う、手遅れにまで濁り切った連中が、眼前の大人たちだ。

かつてカティアと訪れたパーティーで見た、この国の現状。

生徒たちと触れ合う中で忘れかけた、忘れたかったそれを、ようやく思い出せた。

この教員たちにとって、本当にBクラスの勝利はそれだけで異常に対する絶対の根拠となりうるものであり。だからこそここまで決めつけと偏見に満ちた糾弾をできるのだろう。

……本当は、良くないと分かっている。かつて見限りかけて、サラに引き止められて学んだこと。

でも、それを理解して尚《なお》、彼は思う。理解をするより早く、深く探るよりも前に。簡単に見切りをつける前にもっとよく知るべきだということ。

まず今は全力で――こいつらを否定したい。

再度黙り込んだエルメスに、今度は勝ち誇ったようにルジャンドルが高らかに告げる。

「分かっただろう、こちらの根拠が！　むしろ君の方が今『不正をしていない』証拠を出すべきだろう!?」

「主任の仰《おつしや》る通りだ！　まあ、そんなものあるはずもないだろうが！」

「そうだな、何せ対抗戦は過去のこと！　そんな過去の様子を詳細に見て不正がないことを示す、そのようなことはできるはずが――」

「――ありますよ」

なので、まず彼は告げる。

鬼の首を取ったように騒ぎ出す教員たちを黙らせ、彼らがないと信じ込んでいるものを。

『不正をしていない証拠』とやらを、まずは出そうではないか。

（……いや、本当にありがたい。そしてすごいですね）

それを出すべく立ち上がりつつ、エルメスは心の中で感謝と敬意を示す。

この絶対の根拠を、まるで分かっていたかのように用意してくれた彼の雇い主に。

（対抗戦が始まる前、あの時点でもう。こうなることを予見していたんですか……公爵様）

そして、ゆっくりと正面に歩き出す。許可なく立ち上がったことを咎《とが》めようとした教員たちだったが、彼から発せられる得体の知れない威圧感に何も言うことができない。

そのまま正面、ルジャンドル学年主任の前に立った彼は。

懐からとある魔道具を取り出して、ことりと机の上に置いた。

「……な、なんだねこれは」

「『映像を記録する魔道具』、その再生用の部品です」

その意味を理解し、教員たちが騒めいた。

「この中に、対抗戦の様子が一部始終収められています。全体を三方向から、更に見えにくい部分を個別に撮影したものも加えて合計八つ」

「な――」

「戦い自体は単純なものになったこともあり、全生徒の最初から最後までの動きが完全に収められています。怪しい動きをしている生徒がいればこれで分かると思いますが」

この上ない、彼らの言う『過去を詳細に観察』できるもの。

それを突きつけられたルジャンドルは、しかし尚も反駁《はんばく》する。

「そ、それがどうした！　たかが映像如《ごと》きいくらでも誤魔化せるだろう！　そう、例えば不自然な魔力など――」

「それに加えて」

そう言うだろうと思って――『そう言うだろうから』と当人に言われて持たされたもの。続けての証拠である資料の束を、彼は続けて取り出して机の上に置く。

「対抗戦開始前に測定した、対抗戦に参加する全生徒の魔力数値。加えて対抗戦中、戦場全体の大まかな魔力増減を示したもの。加えてこれは各生徒の扱う血統魔法の分かる限りの情報に、それに伴う戦況予測。あとは……」

「……な、何故《なぜ》……」

想定をはるかに超える、対抗戦に関する詳細な資料。何故こんなものがあるのか、との問いを発しようとしたルジャンドルに、エルメスは笑って突きつける。

「ユルゲン・フォン・トラーキア公爵閣下によるものです。曰《いわ》く――『愛娘《まなむすめ》の晴れ舞台だ、万が一の不正も見逃したくはないからね』とのことで」

勿論《もちろん》、実際の理由は違う。色々と目的はあっただろうが、一番大きなものは……この状況を予測して、その時に教員たちを論破する資料としてユルゲンが用意してくれたものだ。

その洞察力と用意周到さに改めて畏敬を抱きつつ、エルメスは続ける。

「そして公爵閣下が一通りこれらのデータを調べたところ――『何も不自然なところはない。Bクラスの勝利は妥当だと遺憾ながら認めるしかない』と仰っていました」

当然、『遺憾ながら』の部分も嘘《うそ》だ。

だが、彼らはユルゲンの目的を知らない。彼らの物差しでしか他人を測れない。

そして――ユルゲンの娘はAクラス所属だ。

故に、彼らは思い込む。これはユルゲンが自分たちと同じく、娘の所属するAクラスの勝利を願って調査し、その上で『渋々』認めざるを得なかったものだと。心情面でも、この上なく信憑性《しんぴょうせい》の高いものだと思い込んでしまう。

多分、この効果も見越していたんだろうなぁとあの理知的で底知れない笑顔を思い返しつつ。エルメスは、多分それにとてもよく似ている笑顔でもって、とどめの一言を放つ。

「さて。こちらもこの上なく『不正ではない』証拠を、実際の状況に基づいた根拠を示したわけですが――貴方《あなた》がたは、これ以上のものを用意できますか？」

認めることになるのはお前たちの方だと。言い逃れは許さないと。

そんな圧を全身でかけつつ、エルメスは怯懦《きょうだ》に歪むルジャンドル学年主任を見据えるのだった。

◆

「だ、だからBクラスの人間がAクラスに勝つなど――――」

「それしか言えないのですか？　その理屈は今ここに並べられた証拠よりも説得力があるとはとても思えないのですが」

しばしの沈黙ののち、それでも尚全く同じ言い分を繰り返すルジャンドル学年主任に、エルメスは冷めた視線を向ける。

主任が最初に被《かぶ》っていた友好の仮面はとうの昔に弾《はじ》け飛び、今はその下にある選民意識と固定観念に支配された表情が忌々しげにエルメスを睨《にら》みつけるだけだ。

「そ、そもそも何故このような証拠が都合よくここに並べられている！　まるで我々に追及されると分かっていたようではないか、そうまで躍起になって証明するのは何かやましいところがあるからだろう！」

おっと、今度は前半部分だけだが悪くない点を突いてきている。

が、これに関してもユルゲンからレクチャーを受けている……というか今のところこの連中は二人が想定した通りの追及しかしてきていないのであまりに返答が楽すぎる。

「ええ、今のように理不尽極まりない追及をされるだろうとトラーキア公爵閣下は予想しておいでだったので。『何もやましいところはなかったと証明してきなさい』と仰せを受けております」

「そんなわけがあるか！　トラーキア公爵閣下もAクラス生を子に持つお方だ、この結果を見て何も懐疑を抱かないはずがない！」

「そうか。よもや貴様、公爵閣下の言葉を騙《かた》っているな！　今一度我々が直接閣下に確かめてもよいのか!?」

「あの、馬鹿――失礼。そんなすぐに明らかになる虚偽を言う必要が何故あるのですか。

確かめたいのならばどうぞ、それを止める権利は僕にはありません」

ただし、とエルメスは一拍置いて、突きつけるように告げる。

「その場合、『自分たちはトラーキア公爵の判断に疑念を抱いている』と面と向かって言うことと同義ですが、それでもよろしければ」

教員たちが、一斉に息を詰まらせる。

……概《おおむ》ね、この教員たちの生態が分かってきた。凝り固まり切った身分至上主義の人間。故に——自分たちよりも立場が上の人間の言葉は大人しく聞かざるを得ない。

本当に、この場での名の使用を許してくれたユルゲンには感謝しかない。まあむしろユルゲンは愉快そうに笑いながら『思いっきりやっておいで』と言っていたのでこの状況は望むところなのだろう、この国を変えたいと望む彼の。ならば自分は、その期待と自らの意思に従った振る舞いをするのみだ。

「だ、だからと言って！　この資料だけで全てが分かるわけではあるまい！」

そんなことを考えているうちに、別の教員が次のこじつけを見つけたようだ。

「あくまでここに記されているのは対抗戦での出来事だけ！　つまりその前——対抗戦以前に何かを仕込んでいたならば分かりようがない！」

「そ、そうだ！　そう言えば貴様ら、対抗戦が決まってから毎日演習場で怪しげなことをしていたではないか！　そこで何かを仕込んだに違いない！」

「はあ」

　次にくるのはそこだろうと思っていたので、エルメスは意図的に気のない返事をして向こうを苛立《いらだ》たせてから、ゆっくりと確かめる。

「なるほど。あの放課後の鍛錬で何か……そうですね、例えば生徒たちの魔力や魔法の性能を不当に上昇させる薬物か道具の使用でも行っていたと？」

「ああ！」

「ほう、あそこで。つまり学園で行われていた鍛錬、貴方がたも時折見にきて散々馬鹿にしていったあの場で、僕が何かを行っており――」

　今度もエルメスは、そこで声のトーンと視線の温度をがらりと変えて言った。

「――自分たちは何も見抜くことができなかったけれど、何かはやっていたに違いないと」

　それは、痛烈な皮肉だった。

　そもそも訓練中に留《とど》まらない。対抗戦本番もそうだし、エルメスがBクラス生たちに何か不当なことをしていたとしたら。その内容を、誰よりも生徒を見ていて然《しか》るべき教師が一切見抜くことができなかったということ。

　つまり――『自分たちの生徒を見る目は節穴です』と大々的に宣言するも同じだと、エルメスは突きつけたのだ。

　もし教員たちが本当にエルメスを疑っているのならば、そして教師たらんとするならばそれでも追及は続けるだろう。だが……断言しても良いが眼前のこの大人たちは違う。自意識に塗《まみ》れ、自らを正当化することが本能レベルで染み付いてしまった連中は。

『不正の暴露』と『自らの不明の隠蔽』を天秤《てんびん》にかけた場合、一瞬の静止すらなく後者に傾く。そういうものだと、彼は知っているし聞いている。

今回はそもそも不正などありはしないのだが、あったとしても結果は変わらないだろう。

いや、それ以前に——今回の対抗戦で、彼らは指導力のなさを露呈してしまった。実態はどうあれ、この場にはAクラス担当の指導教員も多い。Aクラスが敗北したのは教員の責任だと保護者から、つまり高位貴族から突き上げを既に受けていてもおかしくはない。

つまり、不正をこじつけられても見る目がないと非難され、暴けなければ指導力がないと罵られる。どちらに転んでも、名誉を重んじる彼らにとっては地獄だろう。

それを自覚させられて、教員たちは一斉に重苦しく黙り込む。

影響は甚大で、その後も追及は細々とあったが全てエルメスが淡々と論破を繰り返し。

やがて沈黙の占める割合が多くなってきたところで——遂《つい》に、正面のルジャンドル学年主任がこう声を上げてきた。

「……そもそも、なんだね君は。いくらトラーキア家のお気に入りとは言え所詮は平民で使用人。昔は神童と呼ばれていたようだがそれも過去の話、今は大したことのない魔法使いだろう」

「……」

「その証拠に対抗戦——血統魔法を使うAクラス生を誰一人倒せない、トラーキア公爵令嬢に為《な》す術《すべ》なく嬲《なぶ》られるしかなかった無能の分際で、どうしてそんな偉そうな口が利けるのだ。身の程というものを考えたことはあるのかね!?」

……いよいよエルメス本人に対する攻撃を始めた。それは彼の理論に攻撃する部分がなくなったと宣言しているも同義なのだが、果たしてその自覚はあるのだろうか。多分ない。

「ここは魔法学園だ。必然的に魔法の強い者がより多くの権利を得る。君のような人間にここで発言が許されていること自体特例なのだよ？」

「それはありがたいですね。ところでその理屈で言うと……クライド・フォン・ヘルムート侯爵令息は学園で血統魔法を扱えません。なのにAクラス長という発言力の高い立場でいることに文句はないのですか？」

「はは！　何を言う、クライド君はかつてアスター殿下にも認められた優秀な魔法使いだ。君のように実力が足りないのではない、実力を隠しているだけだ！　そんなことも分からないのかい!?」

最早《もはや》最初の態度の面影すらなく、鬼の首を取ったように優越感に満ちた笑みを浮かべるルジャンドル学年主任。

「真に優れた者は、そうそう簡単に自らの実力をひけらかさないものなのだよ、君と違ってね！　そんなことも分からないから君はだめなのだ」

「その通りだ！　少々図に乗っているのではないか!?」

「運に恵まれただけでこの場にいる分際で、恥を知れ！」

便乗して、周りの教員も騒ぎ出す。

……最初の方はまだ生徒を詰問する体を取っていたのだが、もうその面影もない。

そして恐らく彼らは、エルメスの自尊心を傷つけることでとにかく冷静さを失わせようとしているのだろう。きっと、自分たちが一番やられて嫌なことがそれだから。

ならば当然——彼にそんな狙いに乗ってやる義理はない。と言うか乗りたくても乗れない。理解ができないから。

「はい、仰《おっしゃ》る通り今の僕が大した血統魔法を扱えないのは確かですね。カティア様にもまず敵《かな》わないでしょう」

故に、淡々と。一切取り乱さず、自らの実力が足りないことをあっさりと受け入れる。

その上で、茶番はもう良いだろうと。

「——で、それ。今のお話に関係あります？　僕はBクラスの不正を考慮するに足る根拠を提出してくださいと要請しているのですが、『僕が弱い』こととそれに何の関係が？」

立場の弱い者をいたぶって調子に乗っていたつもりの教員陣に、改めて現実を突きつける。一挙に熱を奪われる教師たち。……ここまでくるといっそ滑稽だ。

当然、何も言えるはずがない。何も言えなくなったから先ほどのようにエルメス本人を傷つけようとしたのだから。

そのやり方がエルメスには通じないと分かった以上、いよいよ向こうも言葉が尽きる。

しばし沈黙を守っていた教師たちだったが、やがてルジャンドルがぽつりと告げた。

「……ふん。どうやらどうあっても認めるつもりはないようだね、君の行いを」

なるほど、これでも認めるつもりはないらしい。自分たちの詰問が不当だと。

「ええ、何せやっていませんから。……では、そろそろ戻っても良いですか？　昼休みがもう終わるのですが」

「いや、それは許さない」

エルメスの言葉に、きっぱりと断るルジャンドル。何の権利があって、と流石《さすが》に顔を歪《ゆが》めるエルメスに、ルジャンドルはまだ何かあるかのように口元を歪めると。

「随分と周到に理論武装をしてきたようじゃないか、エルメス君。君の口を割らせるのは骨が折れそうだ——だが、君以外ならどうだろうね？」

「はい？」

「分からないかい？——Bクラスの人間に不正があったかを聞くと言っているんだよ」

ルジャンドルが、種明かしをするように手を広げて続ける。

「元よりそちらが本命だ。なあに、Bクラス生は落ちこぼれといえど君なんかより余程分を弁《わきま》えている。聞き出しに赴いた教師も今向かっているところだろう、直《す》ぐに君の悪辣な企《たくら》みは白日の下に晒《さら》される！」

……そういうことか。つまりエルメスが無理ならばBクラス生の方を詰問して聞き出そうというのだろう。恐らくBクラス生も平民のエルメスには当たりが強い、特段庇《かば》い立てもするとは思えない、くらいの魂胆だろうか。

（…………いや、本当に）

どうしようもないんだな、この人たちは。そうエルメスは考えた。

なるほど、この教師陣に比べればBクラスの生徒たちはまだ見込みがあった。彼らを見捨てようとした以前の判断は早計だったと別方向からも証明されてしまった形だ。

そして、本当に愚かだ。

彼らはまだ——この学園が何も変わっていないと思い込んでいるのだから。

「ちなみに、そのBクラス生からも何も不正の言葉が出てこなかった場合は？」

「はは、そんなことあるわけがないだろう。——そうだね、億が一そうなった場合は今の所は追及をやめてあげてもいいとも」

よし、言質も取った。ならば後は任せるだけだ、とエルメスはBクラス生の生徒たちに、来たばかりの頃ではあり得なかった信頼を抱きつつ。

それまでこの空間に居続けなければならないのは癪《しゃく》だが、それが気にならないほどの期待と共に椅子へと腰掛けるのだった。

◆

「ふざけるな」

どうしてこうなった、とBクラス担当教員、ガイスト伯爵は思った。

「いや、失礼。言い直します——ふざけているのですか？　ガイスト先生」

簡単な仕事だったはずだ。

今まで通り、Bクラスに赴いて。自らの弁舌でもってBクラスの無能を、無才を十分に分からせた上で。そうして、じっくりと話を聞き出す。先の対抗戦でBクラスが行った不正、恐らくはエルメス——あの分を弁えない卑しい平民の男に唆されてやったことを自白させる。それだけのこと。

大して手間のかかる作業ではない。一人ひとり個別に呼び出して話を聞く、なんて面倒な手順を踏む必要もない。ただ、今まで通り壇上で語るだけ。そう——かつてエルメスが編入してきた日、伯爵が最初の授業で行ったように。

あの時はエルメスに卑劣な真似《まね》で邪魔をされたが、今回奴《やつ》はいない。むしろあの件で目の敵にしていた奴を追い落とす絶好のチャンスだと張り切って。

だから今まで通り、まず語った。お前たちBクラスが如何《いか》に落ちこぼれで、足りない人間で、愚かしい存在なのかを。

そうして身の程を理解させてから、今度は優しく問いかける。

——そんなお前たちが選ばれしAクラスを魔法で上回るなどできるはずがない。以前のように、あの男の何か卑劣な手をお前たちも使わされたのだろう？　何をしてしまったか、素直に吐くが良い。そうすれば非は全てあの平民にあると証明される、お前たちにこれ以上の咎《とが》はいかないだろう、と。

つまり、全ての罪をエルメスになすりつけろ、と唆したわけだ。

Bクラスは落ちこぼれだが、それでもあの平民よりは優秀で身の程を弁えている。これまでも自分に従ってきた素直で従順な彼らならば、こう言えばすぐに自分たちのしでかしたことを赤裸々に語り出すに決まっている。だって、これまではそうだったのだから。

なのに。

「もう一度言います、我々は不正などしていない。きちんとルールに則《のっと》って、正当な努力と対策をこの二週間積み重ねてきた結果の当然の勝利。あの男ならばそう言うでしょうし、我々もそうだと受け止めている。不正だのと言われるのは甚だ心外です」

真っ先に声を上げた男子生徒が言った言葉は、そんな自分の予想とは真逆を行くものだった。言葉と共に自分を睨《にら》みつけるのはアルバート。イェルク子爵家の長男。

彼は自分のお気に入りだった。入学した頃は伯爵家クラスの血統魔法を授かったと――その程度で期待と信念に目を輝かせていた彼が、入学直後の合同魔法演習で心を折られる様は大変愉快だった。

その後、自分の授業での指導によって身の程を理解させて。徐々に瞳を濁らせ、目上の者に従順になっていく様……自分の『教育』が浸透していく様子、立派なこの国の貴族として相応《ふさわ》しい態度になっていく過程を見ては自らの教師としての才覚に震えたものだ。

そんな彼が今、入学した頃のような生意気な視線で自分を睨みつけ、自分に逆らうような言葉を吐いている。

——それを素直に受け入れることは、ガイスト伯爵の肥大した自尊心が許すはずもなく。

「な——んだその目は！　君、誰に向かってそんな口を利いていると思っている！」

エルメスが聞けば「定型文ですか？」と皮肉を言われそうな言葉と共に、歪んだ表情でアルバートに食ってかかる。

「どうやら、あの男に騙《だま》され私がこれまで教えてあげたことを全て忘れてしまったと見える！　まだそんな態度を取るなんて、君は一体この学園で何を学んだと言うのだね、嘆かわしい！」

「何を学んだか、ですか。それはもちろん、今この瞬間もよく理解しましたよ。……貴方《あなた》がたが、生徒の変化も努力も切磋《せっさ》琢磨《たくま》も、一切見る気なんてなかったということを！」

今までの彼からは信じられない言葉——否、この学園で腐らせてしまっていた本来の彼に相応しい喝破を受けてガイスト伯爵が怯《ひる》む。

そこに合わせるように、彼の後方で一人の少女が立ち上がる。

「……皆さん、頑張ってきたんです。不和を乗り越えて、ちゃんとお互いを理解して」

サラ・フォン・ハルトマン。

この少女もそうだ。入学時は自信なさげに周りの全てに怯《おび》えていたくせに。

きちんと弁えた態度に免じて、男爵家令嬢の分際で多くの貴族子弟から声をかけられ、王子にも見染められるという誰もが羨む立場に居ることを見逃してやっていたというのに
——

今は、同じく生意気な信念を宿した顔で自分を見据えてくる。

「エルメスさんは、わたしの身勝手な説得に応えて歩み寄ってくれました。クラスの皆さんも、それを受け入れてくださいました。……そうして、クラスの皆さんが一生懸命やってきたことを、その集大成だった対抗戦の成果を――『不正』の一言で片付けるのは、やめて、ください」

言葉や口調はアルバートよりも控えめながら、宿す意志の強さは彼と遜色ない。歯軋《はぎし》りと共にとにかく言葉を返そうとするが、それを遮るかのように別方向からまた少女の声。

「というか、学ぶのは先生の方なんじゃないかなーと」

ニィナ・フォン・フロダイト。

どこか摑《つか》み所のない生徒だったが、特に表立って自分に逆らおうともしなかった生徒。

『血統魔法の使用を禁じられている』と言っても、Aクラスのクライドと同じわけがない。多少は特殊な技能を持っているようだが所詮は子爵家、大したこともないだろうと見過ごしていた生徒まで……どこか自分を憐《あわ》れむような視線と共に告げてきた。

「ボクたちはもう先生の知っているボクたちじゃない。それを認識しないまま喚《わめ》き続けているだけじゃ、何も届かないどころか――多分今までよりひどい目に遭うと思いますよ？」

金の瞳を、妖しくも鋭く光らせて伯爵を視線で射抜くニィナ。

それを皮切りに、他の生徒も。言葉こそないものの、自分に向けられる視線は雄弁に物語る。――紛れもない、自分への不信と敵意を。

「貴様ら、この、揃《そろ》いも揃って――！」

悪態をつこうとするが、三十近くの視線の圧力に怯んでかその声量は小さい。

……これまで、自分より明確に下だと思っていた生徒たちの一斉反抗。そのあまりの大きさに、これまで弱い者は嬲《なぶ》るもの、自分に逆らうなど考えもしなかった伯爵は狼狽《ろうばい》し、有用な手立てなど打つことができるはずもなく。

結局、その後も細々と圧力をかける言葉を言い続けたが、どれもこれも今までの論法の言い換えでしかなかったため、生徒たちに有効どころか、ニィナの言った通り余計に反抗心を募らせるだけの結果に終わった。

遂《つい》には――追い出されるようにして、教室を出るしかなくなったのである。


「ふざけるなッ!!」

そして、教官室別室にて教員たちからねちねちと嫌味を言われ、それをうんざりしながら躱《かわ》し続けていたエルメスの所にガイスト伯爵が入ってきて。

笑顔でBクラスの問い詰めの結果を問う教員たちに、伯爵は消沈した表情で答え――直後、ルジャンドル学年主任の怒号が飛んだ。

「何一つ聞き出せなかっただと!?　君、そんなことが許されるとでも思っているのかッ!!」

「も、申し訳ございません！　どうやらこのエルメスが随分とBクラスの連中を言葉巧みに丸め込んだようで――」

「言い訳などどうでも良いッ！　君には失望したぞ！」

ルジャンドルの怒声を受け、Ｂクラスではあれほど横柄に振る舞っていたガイスト伯爵が必死に頭を下げている。

教員たちの力関係が垣間見《かいまみ》える場面だが……正直微塵《みじん》も興味がない。

「どうするのだ、既にＡクラスの保護者――高位貴族の方々から多数の苦情を受けているのだぞ！　その方たちにはきちんとＢクラスの不正を証明するからと待っていただいているのだ！　それができなければ、一体どうなるか……！」

そして、この強制詰問を決行した経緯も大体予想通りだった。

どうやら余程厳しい突き上げを食らっているらしく、ルジャンドル学年主任の顔が青ざめる。……それを見て、多少なりとも溜飲《りゅういん》が下がったところで。

「では約束通り、僕はＢクラスに戻りますね」

「ま、待てっ！」

さっさと出ていくべく立ち上がるエルメスに、やはりと言うか何と言うかルジャンドルの制止がかかる。

「き、君も今のを聞いただろう！　ここで君が認めなければ多くの貴族の方々に迷惑がかかるのだぞ!?　それを理解しているのならどうして認めようとしないんだ!!」

「何度も言っていますが、認めるべき事柄自体が存在しませんので。そして――迷惑がかかるのは貴族の方々ではなく貴方がたでは？」

「同じことだ！　我々が居なくなれば誰がこの学園を回すのだ！　いいからさっさと自分がやったと言うんだ、でなければ」

「あの、Bクラスから証言を得られない場合追及をやめてくださる約束ですよね？」

「うるさいッ！　そんなことよりこの学園の方が大事だ！　君は国をいたずらに乱しておいて恥だと思わないのかね!?　そもそもこの場における立場が分かっていないようだ、一体我々を誰だと——!!」

「……」

……よもや、口約束とは言え平然と反故《ほご》にするとは。

本当に色々と、この学園は自分の想定を超えてくる。Bクラスのような強さにおいても、Aクラスの……そしてこの連中のような、愚かさにおいても。

「……立場、ですか。そう言えば先ほど仰《おつしや》っていましたね。『魔法の強い者がより多くの権利を得る』と」

そして、流石《さすが》のエルメスもいい加減我慢の限界というものが存在するので。

それなら、と告げて、心中で少しだけユルゲンに謝罪してから。

「——僕が今ここで貴方がたを全員のしてしまえば、皆さん僕の言うことを聞いてくれるんですか？」

ざわり、と。

そう言ったエルメスから放たれる魔力、圧力、そして殺気とも呼べるような恐ろしい何かに。その場に居た教員たちが全員青ざめ、一斉に言葉を失った。

腐っても彼らはこの魔法学園の指導教員。それに最も求められるとされる——魔法の能力は総じて高い。だからこそ、気付いてしまう。本能的に察知してしまう。

——彼の言うことは嘘ではない、と。彼は本当に、その気になれば自分たち全員を相手取っても圧倒できるだけの何かを隠し持っていると。普通に考えればあるはずのないそれを、けれどどうしようもない直感によって悟ってしまう。

……だが当然、彼らの理性や自尊心が、それを認められるはずもない。

気を取り直すように、或《ある》いは気圧《けお》されてしまった自分たちを誤魔化すように、再度何事かを喚き始める教員たち。

しかし、最早《もはや》それに耳を貸す気は微塵も起きない。なのでエルメスは全て無視して、出口へと歩き出し。扉を開けてから振り返って、断片的な言葉を拾って最後に一言告げる。

「『僕が認めなければ学園が乱れる、秩序が壊れる』ですか。ではこう返しましょう——勝手に壊れてください、願わくば是非貴方たちごと」

最後に教員たちの引き攣《つ》った面を拝んでから、ぴしゃりと扉を閉めるのであった。

……まあ、そうは言っても恐らくあの様子からするに、明日以降もエルメスへの追及はやめないだろう。あくまであの場の約束は『今日のところは追及をやめる』だったし。

だが、問題はない。エルメスは知っている。今教員たちが食らっているであろうAクラス保護者たちの突き上げが、明日以降は更に激しくなることを。

何故《なぜ》なら――明日以降は、ユルゲンもそれに加わるからだ。

カティアの父親という立場を存分に利用し、『娘が所属するAクラスが敗れた。不正も見つけられなかった。故に、指導した教員たちに問題があった』と至極真っ当な理由を提げて。あとは今日のエルメスに対する仕打ちも恐らく弾劾の要素に入れるだろう。そのために音声記録の魔道具も今日持たされていた。

曰《いわ》く、今日までの三日間で教員たちを責めている保護者への根回しも済む見込みらしい。ユルゲンは逆に今日に間に合わずエルメスを矢面に立たせてしまうことを謝っていたが……むしろ僅か三日で根回しが済む方が異常だということは流石のエルメスでも分かる。

現時点でも手を焼いていたらしい突き上げにトラーキア公爵家までもが加わり、しかもユルゲンの主導によって統率まで取られるのだ。

どう考えても対処に追われてエルメスの方まで気が回るまではいかない――どころか、あのユルゲンが多くの高位貴族を味方につけた上で敵に回るのだ。……控えめに見ても破滅以外の彼らの末路はエルメスには思い浮かばなかった。

なので、後は彼に任せておいて大丈夫だろう。……というか、正直なところこれ以上あの教員連中の相手はエルメスもしたくない。そう考えて、ユルゲンに心の中で改めて謝意を述べつつ廊下を移動し、Bクラス教室の扉を開く。

「あ、おかえりエル君――ってうわ、すっごい疲れた顔」

するると、真っ先に声をかけてきたのはニィナ。そしてエルメスの顔を見るや否や、驚きと苦笑が入り混じった顔で労《ねぎら》ってくる。

「まあ、大体何があったかは分かるよ。ほんとお疲れ様」

「……はい。いや、本当に疲れました」

「その分だと予想以上にうんざりする感じだったみたいだねぇ。……大丈夫？　よしよしする？」

「正直今はすごくお願いしたいのですが、カティア様に怒られそうな気がするのでやめておきます」

「ふふ、分かってきたじゃん。じゃあ残念だけど、それはカティア様に任せよう。愚痴くらいは聞くからさ」

そんな会話をしつつ、席に座る。すると今度はもう一方の隣から控えめな声がかかった。

「……お疲れ様です。……そして、ありがとうございます、エルメスさん」

サラだ。彼女も概《おおむ》ねエルメスに何があったかは予想がついているのだろう、どこか後ろめたさを感じる声だ。

「……ごめんなさい、あなたを一番ひどい目に遭わせてしまったので……」

「いえ。むしろおかげさまでBクラスの皆さんは随分と良心的だったと確認できたので」

そんな彼女に、安心させるようにエルメスは微笑《ほほえ》む。

「それに、こちらも申し訳ない。そちらに向かったのがガイスト先生だとすると、恐らくかなり心ないことも言われたと思いますが」

「い、いいえ！　こちらは大丈夫だったので、エルメスさんの方が――」

「何を互いに謝っている、お人好《ひとよ》しにも限度があるぞ」

謎のループに陥りそうなところで、今度は正面からアルバートが呆《あき》れ顔でやってきた。

「何処《どこ》をどう考えても、悪いのはあの教員連中だろう。むしろ今はその圧に屈しなかった自分たちを誇るべきところではないのか」

「それは」「……仰る通りですね」

どうやら、多少の判断力を欠く程度には彼も心労が凄《すさ》まじかったらしい。だが、それもここまでだ。教員に明るい未来が待ちようもないことは示した通りだし――何より。

「……このクラスの皆さんは、ちゃんと変わってくれましたから」

「ええ。……きっと、このクラスには留《とど》まらないと思います」

エルメスの言葉に、サラが少しばかりの高揚と共に答える。

「このクラスから、きっとAクラスにも、他の学年にも、そして――学園全体にも」

「だねー。その中心にいるのがボクたちか。……悪い気はしないね」

編入時に学園を覆っていた、どうしようもない支配構造と閉塞感。

対抗戦をきっかけに、今回の教員とのやりとりを皮切りに。

正しく変われる者には未来を、そうできない者には破滅の停滞を。

かつてユルゲンが、そしてローズが望んだ景色。そしてエルメスもそうなって欲しいと思った変化が、きっと間近に迫っている。
そんな予感と共に——エルメスは、彼を囲む友人たちともう一度、期待を込めた笑みを交換するのであった。

◆

翌日から、変化は劇的に現れた。

まず、自習の時間が増えた。その旨を言いにきた教員は生徒の自主性を育む云々《うんぬん》とそれっぽいことを言っていたが、本音がそこにないことは教員の落ち着かない振る舞いや冷や汗に満ちた表情を見れば明らかだった。

例の対抗戦に関する突き上げが本格化してきたのだろう。Bクラスが何かしらの卑怯《ひきょう》な手を使って勝ったという確たる証拠を摑《つか》めなかった以上、保護者の怒りの矛先は二つ。Aクラス生たちの油断か、或いは指導していた教員の怠慢。

そして、多くの貴族たちは我が子が可愛《かわい》い。必然大半がどちらに向くのかは明らかで、加えてユルゲンによって明確な指向性を持った糾弾へと変化している。こうなれば個別に話し合って穏便に済ませることもできず——必然、彼らの末路は決まったようなものだ。

正直その辺りは、もう関わり合いになりたいとも思わない。先日の愚かしい詰問でもう十分だ。従って彼の注意が向くのは、教師ではない生徒たちに関して。例えば――

「――教えてくれ！　どうすれば、君たちのように強くなれるのだ!?」

現在エルメスに面と向かって懇願してくる別学年、別クラスの生徒など。

あの対抗戦が学園に与えた影響は、やはりとてつもなく大きかった。高位貴族の子弟、つまり優れた血統魔法を受け継いだ者が当たり前のように優れており、当然の如《ごと》く勝利する。その前提を真っ向から覆されて、多くの貴族子弟が驚愕《きょうがく》し、狼狽《ろうばい》した。

だが――それ以上に、多くの生徒が希望を持った。

これまで虐げられてきた、別学年のBクラス生。そしてそれだけに留まらず、別学年Aクラス生の中でも現状に不満を持っていた生徒。それらが休み時間の度に……いや、それどころか自習中にもひっきりなしに押しかけてきてクラスメイトたちに、そして何より現状の立役者であるエルメスにその秘訣《ひけつ》を聞きにきているのだ。

そしてエルメスは学ぼうとする人間、魔法の真奥を知ろうとする人間には真摯に接する。矢継ぎ早にやってくる生徒たちに丁寧な回答を返し、生徒はそれに納得し、また新しい意識を持つ魔法使いがその芽を出す。

学園全体が、Bクラスを中心として、確実に変わり始めていた。

……まあ、とは言え。

いくらエルメスといえど、こうまでひっきりなしに質問攻めにされては色々と疲労も蓄積するわけで。そのため、昼休みだけはそういった生徒の訪問を断っている——と言うか、断るように命じられている。

「や、エル君。今日も大人気だったねぇ」

そういうわけで、昼休み。恒例となった中庭の一角に足を運ぶと、いつもの軽い調子で労《いたわ》りの声をかけるニィナにまず出迎えられる。

彼女に苦笑と共に会釈を返すと、定位置となった椅子に腰を下ろす。

「お疲れ。言った通りだったでしょう、強引でも休む時間を作らないとしんどいって」

「……はい。ありがとうございます」

すると続いて声をかけて——あと少し自分の方へと椅子を寄せてきたのはカティア。

そう、彼女こそが昼休みの訪問を断るようにエルメスに命じた張本人だ。曰く、

『あなたが断るだけだと立場的に弱いかもしれないから、公爵令嬢《わたし》に断るよう言われたってしっかり名前を使いなさい。それなら余程愚かでない限り無理には来ないはずよ。……ええ、決してその、これ以上あなたとの時間を邪魔されてたまるものですかって私情では……なくもないけどあなたの身を案じているのは本当よ、ええ』

とのこと。後半はともかく、彼女の配慮に救われたのは事実。素直に謝意を述べて椅子に腰掛ける。

「お、お疲れ様です……あ、給仕はしなくて大丈夫です。エルメスさんは今大変でしょうから……」

そして、恒例の昼食会のもう一人の参加者であるサラが、彼の身を案じてか本来彼が行っていた紅茶の用意を済ませてくれる。本当はそれも自分でやりたかったらしくカティアが若干不満そうにするが、彼女はこういったことを基本従者に任せてきたためあまり得意ではない。サラも彼女の心情を分かってか苦笑と共に席につく。

ともあれ。対抗戦まではできなかったこの四人での昼食会が、こうして今は日課となっているのだった。しばらくは食事を楽しんでから、会話に花を咲かせる。

そして話題に上がるのは――やはり、この四人に共通で今一番大事な事柄。

「それで、カティア様。……Aクラスの様子はどうでしょうか」

「両極端よ。前も言った通りで変わってないわね」

「まぁそうなるよねぇ。むしろ一方に偏らなかった方が意外かな」

エルメスが問い、カティアが答え、ニィナが同意する。

そう、Aクラス生の行動。あの対抗戦で敗北し、学園の中心となったBクラス生に対して――一方で、学園中から非難と嘲弄の対象となってしまったAクラスの生徒たち。

彼らが取った行動は、カティアの言う通り主に二つに分かれた。

一つは……まぁ案の定と言うべきか、現実を理解せず騒ぎ立てる層。教員の怠慢を糾弾し、現状への不満を口にし、どうにかこうにかBクラスが勝った不当な理由、自分たちの名誉をできる限り貶《おとし》めない言い訳を必死になって探す、或いは不満ばかりで何も行動しない生徒たちだ。

そしてもう一つは――これはエルメスにとっても驚くべきことに、Bクラスに教えを請いにきた生徒たち。数はなんと、Aクラス生の半分弱。この予想以上の数の多さも、ニィナが意外と言った理由である。

……きっと彼らも、手酷《てひど》い負けを経てようやく理解したのだろう。薄々勘付いていた、けれど自分たちにとってはメリットがあったから見て見ぬ振りをしていたこの国の歪《ゆが》みに。

彼らは教員と違ってまだ国の風潮に触れていた期間が短く、思想が固まりきっていない。認識の変化に比較的抵抗がなかったのも幸いした。

それに最初は驚いたが、意外なこととは不思議とエルメスも思わなかった。

魔法を重視する彼らにとって、『負け』は良くも悪くもそれほどに重い。それに――完膚なき敗北を経ての劇的な変化をした人間を、エルメスだって身近に一人知っている。

だから、たとえAクラス生であっても彼は、教えを請われたのならば素直に対応するつもりだ。だが――

「……Bクラス生の他の皆さんは、そう簡単には受け入れられませんよね。僕と違って虐げられていた時間も長そうですし」

「そだねー。まぁでも、割と諍《いさか》いは起こっていない方だと思うよ。これに関してはカティア様とサラちゃんに感謝だね」

エルメスの示した通り、Bクラス生は心情的にも受け入れがたかったのだろう。『これまで散々自分たちをいたぶってきたのにどの面下げて』と言いたくなる気持ちは流石《さすが》にエルメスでも理解できた。

だが、それを上手《うま》く抑えたのもカティアとサラだ。

まずはカティア。彼女は教わりに行こうとするAクラス生に、一つの厳命を出した。

『――教えを願う前に、まずは誠心誠意Bクラス生に謝りなさい。それができない人間に資格はないわ』と。

その時点で、プライドを捨てきれず『教わってやる』気持ちでいたAクラス生は脱落し、もう一方の派閥に入った。そのため、不純な心のまま教わりにきたAクラス生はおらず、その点での諍いは回避することができたのだ。

そして、サラ。

彼女は、それでも噴出するBクラス生たちの不満を体を張って抑えた。Bクラス生たちと築いてきた信頼を武器に、一人一人ときちんと話をして、時には当事者と話し合わせることできちんとできる限り後腐れない形で不満を解消しようと奔走した。

そんな二人の努力の甲斐《かい》あってか、対抗戦で戦った両クラス間の軋轢《あつれき》は――少なくとも教わりにきたAクラス生との間には起こっていない。どころか、カティアはBクラスとの橋渡しを上手く行ったことによりAクラス内でも更にその発言力を高めている。

そして、サラもその献身的な態度が特に教わりに来た外部の生徒たちの心に響いたのだろう。或《ある》いはカティア以上に彼女の名声も広がり、そして――

「――大人気と言えば、サラちゃんもだよね。……それで、今日は何件食事のお誘いがきたのかな？」

「え、あ、その……」

ニィナが何処か悪戯《いたずら》げに問いかけ、サラが心なしか顔を赤くして縮こまる。

……彼女の言う通り、サラにはなんと言うかその……恋愛的な意味でのアプローチも非常に多いと聞いている。その件に関して、エルメスは首を傾《かし》げつつ疑問を呈した。

「僕としては、カティア様にはほとんどそういったお誘いが来ていないのが意外なのですが……どうしてでしょう」

「エル、あなたにそれを言われると複雑ね……でも、理屈は分かるわ」

「まぁね。カティア様はなんと言うか——ざっくり言うと高嶺《たかね》の花《はな》すぎるのさ」

ニィナが語るには、カティアは学年唯一の公爵家令嬢。外見も気品も教養も、加えて魔法の実力も他と比べるとあまりに隔絶している。対抗戦での大立ち回りや、加えて彼女の性格も相まって——何処か近づき辛《づら》い印象を与えるらしい。

「……可愛げがない、と陰口を叩《たた》かれていることも知っているもの」

「それは見る目がないですね」

「んな」

「おっと天然発言頂きました。うん、でもボクも同意かなぁ。ちゃんと付き合えばこーんなに可愛い人なのに、ほんと皆表面しか見てないんだから。……でもまぁ、カティア様はそういうの来ても迷惑なだけだからいいでしょ？」

「……否定はしないけど、その意味深な目つきだけはやめてくれるかしら」

エルメスの率直な感想にカティアが赤面し、ニィナが呆《あき》れつつも心からの同意の言葉を述べ、ついでに彼女を軽くからかって反応を楽しむ。

そして一方で、と今度はサラの方に向き直ると。

「サラちゃんはね、性格もすごく控えめで優しくて、ちゃんとこっちのことを立ててくれる。魔法の才能もすごい上に、補助系統だからそこまで気後れするような印象も持たない。家格も女の子ならそこまで問題にならないどころか人によってはプラス要素にすらなるし、顔も可愛くてスタイル抜群。正直そこだけはすーっごく羨ましい」

「え、その……あ、ありがとうございます」

「それで何が言いたいかと言うとね……刺さるんだよ。サラちゃんのこう言った要素は全部、この国の貴族の子息には特にね」

貴族の子息は、国の成り立ちも相まって非常にプライドが高い傾向にある。

そのため、パートナーとなる女性には……言葉を飾らずに言えば、自分より劣る要素を求めるのだ。決して不適格ではなく、けれど自分には確実に優越感を抱かせる存在を求める傾向にある。そういった意味で……優れた容姿と能力を持ってかつ謙虚なサラは、彼らにとっては理想的な存在なのだとニィナは語る。

「……何と言うか、身も蓋もないですね」

「うん、正直ボクも言っててあんまり良い気分はしなかったね。それに、あの王子様を筆頭に変なのも引き寄せちゃうから一概に良いとは言えないんだけどねー、ってあ、ごめん、変なこと聞かせちゃったかな」

色々と語っていたニィナだったが、サラが心なしか俯《うつむ》き気味になったことを気にして気遣うように問いかける。

「いえ、お気になさらず。……それに、全部、事実ですから」

「……サラ様は、素晴らしいお方ですよ」

「ええ、自分を卑下するのはあなたの悪い癖よ」

「えっ」

対するサラの返答が、何処《どこ》か強がるようなものだったので。エルメスは励ましを込めて本心を語り、今回ばかりはカティアもそれに間髪容《い》れず同意する。

サラは一瞬呆《ほう》けた表情と共に軽く頬を染め、咄嗟《とっさ》に否定の言葉を放とうとするが——それに被《かぶ》せるようにニィナが続ける。

「うんうん。それに勿論《もちろん》悪いことだけじゃないんだ、エル君やカティア様みたいにちゃんと良い人にも好かれるしね」

優しい声色で告げて、ニィナは自分の胸に手を当てると。

「それに、僭越《せんえつ》ながらボクもサラちゃんのことは大好きだ。……むしろあれだよ、ボクがそういった変なのからサラちゃんを守るナイトになっても良いくらい。ね、どう？　ボクだってどうせなら綺麗《きれい》なお姫様を守りたいし、腕は申し分ないと思うんだけど」

「ええ!?　いや、その、悪いです……いえ、ニィナさんが不満というわけではなくむしろすっごく嬉《うれ》しいんですけど、あの、なんと言うか……」

　突然の売り込みに、サラが目を白黒させつつも恐縮そうな表情を見せる。けれど言葉通り決して悪く思っている様子はなく、むしろ心なしか嬉しそうに頬を染める様子はこの上なく愛らしく――

「あーもー好き。ねぇ、ぎゅってして良い？　いやもうするね」

「え――ひゃっ!?　あ、その、ニィナさ――!?」

　感極まった様子でニィナがサラに抱きつく。サラは再度困惑の声を上げつつ、どうやら抱きつかれた際に変なところが当たったらしくどことなく妙な声を出してしまう。

　……なんだか見てはいけないものを見てしまった気がするエルメスはさりげなく二人から視線を逸《そ》らす。すると――

「……カティア様？」

　同時に、この場の雰囲気には似合わず真剣な表情で考え込んでいる彼の主人が視界に入った。何か、重要な思索をしているらしいと悟ったエルメスはしばしそれ以上の声をかけずに待つ。すると案の定、カティアは数秒後顔を上げるとエルメスの方を見つめて。

「……エル。今週の休日だけれど――」

「？　はい、カティア様のお買い物に同行させていただく話ですね」

　例の、対抗戦まで主人を放っておいた罰兼機嫌を直していただくためのお出かけだ。それがどうしましたか——と問うより早く。

「ごめんなさい、その予定はまた今度にして」

「……え？」

まさかの、カティアの方から予定のキャンセルを申し出てきた。

どういうことだろう、と視線で問いかけるエルメスに、

「……あのね。今の話を聞いて思いついてしまったというか、思いついて良かったというか。とにかく——」

何とも言えない表情で、カティアはこう語ってきたのである。

「——往生際の悪い人がね、また変な行動を起こす気がするのよ。せっかくだからいい加減もう、ここで止《とど》めをさしておくべきだと思うの。今週の休みはそれに充てるわ、付き合ってもらえるかしら」

そう言って、彼女はエルメスとは逆側の校舎の方——

——Aクラスがある方角を見つめて、そう要請するのであった。

◆

「何故《なぜ》だ……！」

昼休みが終わった後の、Aクラス。

例によって自習が続いている教室内、その隅の方で、クライド・フォン・ヘルムートの苦悶《くもん》の声が響く。忌々しげな彼の視線の先には——

「カティア様！」

「カティア嬢、先ほどエルメス殿から聞いたのだが、貴女《あなた》がこれほど強くなったのも彼の指導によるものだとか。それはまことか!?」

「是非、私たちにもその要諦を！」

Ａクラスの、対抗戦後に態度が変わった生徒たち。

『Ｂクラスが強かったから敗北した』などと世迷言を言い出した生徒たちが、カティア・フォン・トラーキアの周りに群がっている。

彼女は対抗戦最後の大立ち回りもあって、Ａクラスの中で唯一評価を落としていない、どころか上昇している生徒だと言えるだろう。その影響もあって、Ａクラスの新たな中心人物となりつつある。

「そんなに一気に来ないで、ちゃんと聞くから一人ずつお願い。……焦らなくても、ちゃんと学ぼうとする意思さえあるのならエルは分け隔てなく教えてくれるわ。ただ、節度は守ること。エルはその……私の、なんだから」

そんな彼女は、現在生徒たちに落ち着いた声で返答している。表面上は冷静に振る舞っているが——内心は、クラスの中心の座をまんまと自分から奪い取れて心底自分を嘲っているに違いない。そう決めつけて、そんな決めつけに自ら苛立《いらだ》ちを覚えるクライド。

一方で自分は、そんなカティアに群がる生徒たちから軒並み白い目を向けられている。

曰《いわ》く、『偉そうなことばかり言って何もできなかった』『あっさりと向こうの挑発に乗った』『カティア様を我が身可愛《かわい》さに引き留めて参戦を遅らせた』等々、まるで自分こそが戦犯のような扱いだ。

（ふざけないでもらおうか……！　あの対抗戦はクラスでの戦いだ、敗北の責任はクラス全体の責任だろう、僕一人にそれをなすりつけようとするなんて、なんて意地汚い性根だろうね！）

実際それらのAクラス生はクライド一人になすりつけようとはしていないし、もし対抗戦に勝利できたならばその功績を自分が掻《か》っ攫《さら》う気満々だった彼だが――それは棚に上げて、あるいは本当に忘れたかのように怒りを燃え上がらせる。

だが、今はそれをぶつけることはできず。

「……どうしますか、クライド様」

そんな彼の元に、Aクラス残りの生徒たち。負けを認めず、不満を騒ぎ立てる層。クライドからすれば『まだ正気を保っている』生徒たちが声をかける。

「どうやらあの無知蒙昧《むちもうまい》な生徒たちは、まだBクラスの勝利が正当なものであるかのように思い込んでいるようですが」

「愚かしいですわ。そんなこと、絶対にあるはずがないのにねぇ？」

「全くだ。……しかし、それを示す絶対的な証拠が出てこないのも事実。教員たちは一体何をやっているのやら」

「ああ……本当に、君たちの言う通りだ」

クライドの思念を肯定する生徒たち。その言葉に共感し、クライドは再度怒りを燃え上がらせる。

「まさか、栄えあるこの学園の教員がここまで耄碌《もうろく》していただなんて……！　やはり、僕がなんとかするしかないようだね！」

あの対抗戦が終わった後。

当然、クライドは結果を受け入れなかった。そしてBクラスが何か不当な手段を使ったに違いないと思い込み——真っ先に教員に直談判《じかだんぱん》しに行ったのだ。これは由々《ゆゆ》しき問題だ、きっと貴方《あなた》がたにも不利益が降りかかる。即座にBクラス生を、差し当たっては一番怪しいあのエルメスという男を問い詰めて吐かせるべきだ、と。

（だと、いうのに！）

教員たちは、大々的な人数をかけてエルメスを詰問したにも拘《かか》わらず何一つ聞き出すことができず。Bクラスの方も一致団結して教員に歯向かい、結果何も証言を得られなかったというではないか。

加えてあろうことか——エルメスに対する強引な詰問の様子を証拠に残され、逆手に取られて保護者の突き上げを燃え上がらせる材料としてまで使われる始末。どれほどに無能なのだ、とその時はクライドも正面から悪態をついた。

そして、紛れもなく。この流れの中心となっているのは——Bクラスの、あの男。

「エルメス……！」

その名を呟《つぶや》いて、クライドは更に眉根を寄せる。

陰口を吐かれ続けるクライドと違って、エルメスに対する評価は上昇する一方だ。

Bクラスを勝利に導いた最大の功労者、トラーキア家の秘蔵っ子、カティアを欠陥令嬢から世代最高の魔法使いにまで導いた名師、等。

どれだけ見る目がないのだ、と思う。

あんな男など、対抗戦においても後方から小賢《こざか》しく指示を出していただけ。実際の戦いにおいては血統魔法を使っても尚《なお》カティアに一切抵抗できなかった程度の実力しかない分際で。どうしてそんな男が自分を差し置いて、学園中の称賛を受け、多くの人間の尊敬を集めているのか。

……彼を称賛する人間は言う。

彼は、これまでにない新しい価値観を持った人間。かつての神童は伊達《だて》ではなかった。

この学園に新しい風を吹き込む存在だ。

彼を中心として、『この学園が変わっていくかもしれない』と——

(——ふざけるなッ!!)

クライドが、一番許せないのはそこだった。

学園が変わるのは良い。元々アスターの没落でその兆候はあったし、クライド自身この学園は変わるべきだと思っていたから。だが――

（――こうじゃない。こんな変わり方は絶対に間違っている。何より、それを主導するのが――どうして僕じゃないんだッ！）

その中心にいるのは、絶対に自分であるとクライドは疑うことなく信じていたのだ。

（僕は見てきたんだぞ、あのアスター殿下を誰よりも近くで！　当然殿下の間違っていた点もきちんと把握している。だから一人の力に頼るんじゃない、みんなで協力する大切さをずっと説いてきたじゃないか！）

それなのに、あの男が全て台無しにした。

この国の根幹すら揺るがすような、身の程知らずな理念をBクラスを中心に吹き込んでいる。彼に従えば早晩この国は秩序を失う。そんなことがどうして誰も分からないのだ。

それは、自分とは全く相反する考え。つまり間違った考えだ。なのに、多くの人間がそちらの方に賛同していて。

（どうしてみんな分かってくれないんだ。そこに立っているのは、間違いを知っている僕であるはずなのに。――僕に任せておけば、全て上手くいくのに！）

――なんとかしなければならない。そう、強く思う。

でも、あの男は想像以上に狡猾《こうかつ》だ。悪党の例に漏れず自分の罪を隠すのが上手《うま》く、中々尻尾を摑《つか》ませない。

「……どうする」

心中ではあるが、一旦自身の怒りを整理したことで多少は冷静になったか。

クライドが、心持ち落ち着いた顔で真剣に思索を巡らせる。

皆があの男に騙《だま》されている。それを自覚してもらう最も有効な方法はやはり、あの対抗戦。Bクラスが不当な方法で勝利した証拠を突き止めることだ。

しかし、それは教員が無能なせいで上手くいっていない。ならば——

(何か、別の方法で代替することはできないか？)

そうだ。結局のところ、『Bクラスが優れていたから勝ったわけではない』ということを証明できれば良いのだ。

ならば、Bクラスの不正を暴くことに拘《こだわ》らなくても良い。自分たちの名誉を守り、かつBクラス生全員が優れているわけではないことを示す方法。そう、例えば何かBクラス生の実力ではない特別な要因が……。

「——はは」

すぐに、思いついた。

何だ、あるじゃないか。『Bクラス生』が優れているわけではない証拠。対抗戦を見ていれば誰もが思い至るイレギュラー。

明らかにBクラス生の実力とはかけ離れていた存在が、あの場には居た。

「く、クライド様？」

クライドの様子の変化を感じ取ったか、Aクラス生の一人が問いかけてくる。

それに対し、上機嫌にクライドは答えた。

「そうだよ、誰が見ても明らかだったじゃないか。Ｂクラスで居るには相応《ふさわ》しくない存在、彼女が居なければ不正をしていてもＡクラスに勝つことなど絶対に不可能だった。それをひっくり返した人が居る」

そこまで言われれば、彼の周りのＡクラス生も全員が思い至る。

驚きの視線を心地よく受けて、クライドは満を持してその名を告げる。

「――サラ・フォン・ハルトマン。二重適性という類《たぐい》まれな才能を持っているにも拘わらず、家格に縛られてＢクラス所属となってしまっていた可哀想《かわいそう》な魔法使い。彼女が全ての原因だったんだよ」

こういうことだ。

彼女は、非常に稀有《けう》な才能とそれに相応しい支援能力を持つ魔法使い。彼女による献身的なサポートがなければＢクラス生が勝つことは不可能だった。よって、彼女のＢクラス離れした魔法の能力こそが対抗戦の勝利を決定付けた要因の一つである。

つまり――Ｂクラスが勝ったのはサラ一人が優れていたからであり、他のＢクラス生が優れていたわけでは断じてない。

それこそが真実だ。そう理解させることができれば、あのエルメスの特訓とやらが全くの無意味だったと皆分かってくれるだろう。

そして、それを証明する方法は簡単だ。

「サラ嬢を、Aクラスに引き抜けば良い。いや、引き抜くという言い方は失礼だね。相応しい場所へと所属していただくんだよ」

その上で、もう一度Bクラスへと勝負を挑む。

代わりにそうだな——適当なAクラス生の魔法能力が一番低い人間でもBクラスへ送ってやれば良い。そうして今度こそ完膚なきまでに叩《たた》きのめせば、この学園を覆っているふざけた幻想も晴れるだろう。そうすればBクラス生どもも心が折れ、不正の証拠も出てくるに違いない。

「はは、そうだよ。元々僕は言っていたじゃないか。彼女はBクラスに居るには相応しくない、家柄に縛られるなんて愚かなことだと！」

思いついた手段の素晴らしさを自ら称賛するように、クライドは笑う。

それに、これは彼女のためにもなる。何せ、彼女は優しすぎる。あの落ちこぼれのBクラス生相手でも丁寧に接している——優しさを、無駄遣いしている。

それ故に、エルメスにも騙されている。その心に付け込まれ、甘言を弄されて操られているのだろう。そうでなければあの誰にでも分け隔てない彼女がエルメス相手には特別な敬意を払うわけがない。

ああ、それは良くない。

彼女の優しさは、もっと優れた人間にこそ向けられるべきなのだ。そう、例えば——

「そうだね。そのような不当な評価を受けている人を助けてあげるのも、Aクラス長たる僕の役目だよねぇ！」

自分こそが、可哀想なお姫様を助ける役目を負っているのだと信じて疑わず。

自らの正義に酔った表情で、クライドは言葉を紡ぐ。

「そうと決まれば、早速動き出すとしよう。そうだね――今週末辺りが良いかな。何、彼女も最初は優しさ故に遠慮するかもしれないが、辛抱強く説得すればきっと分かってくれるとも！　見ているが良いエルメス、聖女様を抱き込んで見逃されていたようだが、君の悪行もここまでさ！」

自らの執着と、エルメスに対する憎悪と、建前とが融合して。

こうして、彼の足掻《あが》きが次に向かう場所が決定したのだった。


――そして、クライドは気付かなかった。

どうせ自分なんてもはや眼中にないのだろうと決めつけていた少女カティアが、彼が声を上げ始めた辺りからクライドを観察しており。具体的な言葉は喧騒《けんそう》に紛れて聞こえなかったようだが、大体何を言っているのかは把握した様子で。

「……やっぱり、そうくるわよね」

嘆息と共にそう告げ、同時に週末の行動を決定したこと。

……そしてついでに、予想通りとは言え楽しみにしていた予定を一つ潰され、クライドに対する怒りがまた一つ溜《た》まったことに。

第七章 悪意の牙

――おとぎ話が、好きだった。

きらきらしていて、少しだけ暗くて、でも最後は優しい世界のことが。

どこかコミカルだけれど、それでも一生懸命生きている人たちのことが。

その雰囲気が、美しさが、どうしようもなく好きだった。

この世界で生きられたら、どんなに素敵なことだろう。そう子供心に思ったものだ。

『大丈夫よ、サラ』

そんな幼少期の彼女に、母親は告げる。

そして指差す。絵本の中の、自分が好きだったキャラクターを。国の真ん中にある大きなお城、そのバルコニーで星空を見上げる、綺麗《きれい》なドレスを身に纏《まと》った女の子。

『よく見ておきなさい、これが貴女《あなた》の目指すべきもの。全ての女の子の夢』

そうして、それこそ夢見るような口調で、母親はいつもの口癖を言うのだ。

『――貴女は、お姫様になるんだから』

その言葉が。

どうしようもない呪いだと気付くまで、そう時間は掛からなかった。

◆

ハルトマン男爵家。

サラの実家であるその家は、一応貴族本家の邸宅ではあるものの貴族の中では最低位。多少立派な平民の屋敷とさしたる違いはない。故に、屋敷を歩いている最中にばったり家族と出くわすことも、そう珍しいことではないのだ。

「……お母様？」

休日の朝。朝食を終えて身だしなみを整えたサラは、居間に座って資料を眺めている人物を認めるとそう声をかける。

声に気付いたその女性は——今日は機嫌が良い様子で返答する。

「ああ、サラ！　丁度良かったわ、こっちにいらっしゃい」

促されるままに対面に座り、改めて眼前の人物、自分の母親を見やる。

イルミナ・フォン・ハルトマン。

サラと同じ遺伝子を持つブロンドの髪に、暗い青紫色の瞳。顔立ちは十分美人と呼べるほどに整っているが、少し化粧が濃いせいか見る者によっては吊《つ》った目元も相まって厳しい印象を受けるだろう。

そして特徴的なのは——耳元に、胸元に、両手の指に、腕に、髪飾りに、あらゆる場所につけられた大量のアクセサリー。その色とりどりの宝石が放つ光は、あまりにも乱雑で美しさよりもうるささが先に立つ。総じて、如何《いか》にも放蕩《ほうとう》な貴族夫人といった風体の女性。

そんな母親の……いつもの様子を見やってから、サラは机の上に並べられた資料を見て
──絶句した。

「……お、お母様。これ──」

「ええ、気付いたでしょう？　これは全部──貴女宛ての縁談の申し込みよ！」

サラの反応とは対照的にイルミナは喜色満面、まるで宝物をひけらかすように机の上の書類に向かって両手を広げる。

「素晴らしいわサラ。こんなにも多くの殿方の心を射止めるだなんて、私が育ててあげた甲斐《かい》があったというものよ！……ああでも、これだけあったら目移りしてしまうわよね。……大丈夫、ちゃんと私が『選別』してあげるから」

続けてそう告げると、イルミナは書類を取って読み込み始め。

「ええと、これは……クーセア子爵家の次男……ふざけているのかしら、子爵家『如《ごと》き』が私のサラと釣り合うとでも思っているの？　除外ね。それで次が……ラハトマー伯爵家長男。家格も今一つだし、優秀な魔法使いが輩出された噂《うわさ》も聞かないわね。落ち目じゃない、これも除外。次は──」

あまりにも躊躇《ちゆうちよ》なく、その相手をこき下ろす台詞《せりふ》と共に申し込みの手紙を次々と捨てていく。しかも──サラ宛てのはずである手紙を、一切サラの許可を取らずに、だ。

当然、サラはそうするよう頼んだ覚えもなければそもそもこんな申し込みが来ていたこ

と自体知らされていない。

「……あのっ、お母様――」

「大丈夫よサラ、母に任せなさい」

流石《さすが》に見かねてサラが声を上げようとするが、その言葉を一方的にイルミナが遮り、逆に自分の言葉を語り始める。

「いいこと。貴族令嬢に生まれたからには、少しでも身分の高い殿方のところに嫁ぐべきなの。それこそが最大の幸せなのよ」

優しげに、愛《いと》おしげに、けれど根底にある黒い執着を覗《のぞ》かせて。

「それを理解していなかったり、周りの理解を得られなかったりするとね、私のように望まない場所に嫁がされてしまうのよ。サラ、貴女にはそういう失敗をして欲しくないの。これは貴女のためなのよ」

母は――侯爵家から男爵家に嫁いできた女性は、語る。

「大丈夫、母が全部やってあげる。殿方の心を惹《ひ》きつけるための手法も全部教えてあげるし、優れた家へ……最低でも侯爵家ね、そこに嫁ぐ手段だって。心配ないわ、貴女は素晴らしい素質を持った女の子だもの。貴女のためならなんだってやってあげる。そう――」

そうして、自分を見ているようで、自分に投影している誰かを見ている母親は。

酔いしれるように、いつもの口癖を言うのだ。

「――貴女は、お姫様になるんだから！」

……そういうことだ。

母イルミナは元々、さる名門侯爵家の長女だった。

その実家で、娘たちの嫁ぎ先に関する争いがあったらしい。何があったか詳しくはサラも知らない。イルミナ曰《いわ》く、「あの妹が全て悪いのよ。誇りの欠片《かけら》もない、卑しく汚らしい手段で私の居場所を奪い去ったの」とのことらしいが、多分にバイアスがかかっていることは想像に難くない。

ともあれ、そうしてイルミナは争いの余波を受け、適齢期を過ぎても嫁ぎ先が見つからなかった結果――ハルトマン男爵家に嫁入りした。

彼女は激しい嫉妬心と復讐心《ふくしゆうしん》に囚《とら》われた。嫁ぎ先であるハルトマン男爵家で当主である夫を無視し、嫁ぐ前の身分を盾にやりたい放題振る舞ってもその渇きだけは癒されなかった。

満たされないまま、尚更《なおさら》横暴は加速し。それこそ自分こそが当主であるかのように振る舞っていた、そんな中――

サラが、生まれた。幼少期から類まれな容姿を持ち、加えて『二重適性』という魔法の才にもこの上なく恵まれた少女が。

そしてイルミナは――サラを、自らの渇きを癒すために使うようになった。

『お姫様になるのよ』

その言葉を、口癖に。男爵家の生まれでありながら、高位貴族の子息に見初められてその元に嫁ぐ。おとぎ話のような成り上がりを現実のものとすべく。

最低でも侯爵家。それを目標として、イルミナはサラにありとあらゆる教育を施した。

復讐の道具として。自らが成せなかったことを代わりに成就させるための存在として。

——愛する娘としてではなく、自己を憑依《ひょうい》させる投影対象《アバター》として。

サラの容姿が持つ魅力を最大限生かすための身だしなみ、着飾り方を教えた。

相手を守り、癒し、自らに依存させるための魔法の扱い方を教えた。

男性の心をくすぐり、自尊心を満足させるための振る舞いと性格を教えた。

凄《すさ》まじいまでの暗い情熱で、娘への愛情に見せかけた自己愛で、一切の容赦なく男性の心を射止めるための考え得る全てを叩き込んだ。

そこにサラ本人の性格も性質も目的も、一切考慮されることはなく。

ただ、この国の貴族令息が望むままの理想像を。そのために不要だった『サラ自身』の余計な部分は削り取って型に嵌《は》め。

そうして出来上がったのが、今のサラ・フォン・ハルトマン。イルミナ・フォン・ハルトマンの最高傑作だ。

……サラは思う。

自分に言い寄る男性は、須《すべか》らく自分を褒める。自分の容姿を、自分の性格を、自分の態度を絶賛する。それはきっと光栄なことなのかもしれないけれど、同時に思ってしまうのだ。

当然だ、と。だってそうあるように、そうあることだけを目的に育てられたのが自分なのだから。そこに『サラ』が介在する余地はない。彼らが見ているのは、『イルミナの作り上げた何か』だ。

——そのままの君で良いよ。

自らに言い寄る男性から、幾度となく聞いた言葉。

聞きようによっては嬉《うれ》しいかもしれないその言葉が、彼女にとっては最大の皮肉だった。

……だからこそ。自らが変わるきっかけをくれた、変わっても良いと態度で示してくれた少年の存在が、とても嬉しかったのだ。

「……あら、これで終わりなの」

思い返しているうちに縁談申し込みの『選別』が済んだらしく、イルミナが嘆息した。

けれど、その瞳には喜悦が灯《とも》っている。

『自分が育てたサラ』が目論見《もくろみ》通り多くの男性の好意を集め、それを自分自身が選別する立場に居る。それが楽しく、喜ばしく、優越感を感じられて仕方がない。そう言いたげな上機嫌で、イルミナはサラに話しかけた。

「上出来よ。……でも、今日貰《もら》ったものの中にぱっとする殿方は居なかったわね。——学園の方ではどうなの？　私の目に適《かな》うような方はいるのかしら」

……最早《もはや》、サラではなく自分が選ぶことが前提となっており誤魔化すこともしない。

それを認識しつつ、サラは回答する。……真実とは、異なることを。

「……いいえ。やはり、一時とは言えアスター殿下の婚約者であったことが響いているようです」

「そう。――全く忌々しい、どうして没落なんかしたのよあの王子は。サラを選ぶ目だけは確かだったのに、実力自体はどうやら張りぼてだったようね！」

かつてサラがアスターに見初められたと聞いた時は狂喜乱舞していたのに、随分な貶《けな》しようだ。一応は既に継承権を失っている身とは言え、かつての王子をこうまで悪し様《あしざま》に罵るのも異常である。

でも当然かもしれない。彼女の頭の中にはもう、『サラを優れた立場の人間に嫁がせる』ことしか頭にないのだ。王子でなくなった時点で、イルミナの中でのアスターは無価値に成り下がっている。

「でも、それが理由なら時間が経《た》てば落ち着くでしょう。私のサラはこれだけの魅力を持っているんだもの、きっとすぐに学園でも声をかけられるようになるわ！」

「……」

「誰が望ましいかしら。そうねぇ……ああ、あの方はどうかしら――クライド・フォン・ヘルムート侯爵令息！」

まさしく現在学園で一番気がかりな名前が出てきて、思わずサラの肩が跳ねる。

「アスター殿下が居ない今、側近だったあの方がAクラスの中心でしょう？　実家も名門侯爵家で、誰もが振り向く美しいお方と聞くじゃない。私のサラとも釣り合いが取れているわ。どう、あのお方に声をかけられては居ないのかしら？」

「あ、あの……っ」

あまりにクリティカルな話題を出され、少したじろぎつつもどうにか言葉を絞り出す。

「クライド様は……まず、以前の対抗戦でBクラスが勝利したためAクラス自体が揺れていまして……」

「ああ、あれ？　あんなのBクラスが何か卑怯《ひきょう》な手を使ったに決まっているわ。サラ、貴女《あなた》はもちろんそんなものに関与していないわよね？」

「っ！」

イルミナは、対抗戦を見ていない。『魔法で戦うなんて野蛮なことは淑女の仕事ではない』と毛嫌いして見ようとすらしなかった。

にも拘らず、この物言い。

サラとて、あの戦いにかける想《おも》いは特別重かったのだ。流石に声を上げるべく、息を吸ったが――その瞬間、呼び鈴が鳴った。

「あら。どなたかしら？」

喉元で声の行き場を失うサラを他所《よそ》に、イルミナが玄関まで対応しに向かう。

そして直後、玄関からイルミナの喜色に満ちた声が響く。嫌な予感を抱く間もなく、すぐに扉が開いて。そうしてイルミナに案内され、居間に現れたのは――

「やぁ、サラ嬢。――ああ、休日の家庭的な君も美しいね」

噂をすれば影、と言うが。

にしてもあまりに悪すぎるタイミングで現れた青髪の少年、クライド・フォン・ヘルムートその人が、爽やかさの裏に執着を匂わせる顔でサラに声をかけた。

この場、この話の流れ、そしてこの母とクライドが共に現れたという事実。どう考えても、真っ当な用事ではない。そんな確信に近い予感と共に、サラは己の体を抱く。

――だが、同時に。これはチャンスだとも彼女は思う。これまで流されるままだった母と、何も認めようとしないクライドと、真っ向から話し合うある意味この上ない機会。

……自分だって、このままでは駄目だと思ってはいた。でも、思うだけで何もできなかった。

そんな自分を他所に、周りを変えてくれた人がいたのだ。

その功績を、その成果を、無に帰そうとする人間が居るのならば。

――今度は、わたしが変わる番。わたしが頑張る番だ。

変わるきっかけとなった、一人の少年の顔を思い出して勇気を貫い。

決意を胸に、サラは眼前の二人を見据えるのだった。

◆

休日、突如としてハルトマン家に現れたクライド。

慌ててイルミナが歓迎の意思を示し、使用人に対して高圧的に命令して即座に紅茶を用意させる。そうしてイルミナが一通りのおべっかを捲《まく》し立てて、クライドがそれを受け入れつつ運ばれてきた紅茶で一息つき、ようやく本題に入る。

彼の用件は――概《おおむ》ね、サラが予想していた通りだった。

「……ということだ。こちらのサラ嬢の素晴らしい活躍が、不正ありきとは言えBクラス勝利に大きく貢献したのだよ。つまりそれは、サラ嬢がBクラスなんかに居るには勿体《もったい》ない魔法の力を持っている証左に他ならない！」

「その通りですわ、クライド様！」

……予想外だったのは、丁度母親とその話をしていたある意味最悪のタイミングで彼がやってきて。そのせいで母があまりにも舞い上がり、完全にクライドと意気投合してしまっていることだ。

「だから僕は提案しに来たのさ。――サラ嬢、Aクラスにならないかい？」

そして、本命の提案の一つを彼が告げる。

「大丈夫、教員陣は僕が説得する。そもそもあの無能たちはBクラスの悪事を暴けず困っているだろうからね、その辺りを説得材料に含めれば簡単に折れてくれるだろうさ。そもそも僕は、君ほどの人がBクラスなどおかしいとずっと思っていたのだから」

「流石はクライド様！　サラ、勿論《もちろん》受けるわよね！」

自身の正しさを確信し、優雅な表情を見せるクライド。そして、そんな彼の気品ある佇《たたず》まいに頬を染めて全てを肯定するイルミナ。

「クライド様ほどのお人が、こうまで言ってくださっているのよ！　ええ、当然前向きに進めさせていただきます。それでクライド様、その……サラは、多くの貴族の子息に声をかけられているのですが……」

「ああ、それは由々《ゆゆ》しき事態だね。勿論僕も、立場として早めに生涯を共にする女性を決めるに越したことはない。サラ嬢であれば申し分ないだろうさ、こちらも前向きに考えさせていただくよ」

「まあ！」

イルミナの迂遠《うえん》な物言いをしっかりと理解し、イルミナにとっては完璧な回答を返す。

彼女は更に頬を染めつつ喜びを顔に出し、高らかに告げる。

「ああ、今日はなんという良い日でしょう！　私のサラが、ようやく正しく認められる日が来たんだわ！　さぁサラ喜びなさい、貴女にとっての幸せが、栄光がすぐそこにやってきたのよ！」

そんな、心からの喜びと共にサラを見据えるイルミナ。

——否。ずっと前からきっと、彼女の目に映っているのは自分ではない。

……それが、悲しかった。

きっと真っ当な思い出はなかったけれど、厳しく有無を言わさず自分を改造する母の姿しか見ていなかったけれど。それでも、家族なのだから。

だから、今こそ。『自分の想い』を告げるべく、彼女は息を吸う。

『貴女はきっと、自分の心を軽んじられています』

あの日、下町に出ていた路地裏で偶然出会った少年、エルメス。

カティアの幼馴染《おさななじみ》であり、他とは何処《どこ》か違う雰囲気を纏《まと》った少年。そんな彼が告げた一言は、サラを十分に驚愕《きょうがく》せしめるものだった。

『──自分は自分のものではなく、自分如きどうなっても良い、と』

どうして、そこまで。自分の心の内を正確に言い当てられるのか、と思ったのだ。

それで興味を持った。そう言う彼がどんな心の形を持っているのか気になった。見てみたくなった。

──そして、憧れた。

冷静に、されど苛烈に。迷い、悩みつつも芯の部分は決して揺らぐことはなく。

己の目標に向かって邁進《まいしん》し、言葉ではなく在り方で次々と周りを変えていく姿に、強烈な憧憬を抱いた。それは、学園に入っても変わることはなく。それを期待して、ひどく強引な引き留めもしてしまった。

……ああ在りたい、と思った。

どうしようもない自分でも、流されるままだった自分でも。自らを定義できる確固たる何かを持って、前に進めたのならば、どれほど良いことだろうかと。

なりたい。

彼のようになりたい。

周りに影響するほどに、確かなものを持った人になりたい。

――誰かを変えられる自分に、なりたい。

そんな想いで、彼女は口を開く。

「……クライドさん。もう、やめましょう」

まず、サラはクライドに告げる。瞳は逸《そ》らさず、言葉は濁さず、ただただ真っ向から。

「仮にわたしをAクラスに引き抜いたとしても、勝てるとは限りませんよ」

「!? な、何故《なぜ》それが」

「流石《さすが》に分かります。……むしろ、逆効果だと思います。その場合きっと、今度こそエルメスさんは形振《なりふ》り構わず勝ちにくる。Bクラスの皆さんも、あの時より更に強くなる。

――『わたしが居なくてもBクラスは強い』、と逆に証明してしまうでしょう」

まずは持ち前の洞察力で、クライドがここに来た狙いを正確に看破する。

その上で、貴方《あなた》の目論見は外れると冷静に諭す。

「そして何より――Bクラスは、やましいことなどしていません。正々堂々、あの力を身につけたんです。……わたしはそれを見てきました。そこに嘘《うそ》はつけません」

加えて自分の中にある譲れない部分を、しっかりと突きつける。

「気持ちは分かりますが……認めるべきだと思います。学園は、エルメスさんを中心に変わりつつある。それはもうきっと、止められるものではありません。それを認めた上できちんと行動すれば、まだ間に合います」

「……」

「でも、そうしなかったらきっと——貴方は、今の居場所すら失うことになりかねない」

そして最後は厳しく、けれど誠実に、かつ道理に合った説得を。彼の望むところも理解した上で、過不足ない言葉を選んで示す。

「……お母様も。今述べた通り、学園は激動の時期にあります」

続けて、母親にも同様の視線を向けて。

「貴族令嬢として生まれ、これほどの魔法を持ってしまった以上、お母様の言うような問題は常について回るでしょう。その意味でお母様が真剣に考えてくださっていることは感謝します。……でも、だからこそ今は——そう言ったお話は控えていただければと」

「……」

「学園の、そしてこの国の変化が落ち着いてからの方が、きっと後悔しない選択ができると思うんです。それから、きちんとわたし自身も考えて決めた方が良い。……何よりわたし自身そうしたいと、今は思うんです。だから、どうか」

そう一息に告げると、澱《よど》みない意思を宿して頭を下げた。

サラの言葉は、説得という意味ではこの上なく素晴らしいものだっただろう。

自らの意思を示し、相手の意思も尊重し。きちんと筋道立てて考えに至った根拠を示しつつ、相手を立てて必要以上に挑発するような言葉も使わない。まさしくとても説得力のある言葉の数々だった。

……だが、彼女は知らなかった。意思を示した経験が乏しすぎて、実感しきれなかった。彼女のある意味での不運は、自らの意思を持って最初に説得したのが――エルメスだったということ。そして、その説得がこの上ない形で成功してしまったことだろう。

……そう。自らの意見を示し、相手を説得するにあたって。

その相手が、エルメスのようにきちんと真っ向から話を聞いてくれ、理解と吟味をしてくれる理想的な存在とは限らない。むしろその方が少数派だ。

大半の相手は、そうではない。どころか――

――そもそも最初から話を聞く気が一切ない人間が、一定数存在することを彼女は実感できていなかったのだ。

「――なんてひどいことを言うのこの子はッ!!」

そして、眼前の二人はその最たるものだった。

クライドの前で繕っていた仮面はどこへやら、怒りと憎悪に顔を歪《ゆが》ませるままにイルミナが叫ぶ。

「せっかく私がこれほどまで貴女のために奔走して、クライド様にまでご足労いただいたというのに！　その全てを踏み躙《にじ》るような言動をするなんてどうして!?　どこでこんなにも親不孝で恥知らずな娘に育ってしまったのよ!!」

「母君の仰《おつしや》る通りだよサラ嬢!!」

その言動をした理由を懇切丁寧に今説明したばかりなのに、その全てを無視しているのが一言で分かる台詞《せりふ》。イルミナのヒステリックな叫び声にクライドも悲痛な声で追従する。

「なんて嘆かわしい、アスター殿下といた時のお淑《しと》やかで素晴らしい君は何処に行ってしまったんだ！　わけの分からない言葉を弄して相手を貶《おとし》めようとするなんて、真の君とは程遠い！　一体何があったと言うんだ!!」

「そうよ！　ああ、どこで間違えたの、どうしてこんな親心の分からない子に!!」

悍《おぞ》ましいほどに息が合っていた。

互いが互いに共感し、自ら作り上げた悲劇に酔い、そうして増幅された莫大《ばくだい》な敵意がサラにぶつけられる。

それに怯《ひる》みつつも、目を逸らして蹲《うずくま》るような真似《まね》だけはしてはいけないと見返す。

されど、その程度でこの二人が止《とど》まるはずもなく。

「――そうか」

それどころか、ある瞬間にぴたりと叫ぶのをやめたクライドが、何かを思いついたようにこう呟《つぶや》いた。

「可哀想《かわいそう》に、そこまでBクラスに毒されてしまったんだね。君は他人に共感しすぎるきらいがある、きっとそれが悪い方向に働いてしまったんだ。そうでなければこんな風になってしまうはずがない！」

「まあ、そうだったの！　でもそれなら納得だわ、この子は優しすぎるもの。そういうことなら――やることは一つね！」

「！」

その先の言葉は、誰だって予想がつくものだった。

「ああ。今すぐにでも彼女をAクラスに変更させよう。僕はもうこれ以上、宝石が泥の中に埋もれることに耐えられない！」

「ありがとうございます！　ええ、そうしてもらった方がこの子のためにもなりますわ」

「そうだね、そうしてゆっくりとAクラスで貴族の何たるかを教えれば彼女もきっと昔のように戻ってくれるさ！」

そこに、彼女の意思を介在させるつもりがないことは明確だ。

『Bクラスに毒されて判断力が鈍っているから』と強引に解釈されて、何一つ意見を差し挟む隙を与えてもらえないだろう。

親の、そして目上の人間に従順だった昔のサラを、強制的に再現しようと画策する。

――当然、それを許すわけにはいけない。

「あのっ！　分かりにくかったのならば何度でも説明します、だから話を――」

「ッ、この期に及んでこの子は！」

声を上げたサラに、されど余計に怒りを刺激された様子のイルミナ。

「どこまで親不孝を積み重ねれば気が済むの！　反抗期にしても限度があるわ、私が居ないと何もできない分際で何様のつもり！　どこまでも血迷って私の邪魔を――!!」

そして、遂《つい》に。元よりさして太くはないだろう堪忍袋の緒が切れたのか、憎悪に支配された形相でイルミナが手を振り上げ、躊躇《ちゅうちょ》なく振り下ろす。

身に迫った危機に、けれど逃げることは絶対にしないとの意思を込めて、サラはその場に留《とど》まったままぎゅっと目を瞑《つぶ》って――


――ぱしっ、と。

その掌《てのひら》を受け止めるような、軽い音が近くで響いた。

「……え」

予期していた衝撃がやってこず、恐る恐る目を開けたサラの目の前には。

「――失礼」

見慣れた、銀髪の少年の姿があった。

「不躾《ぶしつけ》とは承知していますが、流石に見ていられなかったもので」

「な――だ、誰よ貴方！」

驚愕と同時に嫌悪を滲《にじ》ませて、イルミナがエルメスの手を強引に振り払う。

「……エルメス、さん」「エルメス……！」

サラは呆然《ぼうぜん》と、クライドは憤怒と共に彼の名を呼ぶ。

それを聞いて大まかな関係を把握したか、気を取り直したイルミナが叫び散らした。

「何、サラの知り合い？　だとしてもあまりに非常識だわ、一切の予約もなしに貴族の家にやってくるなんて！　そもそも貴方のその格好、どこかの従者じゃない！　従者如《ごと》きが貴族子弟の話し合いの場に介入するなんて、身の程を——」

「——じゃあ、主人《私》が出れば満足かしら」

今度はそのイルミナの声を遮って、居間の入り口から凜《りん》とした声が響く。あまりにも美麗な響きに、その場の全員が目を向けさせられ。

そして視線の先には、妖精と見紛《みまが》うほどの少女が一人。

顔立ちも、その紫髪も、挙動もあまりに美しく。服装は比較的簡素でありながらもその程度では彼女の魅力に些《いささ》かの影も落とさない。

あたかも、過剰な装飾で自らを高貴と偽るイルミナと対照を成すかのように。『これが本物の気品だ』と、身をもって示すかのように。

「カティア、様」

「……ええ。悪いわね、まさかここまで行動が早いとは予想外だったわ。——でも、辛うじて致命的になる前に間に合ったのは不幸中の幸いかしら」

少女の名を呼ぶサラに、彼女は安心させるように微笑《ほほえ》みを返すと。

「約束通り、遊びに来たわ。……でも変ね」

翻って、クライドとイルミナに視線を向ける。

「サラの話じゃこの日、私たち以外の訪問者は居ないと聞いていたのだけれど。どうして居るのかしら、『一切の予約もなしに貴族の家にやってきた』、非常識な侯爵令息さん？」

「貴様……！」

対照的に酷薄な微笑で先ほどのイルミナの言葉で揚げ足を取り、まず『この場における乱入者はお前の方だ』と示し。

忌々しげな視線を向けるクライドを軽く流すと、今度は打って変わって冷静に告げる。

「……なんて、ね。予想は付いていたわよ、サラに執着する貴方が強引にこういった行動に出ることは。だから来たんだもの」

そして、前置きは以上とばかりに軽く息を吐くと。

「――で」

その瞬間、空気が変わった。

そう錯覚するほどの恐ろしい何かが、カティアから発せられた。

「いざやってきたら、こんな現場に出くわしたわけだけれど。それどころか、玄関に来た辺りから言い争う内容までばっちり聞こえてきたから、大体の状況はもう把握しているわけだけれど」

言い逃れすら先んじて封じる宣言と共に、彼女は場を支配する。

「当然サラの声も聞こえていたわ。……素晴らしい言葉だったわよ、サラ。そして感謝するわね、あなたの真摯な言葉に一切耳を傾けない様子で――ようやく、私も吹っ切れた」

誰もが呑《の》まれるその感覚。エルメスとサラだけは、それに心当たりがあった。

——対抗戦の最終盤。絶対的な最後の関門として立ちはだかったカティアの様子と、今の雰囲気は酷似している。

唯一違う点は、彼女の表情。あの時と違ってきっちりと理性は残しつつ、されど宿す感情の強さはあの時と遜色なく。

「クライド・フォン・ヘルムート。イルミナ・フォン・ハルトマン。まずはあなたたち程度でも理解できるよう、私の用件を簡潔に、分かりやすく言ってあげるわね？」

有り体に言うと今の彼女は——極めて冷静にキレていた。

そしてカティアは遂に、絶対零度の声色で表明する。

「——私の大切な友達に、何してくれてんのよ」

絶対に許さない。

そんな副音声すら聞こえてくるほどの圧力と共に、彼女は冷や汗を浮かべる二人を睥睨《へいげい》するのだった。

◆

「な、なんだい君。今は僕がサラ嬢と話をしているんだ、それなのに横からしゃしゃり出てきて何様のつもりだ！」

「先ほどの言葉が聞こえなかったのかしら。私はきちんとアポイントメントを取ってサラの家に遊びに来たのよ、しゃしゃり出てきたのは無許可で予定の日に踏み込んできたあなたの方」

　カティアの発する雰囲気に呑まれまいとクライドが精一杯の言葉を発するが、間髪容《い》れず彼女は冷徹に切って捨てる。むしろ、とその冷え切った視線をイルミナの方に向けて。

「それがある以上、予定にない来客は一度追い返すのが筋だと思うのだけれど。どうして招き入れているのかしら——まさか、私が来ることを知らなかっただなんてふざけたことを言うつもり？」

「！」

　イルミナが肩を震わせ、冷や汗を余計に流して黙り込む。誰がどう見ても図星の反応だ。

　知らなかった——いや、知っていたとしてもサラの縁談で頭が一杯だったイルミナのことだ、クライドが訪問してきた時点でそんな予定など完全に頭から抜け落ちていた、或《ある》いはカティアの訪問とは知らず、いざとなればクライドの立場を使って強引に突っぱねようとしていたのか。いずれにせよ、浅はかであることこの上ない。

「だ、だとしてもだ！」

　さてどう問い詰めようかと考えたカティアの僅かな沈黙に、今度もクライドの声が差し挟まれる。

「不幸な行き違いがあったとしても、それが強引に割って入って良い理由にはならないだろう！　その件はハルトマン家から後日正式に謝罪を受けるとして、今の僕の話を遮って良いはずがない！」

……ある意味尊敬する。息をするように自分の無許可訪問を棚に上げる精神性に、その上であたかもこちらが悪いかのように責め立てる面の皮の厚さ。そしてきちんと責任はハルトマン家になすりつける抜け目のなさまで。

一つ、カティアは嘆息する。

この男は、こういったその場限りの言い逃れだけは異様に上手《うま》い。きっとこちらが矛盾を指摘したとしてもまた新たな言い訳を持ってきて、いたちごっこになる可能性が高い。

──故に。やるとすれば、話の大元からだ。

「……まあ良いわ。それで、大方あなたの目的はサラを引き抜いてBクラスをもう一度貶めて、あわよくばこの子との婚約まで持っていこう──ってことは聞こえてきた会話からも明らかなのだけれど」

追及がやんで安堵《あんど》したクライドだったが、そんな一息をカティアが許すはずもない。

「その可否はともかくとして、良いのかしら」

彼女は、うっすらと口の端を吊《つ》り上げて。この状況を読んだ上で対策した一手を打つ。

「その場合──あなたは、トラーキア《うち》家の傘下に入ることになるけれど」

「…………、は？」

「分からない？　まあ昨日の話だし無理もないわね」

完全に虚を衝《つ》かれた表情を見せるクライドに、カティアは畳み掛けるように種明かしをする。

「昨日、当主同士の話し合いで決定したのよ。――『ハルトマン家がトラーキア家の傘下に入る』と、正式にね」

その意味を、仮にも侯爵家の跡取りであるクライドは正確に理解した。

後ろ盾のない家同士であれば婚姻云々《うんぬん》の話は完全に家同士の話だ。

だが、傘下、つまり『派閥』が絡むとなれば、話は変わってくる。トラーキア家からすれば、サラの婚姻はつまり自らの派閥にある家の娘を差し出す行為だ。

当然、それを受ける側の家から相応の見返りを求める権利がある。そう、代表的なものとしては――相手の家も自分の派閥に入る、など。当人たちの思惑がどうであれ、形式上はそうならざるを得ない。貴族社会での大きな話とは、そういうものだ。

「ばかな！」

そして勿論《もちろん》そんなことをクライドは、カティアのことも目の敵にしていた人間として認められるはずがない。

「そもそもなんだそれは、出鱈目《でたらめ》を言うな！　ハルトマン家がどこに所属するかについては、まだ決着が付いていないはず――！」

「そうね、複数の家が睨《にら》み合っている膠着《こうちゃく》状態だったわ。サラに多くの縁談が来ていたのもその影響でしょう。そこを強引に掻《か》っ攫《さら》えば要らぬ諍《いさか》いを招く、そう考えてトラーキア家は今まで手を出してこなかった――だけど」

クライドの反論に、カティアはハルトマン家を巡る状況を正確に解説してから。くすりと笑ってサラの方に歩み寄ると、彼女を抱き寄せるように後ろから軽く手を回して。

「私がお父様に言ったのよ。『どうしてもこの子《サラ》が欲しいの』ってね」

「えっ!?」「な――!」

主従を除くその場の全員が、目を見開いた。

ハルトマン家を巡る、多くの家の思惑が絡み合った複雑な状況を。

彼女はあろうことか――私欲で掻っ攫っていったと言うのだから。

「……初めてだったわ。私が、こんなに大きな我儘《わがまま》を言うことは」

誰にも読めるはずがない。だって彼女の言う通り、今までなかったのだ。カティアがこんな、私利私欲を優先した行動を取ることは。

「もちろん、ちゃんとサラの価値も丁寧に説明したわ。そうしたら最後にはきちんと納得してくれて、昨日当主同士の話し合いが為《な》されたわ。それで話がまとまって、今に至るわけ」

驚きのあまり固まるクライドだったが、彼女はその一瞬の緩みすらも許さない。再び冷たい声に戻すとこう告げる。

「それと、クライド。いい加減私も我慢の限界よ、あなたの態度は家を通して正式に抗議させてもらうから」

「何――!?」

「心当たりがないとは言わせないわよ？　エルに対する侮辱、そして私に対する侮辱。エルが主導したBクラスの努力を一切否定して、あのふざけた教員どもの尋問にも一枚噛《か》んでいたそうじゃない。十回咎《とが》めてもお釣りが来るわ」

　ことここに至り、ようやく自分が追い詰められていることを悟るクライド。それを誤魔化すように彼は叫ぶ。

「ふ、ふざけるなっ！　学園のことは学園内で解決するべきだろう！　それなのに実家を持ち出すなど、恥知らずだとは思わないのか!?」

「今まさにあなたが学園外にまで手を伸ばしているじゃない。こうやってサラの家にまで踏み込んで」

　それも予想済みと切って捨てると、カティアは威圧的にクライドに一歩歩み寄って。

「……アスター殿下の婚約者だった頃から、あなたのことはよく知っているわ。あなたは、とにかく自分を特別扱いしたがったわね。殿下の威を借るのも、それを楯《たて》に好き放題やるのも自分だけに許されていると思い込んで」

「だ、だま――」

「そういう輩《やから》は、こうも思いがちだわ。――グレーな手段を使うのも、自分だけの特権だと」

　むしろ、そう言った手段を使っている自分のことを誇らしげにさえ思ったりする。にも拘《かか》わらず、他人が同じ手段を使った時は卑怯《ひきょう》だ恥知らずだと騒ぎ立てる――まさしく今のように。

だから、カティアは今回このような行動に出た。

そんなことはあるはずがないと。お前がそう出るのならば、こちらも遠慮はしないと。

お前が今まで好き放題やってこられたのは、あくまで『見逃されていた』だけなのだと突きつけるために。

「……確かに、今までの私はそういう手段を使わなかった。……使うことに、どうしても抵抗があったのよ」

カティアは、公爵令嬢だ。それも名門公爵家であるトラーキア家の娘。

本来なら——その気になれば、かなりの我儘を言えてしまう立場にある。

故に、彼女はそれを律してきた。それはきっと恥知らずなことだと思ったから。彼女の高潔すぎる精神が、それを許せなかったから。

「でも、ようやく気付いた」

しかし吹っ切れた表情と共に、カティアは否定の言葉を述べる。

「それは、逃げていただけなのよ。そういう手段があるのは、そうでしか守れないものがあるからなの。……私は自分だけお綺麗《きれい》な振りをして、その負担を全てお父様に押し付けていただけだった」

教員に関する件だってそうだ。

ユルゲンが予《あらかじ》め学園祭の時点で証拠を集め、保護者に働きかけてくれなかったら。教員陣の理不尽な尋問から、エルメスを守ることができなかったかもしれない。

そして今も、大切な友人がどうしようもない低劣な欲望に絡め取られようとしていて。

──それと比べれば、自分のささやかなプライドを守る理由が何処《どこ》に存在するのかと。

「だから、聖人ぶるのはもうやめるわ」

故に彼女は、己の実力も権力も全てひっくるめて。強権だろうが我儘だろうが使いこなして。

今この瞬間から──『公爵令嬢の本気』を、解禁する。

「改めて感謝するわ、クライド。お陰様で躊躇《ちゅうちょ》がなくなったもの」

まずは手始めに、この男を。

強引に友人を己の手元に置くことで守り、これまでの暴言に対する報いを受けさせて。

──当然、その程度で済ませるつもりなど毛頭ない。

「心からの謝意を込めて──全力で、潰してあげる」

そしてやるならば、徹底的に。公爵令嬢の反撃は、ここからが本番だ。

そこから先は、クライドにとっては地獄だっただろう。

「まず、対抗戦前後の言動に問題がありすぎよね。以前はアスター殿下が居たから封殺できていただけの言葉をそのまま、しかも衆目があるところで堂々と続けるのは普通に馬鹿としか言えないわ。今ならいくらでも正式に『問題』にできる。……ああ、もちろん言葉だけではないわよ。あなたが最終手段としてBクラスがやましいことをしていた証拠を強引に捏造《ねつぞう》しようとしたことも摑《つか》んでいるし、物証もちゃんとあるから」

カティアが今までできないと思われていたこと、クライドが以前の『欠陥令嬢』との評価に引っ張られてできないとたかをくくっていたこと。

——しかしその実、彼女が心情的にやろうとしなかっただけのこと。

それどころか、やろうと思えばクライドの予想よりも遥《はる》かに優秀に言質を取り、グレーゾーンの中から明確な問題を見つけ出して洗い出し、恐ろしいまでの調査能力と洞察力で弱みを突き止め、突きつける。

彼は忘れていた。否、自分にとって不都合故に思い至ることができなかった。

カティアは——『あのユルゲン・フォン・トラーキアの娘』なのだ。

あの貴族界で尚《なお》恐れられている法務大臣の血を引くのならば、むしろこれくらいはできて当然と言わんばかりに。隠し持っていた爪を解放したカティアは、そのまま容赦なくクライドの喉笛を引き裂こうとしていた。

「……とまあ、現時点で確定している問題はこの程度ね。限りなく確定に近い情報も含めればまだまだあるし、これだけでも全て大っぴらにすればそちらの実家にも大ダメージだと思うけれど、何か申し開きは？」

「——い、言いがかりも甚だしい！」

そして、クライドとしても認めるわけにはいかないとは言え、反論も言葉選びもお粗末に過ぎた。

「こ、これは明確なこちらへの敵対行動だ！　良いのか、そちらがそう来るならこちらだって家を挙げて受けて立っても構わないんだぞ！」

「どうぞ、むしろその覚悟もなしにこんなことするわけないじゃない。あなたみたいにそれを恥知らずだと罵るほど恥知らずじゃないもの」

「っ。——知っているんだぞ、君たちトラーキア家は戦力を魔物退治に振っていて、本家の守りは薄いことをな！」

続けてクライドが苦し紛れに指摘してきたのは、穏やかならざる示唆だった。

「いいのか!?　随分と自分の力に自信があるようだが、この国には君が知らない、魔法使い一人を無力化する手段なんていくらでもあるんだ！」

「へぇ。それは脅しかしら」

「ただの示唆だよ。何か不幸が起きても知らないぞ、君を守ってくれる人は居ない、今日だってろくな護衛も連れないで——」

「あはは」

思わず、といった調子でカティアは笑った。

なるほど、本人は否定しているようだがこれは明確な脅しだ。つまりここで引かなければ何かしらに襲われてひどい目に遭うぞ、という。

……本当に、随分なお笑《わら》い種《ぐさ》だ。

護衛が居ない？　確かにクライドの目から見ればそう思えても仕方ないのかもしれない。

そして、カティア本人が襲われてひどい目に遭う？　何を言っているのだこの男は。

——それが、一番ありえない。

「どうぞ、やれるものならやってみなさい」

故に、カティアは平然と一切動じることなく返す。

……あと、いい加減『彼』を軽んじられるのには腹が立ってきたので。

「というわけで、エル」

「……ええと、よろしいのでしょうか」

クライドがこう出ることも予想していた彼女は、予め決めていた合図を自らの従者——エルメスと交換する。

エルメスは少し戸惑ったような声を返すが、彼女は構わないとばかりに頷《うなず》いて。

「大丈夫よ。お父様の許可は貰《もら》っているし……それに、どうせ認めないもの」

「……なるほど」

異様に説得力のある理由に、彼も頷きを返して歩き出す。

それを見たクライドは、心底馬鹿にするような視線をエルメスに向けて。

「はは！　エルメス、まさか君が彼女の護衛のつもりかい!?　対抗戦で彼女に良いようにやられていた君が？　対象よりも弱い護衛だなんて随分なお笑い種——!?」

そして、瞬時に固まった。

何故《なぜ》なら、刹那。本当に瞬《まばた》きするよりも早く——エルメスの姿が瞬時に消え失《う》せて。そして同時に、居間の反対側に居たはずの彼が一切の反応を許さず彼の背後に立ち、手刀を首筋に押し付けていたのだから。

「な……あ」

あまりにも速すぎる。目で追うどころか意識で追うことすら不可能、時間を盗まれたかのような瞬間移動。それこそあのニィナすらも上回る、通常の魔力による身体強化では絶対にあり得ない領域。

そしてクライドは気付く。……そもそも最初からおかしかったと。

エルメスが最初に現れた時、彼はイルミナがサラに手を上げるのを止めた。だがまずそれだって、いつ現れたのだ？

「クライド。別に信じなくてもいいけれど、事実だけ言っておくわね」

否応《いやおう》なしに見せつけた根拠をもって、カティアは淡々と結論を口にする。

「——エルは、私より強いわよ」

「馬鹿、な」

「これもあなたの癖とは言え、疑問よね。……どうして、『魔法を隠しているのが自分だけだ』と思い込めるのかしら」

エルメスは現在、とある血統魔法を再現している。

それは、『無貌の御使《ルナド・サラカ》』。純粋な身体強化を目的とした魔法で、その性能は血統魔法なだ

けあって随一だ。生半可な魔法使い相手では今のように反応すら許さないほどに。

人前での血統魔法再現は禁じられていたが、今回は効果が比較的見えにくい魔法であること、そしてカティアが述べた通り――見たところで信じない、認めない人間しか居ないことから例外的に許可された。

信じられない、認められない……けれど事実は事実として突きつける。

すなわち彼がいる限り――カティア本人を直接狙うのが一番無謀だ、と。

「ふっ、ふざけるな、こんなことをさせるなんて君は――」

「……言葉は、選んだ方がよろしいかと」

案の定喚《わめ》き出したクライドに、エルメスは冷たい声で心持ち手の力を強める。

「僕はカティア様ほど、カティア様への侮辱に寛容ではいられませんので」

「！」

背後から否応なしにぶつけられる殺気に、今度こそクライドの背筋が凍る。

「……エル、やりすぎよ。でもこれで分かったでしょう」

そして、エルメスが予想以上に怒っている――怒ってくれている事実を見てカティアが若干気を緩めかけるが、流石《さすが》に今そんな場合ではないと気を取り直しクライドに向き直る。

「あなたを追い詰める手段はいくらでもある。報復で私を狙うのならばご自由に、むしろその事実すら利用してあげるわ。……まあつまり結論を言うと――覚悟なさい」

全力で潰すとの宣言通りに持てる全てを使ってクライドを追い込み、睥睨《へいげい》するカティア。

身も凍りそうな視線を受けたクライドは遂《つい》に――何の言葉も手段も、発することが叶《かな》わなくなり。

「――ッ！」

エルメスの手を振り払うと、一目散に駆け出して居間を出ていった。

それ以外取る手段がなかったとは言え、彼にとっては屈辱極まりない逃亡だろう。

「追いますか？」

「いいわ。この場でできることはもうないし――いずれにせよもう、彼は終わりだもの」

半ば答えは分かっていたのでエルメスもそれ以上追及はしない。

それに、とカティアが呟《つぶや》き、今度は別の人物に視線を向ける。

「言うべきことがある人は、まだ居るもの」

目線を向けられた女性――イルミナは、例によって一瞬怯《ひる》んだ態度を見せるが。

それでもこういった人物の例に漏れず、直後に憎悪すら宿した表情でカティアを睨《にら》み、叫んでくるのだ。

「――あなた、何様のつもりよッ！」

「……」

「そもそもおかしいじゃない、ハルトマン家《うち》がトラーキア家の傘下に入ったですって!?　私はそんなこと一言も聞いてない、そんな話無効よッ！」

「あら、愉快なことを仰《おっしゃ》るのね。たかが男爵夫人がどうして家の進退に関して決める権利を持っているのかしら。それは当主の仕事でしょう」

　この物言いだけで、今までイルミナがハルトマン家でどれほどの横暴を為《な》してきたのかが透けて見える。そして『たかが男爵夫人』というイルミナにとって一番嫌がる言葉を敢《あ》えて突きつけられ、狙い通り彼女の眦《まなじり》が吊《つ》り上がった。

「〜〜ッ、何なのよ貴女《あなた》は！　欠陥令嬢の分際で、私のサラに婚約者を奪われた程度の女の癖にッ！」

「エル、ステイ。……その一言だけであなたの首を刎《は》ねるに十分な理由になるのだけれど、続きを聞きましょうか」

　あまりの暴言に問答無用でイルミナを黙らせようとしたエルメスを止めつつ、カティアは続きを促す。

　そしてイルミナは、もはやカティアの言葉など聞いてもいない。

「そんな貴女が、何を上から目線で引っ掻《か》き回しているのよ！　たかが良い家に生まれただけでこちらの事情に首を突っ込んで！　どれだけ身勝手になれば気が済むの!?」

　……自らを省みるという言葉はおそらく彼女の辞書にはないのだろう。

　そこを指摘するのはさておき、カティアはイルミナの糾弾に対して――素直に頷く。

「そうね、この行動は私の身勝手よ」

「な――」

「私は、私の都合でそちらの事情に首を突っ込んで、私の個人的な目的のためにサラを連れ出すわ。

……ああ、でも本人の意思を聞かないのは違うわよね。……というわけで、サラ」

そう告げると、カティアはこれまで話を見守ることしかできなかったサラに主導権を渡す。

――これはあなたの話なのだから、とメッセージを込めて。

「あなたはどうしたい？　母親の意見に今まで通り従うのか、私の所に来るのか。

……私はもちろん後者を選んで欲しいけれど、あなたの意見も尊重するわ。もしあなたが今まで通りを選んでも、トラーキア家がハルトマン家を守る話は反故《ほご》にしないと約束もする。だから、あなたの想《おも》いで」

「サラ！　ねぇ、貴女は私が育てた、貴女は全部私が作り上げたものよ！　もちろん貴女は、そんな母を見捨てるような恩知らずじゃないわよねぇ!?」

突如として突きつけられた、二人の女性からの選択。血の繋《つな》がった母親と、大切な友人。

本来ならば、軽々に選べるはずのないどうしようもない二者択一。

……でも。

彼女はもう、きっとずっと昔に――進みたいと決めたのだ。

だから、サラはまず母親の方を向いて、頭を下げる。

「……ごめんなさい、お母様」

「――」

呆然《ぼうぜん》とするイルミナ。カティアはここにきて初めて、安堵《あんど》と共に可憐《かれん》な微笑《ほほえ》みを浮かべる。

それを見てようやく現状を把握したイルミナは、

「ッ!! この、裏切り者――」

激情のままに歩み寄り手を振り上げるが――当然、それを止めるのはエルメスの役目だ。

とん、と一歩前に踏み出す。それだけで先ほどの彼の実力を見せつけられたイルミナは怯《おび》えて足を止め、同時に憎悪の矛先をこちらに向けてくる。

……いくらでも恨めば良いと思う。そもそも自分は興味のない人間に悪感情を向けられようと一切気に留めない。それでサラに矛先が向かずに負担が減るのならば、存分に簒奪《さんだつ》者に、悪役になろう。これはきっと、カティアも同じ考えのはずだ。

サラがイルミナの方に向き直り、もう一度申し訳なさそうに頭を下げる。けれどその後はもう振り返ることなく、主従に促されてその場を後にする。

遂に一人を除いて誰も居なくなった居間からは、イルミナの聞くに耐えない喚き声だけがいつまでも響いていた。

◆

「……疲れたわ」

歩き続け、遂にハルトマン家の屋敷を出て。

そこでようやく、カティアが肩の力を抜いてこちらに体を預けてくる。

それを支えつつ、エルメスは労《ねぎら》いの言葉をかける。

「……お見事でした。流石に僕でも分かります——あの二人はもう、どうしようもない状況になった」

「ええ、クライドは勿論《もちろん》、ハルトマン家がうちの庇護下《ひごか》に入ったことでイルミナの横暴も遠くないうちに暴かれるでしょう。慣れないことをした甲斐《かい》はあったわ」

それだけを言うと、カティアはエルメスから体を離す。そしてまだ言うことが残っていると、俯《うつむ》いているサラの方に向き直って。

「サラ、男爵家当主——お父上からの伝言よ。『妻と争う勇気がなく、今まで何もしてやれずに済まなかった。……変わろうとしているのならば、それに従いなさい。後のことはこちらに任せて』だそうよ」

「！」

その言葉を聞いて、サラは肩を震わせ——ぽたりと、俯いた顔から雫《しずく》を落とすと。

「……ごめんなさい……」

まずは、弱々しい声で謝罪を告げてきた。

「……何も、できませんでした。……貴女たちのようになりたいと思って、わたしなりに勇気を出して、頑張ったんです……でも、何も通じなかった。結局、何も変えることができなくて……」

「あれは相手が悪いでしょう」

「……それでも、です。……ひどいわがままですが……わたしは、あの二人のことも何とかしたいと思って……今も思っているんです。お母様も、クライドさんも、ああなるに至った経緯を知っています。知った以上は、何かをしたいと……思って、しまうんです」

「……サラ」「……」

……アスターやクライドが、彼女を評価する台詞《せりふ》の中で。

多くは見当違いも甚だしいが……一つだけ、間違いのない言葉がある。

彼女は――あまりにも、優しい、すぎる。

それを、否定はしない。

彼女のそんな気質があったからこそエルメスは今ここに居る。きっとそれで救われてきたBクラスの人間も多く居るだろう。故に、否定などできようはずもない。

「……お二人は、すごいです。確かな自分と目標を持って、そのためにちゃんと――『捨てる』ことができる。わたしはまだ、そう在れない。中途半端なままで、今日だって結局言葉だけで……」

「――そりゃそうでしょう。あなたはまだ歩き始めたばかりだもの」

サラのネガティブな言葉を、カティアはきっぱり……けれど優しい断言で切って捨てる。

「私は幸運にもエルのおかげで、あなたよりも少しだけ早く前を向くことができたわ。

……そして当然、決心した当初はひどいものだったもの。エルはどうか知らないけれど、私も最初はそんなものだった」

「僕だってそうですよ。……多分師匠に聞けばその手のエピソードは嫌と言うほど飛び出してくるかと」

ローズなら嬉々《きき》として語るだろう。流石にその場に居合わせたくはないなぁと遠い目をしつつ、エルメスはサラを真《ま》っ直《す》ぐに見やる。

「初めて会った時に言ったでしょう。――想いの力は、貴女が思っているよりもずっと強い。そして貴女は今日、それを見せた」

「ええ、まずはそれを誇りなさい。……それを形にするのに足りない分は、私たちがどうにかするわ」

主従の迷いない励ましの言葉。それこそが、彼女の優しさへの報酬と言わんばかりに。

そしてサラは、しばし目を瞬かせてから、そこでようやく実感が追いついた様子で。

「……はい」

申し訳なさそうに、恐縮そうに、けれど――それを上回る嬉《うれ》しさを滲《にじ》ませて微笑む。

……彼女がこの先、自分の想いと現実にどう向き合っていくのかは分からない。

でもきっと……それを考えるべき時は、今ではない。後は時間をかけて、彼女が答えを見つけるべき問題だ。

それを分かっているのだろう。カティアが話を切り替えるような声で告げる。

「にしても、本当に疲れたわね。今日は私にしては珍しくエルよりも頑張ったし、活躍したと思うわ。……ねぇ、エル？」

少しだけ気恥ずかしげに、けれど物欲しげに。サラの腕を取りつつ、カティアが視線を向けてくる。……いい加減再会後の彼女との付き合いも長い。言わんとするところをエルメスも正確に理解する。

「何がお望みで？」

「当初の予定に戻りましょう、買い物とご飯に付き合って。甘いものも食べたいわ。……今日だけは特例として、サラも私と同じように扱うことを許すわ」

「えっ」

「了解しました、お嬢様がた」

そして、そんな中でも友人への気遣いだって忘れないのが彼女だ。むしろサラを元気付ける方が主目的だろう。

それを理解しつつ、エルメスは頷《うなず》いて護衛から従者へと振る舞いを変える。

加えて、彼の目からとあることを察したカティアがサラに告げる。

「……覚悟なさい、サラ」

「え」

「エルはね……多分師匠とのあれこれが原因だろうけどこういう時、甘やかすのが異様に上手いから。……本当に、覚悟した方が良いわ」

「えっあの……ええ!?」

何故《なぜ》か恐ろしく不穏な響きの言葉に、サラが頬を染めつつも戸惑いの声を上げて、そんな少女二人にエルメスは遠慮なくエスコートを開始するのだった。

◆

(……さて)

そうと決まれば、とエルメスは改めてサラの方に向き直る。

彼女の顔には、未《いま》だに影が落ちている。

……無理もないだろう。サラにとってあの家を離れることは、人生を決める一大決心だったはずだ。きっと、前途への不安や恐怖もあるのだと思う。

そんな彼女を元気付けるためカティアのオーダーは『自分と同じように』だったので。

「サラ様」

まずは、彼女に提案する。

「――お手を、よろしいでしょうか」

「…………えっ」

差し出された手に、サラが一瞬戸惑い。

やがてその意味を悟って、軽く頬を紅潮させる。

「え、えっ!?」

「休日の王都は混んでいます。はぐれてしまっては危険なので、カティア様と出かける時はこうしているのですが……気が進みませんか？　では……」

「い、いえっ！」

嫌だったのかな、と思って提案を取り下げようとするが、それに対してサラが食い気味に返答し。それから、おずおずと控えめに向こうも手を差し出してきた。

とりあえず嫌がられてはいなかったらしいと安心し、手を取る。白魚の如《ごと》く滑らかな指を、柔らかく丁寧に。

触れた瞬間サラが緊張に体を硬くしつつ、問いかける。

「そ、それで、この後は……」

「そうですね……甘いものが食べたい、とのことなのでカティア様の行きつけのお店へでも。案内はお任せしていただければいいのですが、少し歩くことになりますね」

その間、無言は良くない。そう考えたためエルメスは、その間——と前置きして。

「——褒めます」

「………………え？」

端的な提案にサラが小首を傾《かし》げ、エルメスが補足する。

「どうやら僕は、態度に出にくいことと必要な言葉が足りない傾向にあるらしいので。……それで以前、結構重大な誤解を生んでしまったこともありましたし」

苦笑しながら思い返すのは、アスターと敵対していた時のこと。牢獄《ろうごく》に捕まっていたカティアを助け出す時の一幕だ。完全な誤解と言い切れないでもなかったが、『どうでもいいと思っているんだろう』と言われた時は、流石《さすが》の彼も応えたものだ。

よって、その反省を生かそう。加えて、きっと自分に極端に自信がないであろう彼女を少しでも元気付けることが目標だ。

「なので、褒めます。僕が貴女《あなた》をどう評価し、どれほど敬意を持っているのかを、懇切丁寧に言葉を尽くして解説させていただきます」

「え、いや、その」

「誤解も、過小評価も良くありませんからね。ご自身の価値をきちんと理解していただけると助かりますし。では」

手を繋《つな》いだまま歩き出すと共に、エルメスが笑顔でそう告げる。

サラは戸惑いと羞恥と、あとこれから言われることの予感で色々といっぱいいっぱいになって結局止めることができず、そのまま。

「まずは、他者に対する接し方ですね。誰に対してもきちんと一定以上の敬意を持って接する、ということがどれほど困難か。『優しい』という言葉は割合濫用されがちですが、貴女のように真にその言葉の意味を体現している人は極端に少ないと僕は思います。後は——」

極めて丁重な、称賛の嵐が始まった。

「――とまあ、一通りはこんな感じですね。どうでしょう」

「…………ゆるしてください……」

結果はご覧の通りである。

赤くなっていない部分がないほど羞恥に支配された顔を自由な片手で覆いつつ、蚊の鳴くような声で辛うじてその言葉だけを絞り出すサラ。

（……まぁ、そうなるわよね）

そんな二人の様子を、一歩引いた位置で歩きながらカティアは見守っていた。

……正直なところ、面白くない感情がないと言えば嘘《うそ》になる。

自分で言っておいてなんだが……彼は、自分の従者なのだから。

けれど、今日だけは別だ。カティアだって、サラのことは非常に大事に思っているのだ。

彼女は今日、十分に傷ついた。ならその分、甘やかされたって良いだろう。

（……それに……）

カティアは考えつつ、サラの様子を見やる。

彼女は未だに紅潮の引かない顔を手で覆っている。勿論恥ずかしいのもあるが……きっと、緩んだ顔を見られたくないのもあるのだろう。顔を隠しても、仕草や雰囲気で分かる。

……率直な賛辞を受けて、しかもそれがきちんと自分の内面を評価してくれたもので。

とても、とても嬉しいこと。喜んでいることが分かるのだ。

それを恥じるように必死に隠そうとしているが隠しきれず、絶妙に周囲に悟られてしまう程度の喜色を溢《あふ》れさせてしまっている様子は……まあ、その、率直に言うと物凄《ものすご》く可愛《かわい》らしい。

（エルは甘やかし上手だけれど――サラも十分、甘やかされ上手なのよね）

割と羨ましい、とそんな様子を見つつカティアが心中で結論づけていると。

「………あの……」

サラが一旦エルメスから手を離し、こちらにやってきた。若干息が荒くなっている彼女に、カティアは尋ねる。

「どうしたの？　耐えられなくなったのかしら」

「は、はい……その……色々と、よく分かりました」

出かける前、『覚悟なさい』と忠告したことを言っているのだろう。

分かってくれて何より、と思うべきなのか。どんな言葉をかけようか彼女が思案していると、逆にサラの方から声をかけてくる。

「……あの、カティア様。一つお聞きしたいことが」

「？　何かしら」

「エルメスさん、今のようなことは『カティア様と同じように扱っている』と言っていたのですが……」

「――――」

「つまり、それはその……いつもはカティア様が。エルメスさんに、ああいうことをしていただいているんですか？」

…………どうやら、この子は。気付いてはいけないことに気付いてしまったようだ。

指示の仕方が失言だったかもしれない。

どう誤魔化そうか、と一瞬考えたが、照れながらも無垢《むく》な視線を向けてくるサラと後は何より自分の中の良心がそれを許さず。

「……仕方ないじゃない……っ！」

若干開き直り気味に、彼女は認めた。

ああそうだ。してもらっている。かなりがっつり甘えているしばっちり甘やかしてもらっているとも。ローズがトラーキア家にやってきてからその傾向はあったし、対抗戦が終わってからは若干、若干だが歯止めが利かなくなってきた感はある。その理由は、

「だってエル……割と頼めばなんでもしてくれるんだもの！　ちょっとくらい踏み込んでもって、思ってしまっても……！」

カティアなりに、再会してからエルメスと過ごしてきてよく分かったことがある。

彼は——かなり他者への扱いの差が極端なタイプだ。態度が淡々としており、表面上は変えないせいで分かり辛《づら》いが……その点でも、サラとは真逆なのだ。

全体的に他人への関心が薄く、特に受け入れない相手に対しては態度こそ丁寧だが扱いは極めて辛辣。クライドへの態度を見ていればよく分かる。

だがその分、一度懐に入れた相手、認めた相手は非常に尊重する。

分かりやすく言うと――彼は基本、身内にはだだ甘なのである。

だからそう、彼はカティアの言うことはよく聞いてくれる。

勿論《もちろん》、きちんと一線は引いている。放っておくと無限にだめになりそうだが、それはカティア自身もエルメスも望まない。理想を追うためにも、節度は保っている。

……けど、それ以外は。ちょくちょく小さなわがまま言っているしスキンシップも増えているし、二人で出かける時は手を繋いだりする等こっそり恋人っぽい振る舞いとかもしているとも文句あるか。

「……そ、そうですか」

……流石にそこまで言うわけにはいかないが、サラも表情とかで色々と察したのだろう。頷くと――そこで、少しばかり寂しげな表情で、こう言ってきた。

「……いいなぁ」

――それを聞いて、悟る。

サラの羨望は、カティアだけではなくエルメスとカティア、その関係性そのものに向けられたものだろう。それくらいは分かる。

サラにとっては、そういう関係は望むべくもないもの。望んではいけないものであり。

自分がそれを手にする資格はないと、未だ諦めていることの証左に他ならない。

……それが、すごく、嫌だったから。

「――えっ。か、カティア様？」

無言で、サラの手を取る。離すつもりはないと告げるように、心持ち強く。

「そうね、エルだけに任せるのも良くないわ。私もエルに倣いましょう」

自分も、今日は彼女のために彼女を甘やかそう。そんな決意と共に、手を引いて歩き出す。数歩進んでから後ろを振り返り、少しだけ挑発的にサラへと笑いかけて。

「今日は、私もあなたの望みを聞くわ。言ってくれれば……いえ、言おうとしなくても無理矢理聞き出して叶《かな》えてあげるから。覚悟なさい」

「！」

追いついてきたエルメスと、アイコンタクトを交換し。視線で意思を汲《く》んだ彼が、再度カティアとは反対の手を取って。

願わくば、この優しい女の子が、確かな自分を取り戻せるように。

そう思って、主従は間で頬を染める愛らしい少女を、共に連れ出すのだった。

◆

そして週明けの学園、Aクラス。

現在そこは、断罪の場と化していた。

「失望したよ、クライド君」

中心に居るのは当然、クライド・フォン・ヘルムート。

正面で彼を責め立てるのは、三人のAクラス生。ネスティ・フォン・ラングハイム、ライネル・フォン・アーレンス、アネット・フォン・マルクリー……先の二人は以前の対抗戦で、それぞれアルバートとニィナに敗北した生徒。残り一人の女生徒は以前よりサラを目の敵にしており……そして同様にBクラス生に対抗戦で負けた人間だ。

加えて更なる三人の共通点は、対抗戦後、クライドと同様にBクラスの勝利を認めない派閥に属していた生徒だということ。

つまり今クライドは——かつて自分の味方だった人間から責められているのである。

「まさか君が、表面上は清廉な言葉を謳《うた》う裏でこんな汚いことに手を染めていただなんて！」

「その通りだ！　ああ、尊敬できるクラス長だと思っていたのに！」

「がっかりですわ、クライド様がそんなお方だったなんて！」

原因は言わずもがな、カティアが週末にかけて調べ上げたこれまでの不当な言動、そしてBクラスの不正等自分の主張を証明するものを捏造《ねつぞう》しようとしていた証拠。

それをこのタイミングで、容赦なく学校中にばら撒《ま》いたのだ。

交渉に使う手もあった……というかそれが本来の使い方なのだが、あの休日の様子を見るにそもそもクライドが交渉に応じる可能性自体絶無だろう。ならば遠慮なく、と彼女はその情報を爆弾として放ることに決めたのである。

それに、彼女は分かっていた。

クライドがクラス長であれた最大の理由は実力でも弁舌でも、カリスマでもない――Aクラスに対する利益をある程度保障していたからだ。

故に、自分たちの嗜虐心《しぎやくしん》と名誉欲を満たせる場であった対抗戦に敗北した時点で既に彼の求心力は相当に低下していた。残る者たちもクライドの人柄ではなく挽回の手腕《ばんかい》に期待していたに過ぎない。

ならばだめ押しとして、もう挽回など不可能なのだと、言い逃れができないほどの証拠を突き出してやれば。

「なぁ、聞いているのかいクライド君！　この落とし前をどうつけるつもりだ！」

「我々の信頼を裏切ったのだぞ、その罪はひどく重いと知れ！」

このように、彼が孤立するのは自明の理。

あの日クライドを見逃したのは、止《とど》めを刺さなかったのは慈悲でも何でもない。

言った通り――カティアが手を下すまでもなかったからだ。

責めている彼らも、クライドが居なくなればいよいよBクラスを貶《おとし》める手段がなくなり、認められない自分たちが困ることは間違いない。

だが、こうなった以上もう仕方がないと諦めて。『せめて傷が広がるのを抑えよう、このクライドが全て悪かったのだと自分たちの罪も押し付けよう』と打算して、現在手厳しい糾弾を行っているのだ。

……それが透けて見える以上、正直見ていて気分が良いものではない。

だが、この手の人間には一番効くと判断したためカティアはこの手段を用いた。ならば最後まで見届けるべきだろうと教室中央で繰り広げられる茶番劇を見守る。

そしてかつての味方からも裏切られ、いよいよもって完全に孤立したクライドは。

「――待ってくれ！」

尚《なお》も、諦めようとはしなかった。

「君たちは勘違いしている、騙《だま》されているんだ！　君たちは僕が証拠を捏造したと疑っているようだが――逆にその情報を提供したカティア嬢の方がその証拠を捏造したんだよ！　どうしてそんなことも分からないんだ！」

「ふざけるな！　あれだけ多くの目撃情報に、我々だって聞いたことのある言動も入っているんだぞ！　この期に及んで尚も言い逃れをするつもりか!?」

「そうよ！　これ以上どれほど侮辱を重ねれば気が済むつもり!?」

だが、糾弾する側も含めこの手の連中は他人の足を引っ張ることにかけては凄《すさ》まじい執念を発揮する。苦し紛れの言い訳は即座に封殺され、いよいよ何も言えなくなるクライドに更なる罵倒が浴びせかけられる。

「まず、おかしいと思っていたんだよ！　『アスター殿下の七光りで威張っているだけ』の人間が！」

「ええ！　『口先ばかりが回る分際』で、どれだけ偉ぶれば気が済むの!?」

「血統魔法だって所詮は隠しているだけ、『どうせ大した魔法ではない』のだろう!!」

そして、ついに彼らは——そこに踏み込む。これまで何故《なぜ》か誰も触れようとしなかった、クライドという存在がこの学園で幅を利かせている矛盾に。

言われたクライドは、愕然《がくぜん》とした表情で唇を戦慄《わなな》かせると。

「……どうしてだ……」

怒りと、悲しみと、哀れみを込めた声色と共に口を開く。

「どうして、そんなひどいことが言えるんだ!? 僕はこれまで、こんなにみんなのために頑張ってきたのに！ どうして誰も僕のことを信じてくれないんだ！ これではあまりにも僕が可哀想《かわいそう》だとは思わないのか！」

「……」

「僕は常々言っていたじゃないか、これからの貴族は謙虚に、みんなで協力し合うべきだって！ それなのになんだい君たちは、自分の不利益になりそうだと思った瞬間に僕を見限って！ これまでこんなにAクラスに貢献してきた僕を助けてあげようとは思わないのかい!?」

クライドの主張に、誰も声を上げなかった。

言い返せなかったわけではない——呆《あき》れていたからだ。自らを被害者に置く変わり身の早さに、そして中身の伴わない主張を未《いま》だ行う愚かさに。

だが、当のクライドは何故かその考えに一片の疑問も抱いていないような口調で、最後にこう言ってきた。

「なんて傲慢で、自分勝手な人たちだ！　そんな人たちには、アスター殿下と同じように
――罰が下ることになるぞ!!」

その、清々《すがすが》しいまでに堂々とした根拠のない宣言に。

クライドを責めていたネスティたちは――失笑を返した。

「……はは。なんだいそれ」

「罰ですって？　随分と愚かなことを仰《おつしや》るのね、やっぱりそれがあなたの本性ですわ」

「ああ、それなら今、この場で貴様が下してみるが良い。できるものならなぁ！」

そして、嘲弄の意思を隠すこともなく三人がクライドに言い募る。

迫られたクライドは、それ以上何も言えなくなった様子で後退《あとずさ》り――ついには、その場に背を向けて教室を出ていった。

教室中に、三人の高笑いが轟《とどろ》く。

誰もが、クライドが三人の糾弾に耐えかねて無様に逃げていったように見えただろう。

実際、カティアもそうとしか見えなかった――だが。

「……？」

彼女は二つ、違和感を覚えた。

一つは、教室内の何人かがクライドに対する嘲笑の中に少し引き攣《つ》ったものを宿していたこと。そしてもう一つは教室を出る前、カティアとすれ違ったクライドが――何か異様

な形相をしていたこと。

しかし、それは違和感と呼ぶにはあまりに小さく。何か行動を起こす当ても猶予もなく、そのままその日は授業が続き、クライドが戻ってこないまま何事もなく終了し。

そして、翌日。


——Aクラスに、空席が三つ増えた。


「…………え……」

空席の主は、ネスティ、ライネル、アネット——昨日、クライドを糾弾した三人。

朝のホームルームで、担任から知らされた空席の理由によると。

ネスティは、偶然落石事故に巻き込まれ、大怪我《おおけが》を負い。

ライネルは、居合わせた商店が何故か火災に遭って、意識不明の重体。

アネットは、帰り道近くでの魔物討伐の流れ弾が運悪く直撃し、ひどい重傷だそうだ。

異様な雰囲気で、ホームルームが終わったのち。

「——ほら、だから言ったじゃないか」

平然と登校してきたクライドが、心底喜ばしげな笑顔と共に告げる。

「罰が下ったんだよ。あの強欲で、傲慢で、自分勝手な三人にはねぇ！」

「ふざけないでっ！」

思わず、カティアは大声を上げる。

「何よそれ！　タイミングも人も、あなたが何かをしたとしか思えないじゃない！　一体何を――」

「おやおや、君らしからぬ台詞《せりふ》だねカティア嬢」

しかし、そんなカティアに対して今度はクライドが悠然とした喜悦の笑みで返す。

「『僕が何かをしたとしか思えない』だって？　そんな推測で罪科を決めるなど愚かしい。君のお父上も常々言っているじゃないか、『罪状がなければ罪には問わない』と。まさか君だけはそれを反故《ほご》にするような恥知らずじゃないよねぇ？」

「っ」

「罪に問いたいのならば僕がやったという確たる証拠を持ってきてくれたまえ。ああ、勿《もち》論《ろん》以前の証拠などなんの役にも立たないよ？　そもそもあれだって全て冤罪《えんざい》だ、これ以上追及しようとするなら、君にも『罰』が下ることになるかもしれないね――」

その口調があまりにも確信に満ちており、かつ得体が知れず。

実際物証がないことは確かだったので――カティアはその場では、黙りこくることしかできなかったのだった。

◆

「……話は聞いておりましたが、まさか昨日そんなことがあったとは」

「どういう……ことなの……」

その日の昼休み。

いつものように昼食会に集まった四人だが——流石《さすが》に今日ばかりは、和気藹々《わきあいあい》とは行かない。カティアが今朝の大事件を昨日の出来事と共に話し、エルメスが神妙な顔で考え込む。サラとニィナも同様だ。

「その……流石に、動機からしても一番疑わしいのはクライドさんだと思います。……本当に、何も証拠がないんですか？」

「……ええ」

サラの疑問——現状最も不可解な疑念に、カティアが首肯する。

「ホームルームの後すぐお父様へ連絡を取ったわ。それでさっき届いた返答によると——現状は本当に、『偶然の事故が三連続で起こった』としか結論付けられないらしいのよ」

落石事故も、崖の周囲で怪しい人影を見た報告はなかった。

炎上事故も、店の内部で起こったこと。店側の誰一人誰かの侵入を許す隙はなかったらしい。

流れ弾も、討伐していた貴族の兵士たちに一切怪しい動きも繋《つな》がりも見当たらなかった。

そして、何より——

「——クライドに、嘘をついている様子がなかった」

最も恐ろしい事実を、カティアが告げる。

「私だって公爵の娘よ。多少は、他人の反応で言葉が虚偽かどうかくらい読み取れる。でも――クライドには、それが本当に一切ないの」

「……それは」

「心底から、『偶然』だと、『罰が下った』と思い込んでいるのよ。……本当に、どういうことなの……」

明確な脅威よりも、余程恐ろしかったのだろう。カティアが身を震わせてエルメスに縋《すが》りついてくる。

「……聞いたことがあるよ」

そんな彼女の情報に補足するように、ニィナが告げる。

「前期にも、似たようなことがあったって。どこかのAクラス生がクライドに向かって色々言ったらしい。『殿下の腰巾着』『魔法が使えない分際で』だのなんだのね。そしたらその翌日――まぁ、知っての通り」

カティアもようやく理解した。

学園で血統魔法を使えないクライドがあれだけ好き放題言えていたのは、Aクラスには利益になったから、アスターの威光がまだ生きていたから。

それに加えて――恐れられていたのだ。得体の知れない恐怖があったから皆無意識に従っていたのだ。だとするなら、昨日のクラスメイトのあの反応にも納得が行く。

「何なの、一体。どうして……っ」

「——落ち着いてください、カティア様」

そして、現場を目の当たりにしてしまって恐怖に支配されているカティア。彼女を安心させるようにエルメスが肩に手を置いて告げる。

……こういう時ばかりは自分の性格に感謝だなと思いつつ、彼は冷静に話し始めた。

「まずは整理しましょう。三人が事故に遭った。それは状況的にもクライド様の仕業としか思えない。なのにその事故にクライド様含め他人が関与している証拠が一切ない。——ここまでは、確かですか」

「……ええ。お父様の調査よ、信用できるわ」

よりエルメスに身を寄せつつも、カティアがしっかりと頷《うなず》く。

「ならば。人の力が関わっていないのであれば、真っ先に疑いを向けるべきは一つ」

「魔法——クライドさんの、血統魔法」

「はい。……本人の自覚がない件も、『無意識下の魔法の発動』ということなら血統魔法であればあり得なくもない」

同時に考えに至ったサラの回答。その通りと頷きを返して、更に己の思考を語る。

「よって現状、最も怪しいのはそれです。問題はその正体について——ニィナ様、貴女《あなた》は何か知っているようでしたが……」

「対抗戦の時のことだよね。……ごめん、ボクも『攻撃魔法じゃないらしい』ってこと以外何も知らないんだ。その情報も人伝《ひとづて》に聞いただけだから怪しいかも」

そもそも、ヘルムート家自体が血統魔法をかなり厳重に秘匿する家柄であるらしい。そうなると、誰かから情報を得ることは難しいだろう。

だが、問題ない。聞けずとも――推理はできる。

「カティア様、大丈夫です」

震える主人を安心させるべく、まずは論理的に。

「一連の原因は十中八九血統魔法。そしてその効果ですが……敢《あ》えて断言しましょう。得体の知れない呪いだの、運の操作だの、そういったあやふやなものであることは――絶対にあり得ません」

「……な、なんで、そこまで」

「僕の魔法に関する研鑽《けんさん》にかけて。……それに、考えてもみてください」

無論エルメスの知らない技術を用いた魔法の可能性もなくはないが――それは、別の方向から否定できる。

「万が一、クライド様の血統魔法が『恐ろしい不運を対象に運ぶ』などのどうしようもない魔法だったとして――」

そうなら、とエルメスは一拍置いて、端的に告げる。

「――どうして、僕とカティア様が真っ先に狙われないのですか？」

「……あ」

「間違いなく、あの方に今一番恨まれているのは僕と貴女です。そしてそんな魔法を持っているならばさっさと使って始末すれば良い。そのためなら実家の制止などあの方は平然と振り切るでしょうし」

それをしないのであれば——すなわちそれは、できないのだ。

「確実に、何かしらのトリックか制約があります。ならば、次に僕たちがすべきことはその看破だ。なので——カティア様、『次に狙われそうな人』に心当たりはありますか？」

「そ……」

それを聞いてどうするのか——と疑問を発しかけたが、エルメスのおかげでようやく冷静になった思考が彼の狙いを洞察する。

「……その人を、あなたが護衛するつもりね？」

「はい。それで向こうが動いてくれれば看破の手がかりになりますし、そうでなくても抑止力にはなる。現状僕を狙えない何かしらの原因がある以上、それが最も有効な手かと」

とは言え、向こうの手が詳しく判明しない以上リスクも決して低くはない。エルメスをそんな危険に送り出すことに一瞬躊躇《ちゅうちょ》するが——

（……いえ）

それはむしろ、彼の実力を信用していないと言うようなものだと思い至る。

誰よりも、彼を信頼しているのならば。事態収拾に向けて動いてくれる従者に、かけるべき言葉は一つ。

「……分かったわ、あなたに任せる。でも、絶対無理はしないように」

「はい、護衛を外れることだけはお許しください。そして――できればサラ様、ニィナ様」

「分かりました。代わりに、カティア様をお守りすればいいんですね」

「了解、落石くらいならボクが何とかするよ」

この三人が常に一緒に居るのであれば安心だろう。サラは現在トラーキア家に居る以上不自然ではないし、ニィナに関しては正直想像以上に頼もしかった。

ともあれ、快く引き受けてくれた二人に報いるためにも――絶対に、クライドの魔法を突き止めてみせると決意する。

それに、これは良い機会だ。流石にクライドが直接クラスメイトを害したと知られれば、いよいよもって彼は破滅だろう。

（流石にあの方にも、いい加減にして欲しいところですし）

ここで、彼の全てを暴き切って決着を付けよう。

そんな決意と共に、エルメスは行動を開始したのだった。

◆

「――謙虚に生きなさい」

クライド・フォン・ヘルムートが物心ついて、真っ先に父から言われたのはその言葉だった。

「我々は、他人よりも優れた力を持っている。故にこそその力に溺れず、驕《おご》らず、真に使うべき時に使う自律。そしてそれに偉《ふさわ》ぶらない謙虚さが必要となるのだ。覚えておきなさい。それを忘れれば――必ずや、相応しい罰が下ることになるだろう」

「はい、ちちうえ！」

ヘルムート侯爵家は、この国の高位貴族にしては珍しく己の魔法をひけらかさない、父の言う通り非常に謙虚な性質を持った一族だった。

それはヘルムート家相伝の魔法の一つ、クライドにも受け継がれたとある血統魔法の異質性も関係していたのかも知れない。

この家は血統魔法を相当に徹底して秘匿し、王家とそれに関係する一部の家にだけそれを開示。その秘匿性と何よりも魔法を使った際の確かな実力によって、所謂《いわゆる》『影の強者』的な立ち位置をユースティア王国で築いていた。

その血を引き、ゆくゆくは家を継ぐべき存在として生まれたクライドも、その教えを十全に受け取った。

自らの魔法を軽々に開示せず、実力を誇示することなく粛々とした少年に成長した――表面上は。

だが、十二歳の時。

彼の在り方は、決定的に歪《ゆが》むこととなる。

「ふざけるなよ、卑怯《ひきょうもの》者の一族がっ！」

クライドが、城下町に買い物に出ていた時だった。

自分が欲しくて買った商品が、買った瞬間に丁度売り切れとなり。その直後にやってきた別の侯爵家の令息が同じ商品を求め――売り切れであることに憤って、その場に居合わせたクライドにいちゃもんをつけてきたのだ。

つまり――『その品物を寄越《よこ》せ』と。

当然、認められるはずがない。クライドは反論した。相手の論理が支離滅裂であり、先に商品を購入した自分に所有権がある、こちらが正しいと当然の論理を告げた。

だが――不運なことに、その相手は典型的なこの国の貴族の悪面だった。

そしてクライドの家名を知った途端、先述のように罵ってきたのだ。

「……卑怯者の、一族？」

「そうだ！　ヘルムート家など、誇り高き血統魔法に頼らずたまたま王家に上手《うま》く擦り寄れただけの、口先ばかりが回る卑怯者の一族だ！　血統魔法を秘匿しているなど嘘《うそ》っぱち、どうせ大した魔法ではないのだろう！」

「――」

「この国では、魔法が全てだ！　つまり侯爵家といえど魔法を表に出せないお前がこの俺に逆らうことなんてあり得ないんだよ！　いいからそれを寄越せ！　卑怯者の手でそれがこれ以上汚れたらどうしてくれる！」

「……ああ。なんて恥知らずな人なんだ」

それを聞いたクライドは躊躇《ためら》いなく、相手をこき下ろした。

「いいかい？　僕たちは謙虚であるべきなんだよ。それが力を持つ貴族としてあるべき姿だ。……なのに君は何だい、品性の欠片《かけら》もなく不当に相手を責め立てて、不当に略奪しようとする」

クライドは、己の正しさを何も疑わなかった。

だって、そう教えられた。それで上手くいっていた。だから誤っているのは向こうだ。

自分が正しくて、相手が間違い。――だから何を言っても良い。

「全く、貴族失格だよ君は。そんな人間に差し出す道理など何も――」

その瞬間。クライドの胸元に、どん、と強い衝撃が走った。

「――え」

突き飛ばされた。

その事実に思い至ると同時、クライドが尻餅をつく。

地面に座り込み、呆然《ぼうぜん》と見上げる――そんな無様な姿のクライドを、突き飛ばした張本人である侯爵家令息が、嘲笑と共に見下すと。

「……塵《ごみ》が」

そう一言だけ告げて、座り込むクライドから強引に品物を引ったくると、悠然とその場を去っていった。

到底許せるわけがなかった。

帰宅後、即座に父に報告した。

すぐに父は対処してくれて、該当の侯爵家に抗議をした。その結果向こうも当然令息の行動を問題あるものとし、速やかに品物はクライドの手元に返ってきて、向こうの令息から正式な謝罪も受け取った。

それにて、この問題は一件落着となる……はずだった。

だが、その晩。自室にて——今日謝りにきた侯爵家令息の不承不承と言った顔を思い返しながら——クライドは、こう、呟《つぶや》いた。

「…………これだけか？」

い、いいや。

向こうは自分を……正しいこととしか言っていない自分を支離滅裂な言葉で貶《おとし》め、突き飛ばした挙句乱暴な手つきで自分のものを奪い取った。肉体的にも、精神的にも、この上ない屈辱を受けたのだ。この自分が、あんな品性の欠片もない輩《やから》に。

なのに、向こうは品物を返して、一言謝って終了？

——その程度で、済ませて良いはずがないだろう。

こんなものは『相応しい罰』とは言えない。もっともっと酷《むご》く、酷《ひど》く、酷《こく》な罰をあの令息は受けるべきだ。

そうでなければ、到底あの令息が犯した罪と釣り合わない。正しい人間を侮辱したのだ、更なる裁きを受けて然《しか》るべきだろう。

……ああ、願わくば。

（その罰は、被害を受けた僕が与えるべきだ。それが最も相応しいはずなのに――！）

それができるかできないかと言えば、できる。自分の血統魔法を使えば、恐らく容易《たやす》い。

……だが。それだけは、他ならぬ父から禁止されているのだ。

父から受けた教えと、父から与えられた制約の二律背反。その狭間《はざま》で、クライドは悩み抜いた。

（ああ、どういうことだ。父上、謙虚でさえいれば全て上手くいくのではなかったのですか！　僕の魔法を裁きに使ってはいけないのなら――それこそ、何処《どこ》か別のところから罰が下るべきでしょう！）

そして、彼はふと――こうも思った。

自分がやったとバレなければ良い。

誰にも疑われないほど緻密に、精密に、けれど確かに自らの手で罰を下せたのならばどれほどの快感だろう――と。

当然、彼自身それは無理な話だと理性で否定し即座に意識から外した。

だが、本能の部分。無意識の部分で、その願いは狂おしいほどに達成を求め、肥大化したエゴと共感して暴れ回り、そして。

『あの男を罰したい』。その『純粋な願い』が——彼の奥底に眠る血統魔法と反応し。

翌日。

——とある侯爵家令息が、謎の爆発事故に巻き込まれ、後遺症が残るほどの重傷を負った。


「クライドッ!!」

その報を聞いたヘルムート家当主、クライドの父親は真っ先に息子の元を訪れた。

そして、困惑と冷や汗を浮かべて問いかける。

「お前……何をした?」

「何もしていませんよ」

対するクライドは、あくまで涼やかに返答する。

「昨日の出来事だけで、僕の仕業と決めつけるのは早計でしょう。あまりに父上らしくない。それともなんでしょう、何か僕がやったという確たる証拠があるのですか?」

そして続けざまに放たれたその言葉に、口を詰まらせた。

……そうなのだ。

現状からして、最も怪しいのは確実にクライド。それは間違いないはずなのだ。

――なのに、彼が関与している証拠が何処にもない。彼は今晩確実に家から出ていないはずなのでアリバイも完璧だ。

クライドの父親は、当然彼の血統魔法の正体を知っている。

……そして、だからこそ分かる。分かってしまう。

彼が知る限り、クライドの血統魔法は――『あんな真似《まね》』は絶対にできない。

それに加えて恐ろしいことに、彼が虚偽を述べている様子さえ一切ない。

なればこそ、認めざるを得ないのだ。クライドが、現時点では完全に無罪であることを。

「……申し訳ございません、父上。僕は貴方《あなた》を疑ってしまった」

そんな父親の動揺を他所《よそ》に、クライドは心底嬉《うれ》しげに父へと微笑《ほほえ》みかける。

今までと同じようで――けれど決定的に、何処かが歪みきった笑顔を。

「あの傲慢な侯爵家令息には、ちゃんと相応しい罰が下ったではないですか。やはり父上の言う通り――謙虚であることが一番大切なのですね！」

父親の誤算は二つ。

まずは、クライドに血統魔法を『使わせなかった』こと。そのせいで見抜くことができなかった――彼が本当は、ヘルムート侯爵家歴代最高と呼んでもまだ足りないほどの魔法の天才だったことを。その才覚で無意識下での血統魔法の発動すら可能としていたことを。

そして二つ目は、クライドの血統魔法を甘く見ていたこと。その魔法は高い才の持ち主が使えば大抵のことを可能にしてしまう、ある意味で最も恐ろしい魔法へと変化することに気付けなかったことだ。

その読み違いとこの国の悪い風潮を、クライドの心根に潜む邪悪が糧として。

怪物は誕生し、歪みは更に加速していく。


「謙虚であるべきなんだよ」

そこから彼は、自身の口癖を拡大解釈するようになっていった。

まずは自らの定義する『謙虚』を相手に押し付ける。どころか――相手に『謙虚』であることを強要し、自分だけはその恩恵に浴するようになっていった。

「僕はこんなに我慢しているんだよ？　だから君もこれくらいのことは当然すべきだ。それこそが助け合いの精神だろう？」

「貴族は我を殺して民を支えるべきだ。それを知らないほど恥知らずじゃない君は、勿論《もちろん》これもやってくれるよね？」

「ああ、君はなんて傲慢なんだ！　貴族の精神を忘れてしまったんだね、でなければこんなことも我慢できないはずがない！」

聞こえばかりが良い言葉を雨霰《あめあられ》と浴びせかけ、相手を好き放題動かして。

一方で自分は、それと比べればあまりに些細《ささい》な我慢をあたかも最大限の譲歩のように飾り立てて、偽りの平等を演出する。

当然、そんな彼に反発する者も出た。

それは間違っていると、真っ向から指摘してくれる人間も居た。

――その全員に、罰が下った。

いつしか、彼に反抗する人間は居なくなり。

ますます自身の正しさを確信した彼は、更なる歪《ゆが》みへとのめり込んでいく。


「俺に仕えろ。貴様の魔法は有用だ、俺がこの国のために最大限活用してやろう」

第二王子アスターに側近として見出《みいだ》された後も、その傾向は止《とど》まることなく加速した。

どころか、アスターにさえその傲慢さ故の不満を内心で持ち始める始末だった。

……けれど、仮にもこの国の王子であり次期国王の最有力候補。加えて自分の魔法を知っており、評価してくれている。

その件に免じて、クライドも今回ばかりは多少の不満を呑《の》み込んで仕え続けた。それこそが『謙虚』だと解釈して。

――しかし、それも。

アスターがとある少女を見初めた瞬間、壊れることになる。


一目で心を奪われた。

光を放っているように鮮やかなブロンドの髪。吸い込まれるような蒼《あお》い瞳。

穏やかで優しげな美貌に、完璧なプロポーション。

そして何より、彼が他人に求める『謙虚』を完璧に再現したかのようなその控えめな性格。

サラ・フォン・ハルトマン。

アスターが見初めた二重適性の少女は、側近であるクライドの心も奪い去った。

本来ならば、当然身を引くべきだ。

だが——クライドの膨れ上がった自己がそんなことを甘んじて受け入れるはずなど当然なく。そうなると、今までは我慢できていたアスターの傲慢な部分がどうしても鼻につくようになる。

——やはり殿下はあまりにも自分勝手が過ぎる。

そしてサラ嬢はそんな殿下にも献身的に尽くしてしまう。あれでは殿下は増長するばかりだ。彼女は、もっと彼女の謙虚の価値を分かっている人間のものになるべきなのに。

ああ、いけない。

いくら殿下といえど、そうまで傲慢でしかあり得ないのならば、やはり——

——と、彼は祈った。これまでもそうだったように、きっと誰かがと祈り続けた。

……そしてその祈りは通じ、アスターはかつての婚約者だった魔法使いに負け、守るべき民を見捨てて魔物から逃げ回る醜態を晒《さら》した。

あのいけ好かない第二王子は、この上なく無様に破滅してくれた。

絶望の表情で裁判所へと運ばれていくアスターを見やって、クライドは歪み切った笑みで告げるのだった。

「——ほら、罰が下ったんですよ」


彼は人生の絶頂を迎えた。

最早《もはや》自分の栄達の足を引っ張る者は居ない。自分に相応《ふさわ》しい令嬢との間を邪魔する存在も居ない。

自分はアスターとは違う。自分はこの国に足りないものを知っている。

謙虚であること、互いに協力し合うことこそ大事だと説こう。そうして僕が中心となってこの国を変えていくのだ。

その未来図を一切疑うことなく、彼は意気揚々と後期が始まった学園へと足を向けて。

◆

そして、現在。

「どういうことだ……ッ!!」

クライドは、この上なく追い詰められていた。

どうしてだ。

どうして、この期に及んでまだ自分の邪魔をする奴《やつ》が居なくならない。

どうして、自分の前には分を弁《わきま》えない傲慢な連中ばかりが現れる。

そして、何より――

「――どうして、あいつに罰が下らないんだ……ッ!!」

エルメス。

順当に勝利するはずだった対抗戦を卑劣な手段でねじ曲げ、本来ならば自分が成すはずだった学園の改革を間違った方向で成し遂げ、自分が得るはずだったサラからの信頼も口八丁で掻《か》っ攫《さら》っていったあの男。

これほどの悪行を重ね、こんなにも傲慢に振る舞っているあいつが――何故《なぜ》未《いま》だ罰せられないのだとクライドは嘆く。

それどころか逆に、彼の主人であるカティア・フォン・トラーキア。彼女の奸計《かんけい》によって自分の方が追い詰められている始末。このままでは早晩彼はヘルムート家諸共《もろとも》破滅する。

あの女も早々に罰せられるべきなのに――これも、一向にその気配がない。

「それだけじゃない……！」

罰せられないのは、エルメスとカティアだけではない。

以前、三人の末路を見せたにも拘《かか》わらず身の程知らずにも嚙《か》み付いてきたAクラス生――彼にも当然罰が下るべきなのだが……何故かあいつもエルメスが護衛についてから、裁きが下りないのだ。

「どう言うことだ！　まさか、まさか……あいつの力が『罰』を受け付けないほどに強いとでも言うのか!?　馬鹿な、そんなことはあり得ないッ！」

あり得ないと一蹴した、その推測こそが真実だった。

クライドのやっていたことは、自分以外の誰かを装った無意識下での血統魔法使用による攻撃。つまるところ——『隠れて私刑を執行していた』だけだ。

そんなものは、自分の手に負えない人間。自分より優れた能力を持った人間が出てきた時点で破綻する。それこそがエルメスであり、カティアである。彼程度では太刀打ちできない、本物の魔法使いたち。

彼らが出てきた時点で、クライドの結末は決まっていた。

彼一人でエルメスたちをどうこうする手段はない。そして彼の言っている『罰』のからくりも、先走って件《くだん》のAクラス生に執行しようとしたところをエルメスに防がれ、そこから逆算する形で既にエルメスに把握されている。

結論は、詰み。

明日にでも、学校にやってきたエルメスたちが公衆の面前でクライドのこれまでの行いを暴き、カティアの仕掛けた爆弾も避ける術《すべ》がなくなって破滅。

「何故だぁあああああッ！」

自らを無謬《むびゅう》で偉大な何かと思い込み、かつての主人の過ちを避けようとして結局同じ轍《てつ》しか踏めていない小者中の小者。

その結末はもう、どうしようもなく決定されていた——

——はず、だった。

「ああ、可哀想《かわいそう》に」

そう言った小者の取れる結末は、大別して二つ。

一つは順当に、何も為《な》すことができずに破滅すること。

そしてもう一つは——より巨大な何かに、都合よく利用されてしまうこと。

クライドにとって、不幸なことに。

彼の結末は、後者だった。

「この国をあるべき方向に導こうとした貴重な勇士が、邪悪な敵手に阻まれてこんなところで道を閉ざされようとしている」

暗闇から響くは、流麗な男の声。

「悲しいよなぁ。誰にも見てもらえずこんなところで破滅してしまうなんて。

——でも大丈夫。『俺たち』は、ちゃんと見ていたよ」

響きは美麗だが、どこか感情がこもっておらずに空虚なイメージを受ける声。

有り体に言えば、胡散臭《うさんくさ》いことこの上ない。

「ここまで追い詰められてもまだ、自分の正しさを信じることができる。俺は、君のその心の在り方に敬意を表そう」

……だが、クライドは引き寄せられてしまう。

言葉の真偽を判別できるほどの判断力がもうないから。

何より——彼の語っている言葉の内容が、跳ね除《の》けるにはあまりにも甘美に過ぎたから。

「君の居るべき場所は、そこじゃない」

そんなクライドの期待に応えるように、声は都合の良い言葉を紡ぐ。

そして遂《つい》に暗闇から現れるは、精悍《せいかん》な顔立ちをした二十代半ばほどの男。

彼は恐ろしく端正な笑みと共に、緩やかにクライドの方に手を伸ばす。

「……君が、一番輝ける場所を用意してあげる。だからさ、こっちに来ないかい?」

その手を拒むだけの理由は、もはやクライドの中には残っていなかった。


かくして、彼らは向き合うことになる。

王国の闇。真に邪悪で、破滅的で、けれど高潔な意志を持つもの。これまで見えなかった、姿を見せなかった大きな存在に。

まずは、彼らに対する憎悪と復讐《ふくしゅう》心《しん》を尖兵《せんぺい》として取り込んで。

——始まりの大事件が、幕を開ける。

第八章　急転

Ａクラス生三人が襲撃され、クライドの調査を開始してから数日。

ある日の放課後、エルメスは思案顔で学園の廊下を歩く。

しばらくの思索の後、彼の顔に浮かんだのは——確信だ。

「……うん、間違いない」

ここ数日の調査、そしてその間にあった出来事。それらに彼自身の魔法に関する推理を組み合わせた結果——クライドの扱う魔法の正体に、エルメスは既に辿《たど》り着いていた。

……なるほど、と思った。

確かにこれは意識の外だった。この魔法を上手《うま》く使えば、『一切人の手をかけずに』あのような現象を引き起こすことも、決して不可能ではない。

そして、同時に急がなければならないとも思う。

何せ、もし彼が自覚的に、意図的にあの魔法を使ったのならば——恐らく被害は、数人や数十人には留《とど》まらないだろうから。

故に、すぐにでも彼を問い詰め、解き明かし、追い詰めなければならない。

だが、その前に。彼が歩みを進めている先は、クライドの居場所ではない。とある人物に呼び出しを受けており、それを無視するわけにもいかなかったからだ。

かくして辿り着いたのは、エルメスが普段通っているBクラス。

既に授業が終わってから時間が経《た》っている。他に誰も居ないがらんどうの教室にエルメスが足を踏み入れると、そこには。

「……や。こんな時に呼び出してごめんね、エル君」

西に傾いた太陽に照らされ、淡い赤光をその銀髪に落とす美しい少女。

ニィナ・フォン・フロダイトが、いつもの気さくな笑顔でこちらに手を振っていた。


早速エルメスは問いかける。

「それは構いませんが……用件は何でしょう？　やはり、クライド様に関することで？」

「えー。放課後、女の子から、二人っきりの教室への呼び出しだよ？　もうちょっと期待とかしてくれてもいいのになーと思うんだけど」

エルメスの確認に、まず少し不満そうに可愛《かわい》らしく唇を尖《とが》らせるニィナ。

けれど、すぐにその表情をいつものもの——より少し真剣に戻して。

「でもまぁ、そんな感じ。……クライド君の血統魔法には、もう当たりがついてるんだよね？」

「ええ。本当は今日にも問い詰めるつもりだったのですが——クライド様、今日は学校に来なかったようなので」

突き止められたことに気付いたか、或《あ》いは別方向で問題が発生したか。

ともあれ……当然、それで逃すわけもない。

「カティア様、サラ様と合流してクライド様の実家に向かいます。それで本人を、居なければ家族に問い詰めましょう。公爵様からの許可も頂いております」

「なるほど。まあ、そうなるよね。……じゃあ、ボクからは忠告を一つ」

エルメスの方針表明にニィナは頷《うなず》くと、再度彼を真っ向から見据えて。

「この件だけど……多分、想像以上にやばいよ。きっとキミたちの思っているよりずっと。クライド君を片付けるのも一筋縄ではいかないと思う」

「！」

その言葉が、ニィナから放たれた意味。それを推測した上で、エルメスは冷静に問う。

「……ニィナ様は、何かご存知なのですか？」

「うん、まぁね。知ってたというか、隠してたことがある。……キミたちが彼の元に向かうのなら、もう隠してもおけないなと思って。その上で判断して欲しいんだ。呼び出した用件の一つは、それ」

納得した。恐らくその隠しごとがクライド周りに関することなのだろう。ならば、このタイミングで切り出したのも頷ける。

ニィナが口を開く。

「……ボクの家はね、騎士の家系だったんだ」

「？」

しかし、切り出されたのは彼女の身の上話。

一瞬首を傾《かし》げるが――彼女が酔狂でこんな話をしている様子はない。

ならば、語るべきことなのだろう。そう判断してエルメスは引き続き耳を傾ける。

「魔法使いの騎士。どうしても『詠唱』という工程が入る血統魔法使い共通の弱点を守れる存在。それを満たす優秀な騎士を輩出していたのがボクの元々の家でね」

――元々の、とは、つまり。

「それでさ、子供の頃からボクも仕込まれたんだ。別に修行は嫌じゃなかったよ。剣を振るうのは楽しかったし性に合ってた。それに、どうやらボクにはすごく才能があったみたい。『男だったら良かった』って何度も言われたし……実際一時期男の子として育てられてた影響でこんな口調になったわけなんだけど」

さらりと自身の特徴の原点を開示しつつ、彼女は続ける。

「――でも、それでもここはユースティア王国。そういう悲劇が起こる場所だった」

……今までとは違う、少し憂いを帯びた表情で。

「ボクの血統魔法がね、あんまりにもあんまりなものだったんだよ」

「！」

「いくら騎士の家とは言え、それでもこの王国である以上魔法は大切だ。……その点ボクの魔法は、ちょっと色々な意味で問題がありすぎてね。……なんだかんだで、結局家に居られなくなって別の家、フロダイト子爵家に引き取られたんだ」

「そんな、ことが」

ある意味で彼女もエルメスと同じく、魔法に恵まれなかった被害者だったと。

「流石《さすが》にショックだったなぁ。それでも今までやってきた剣の修行は、アイデンティティだったからやめられなかったけど。……でもそれ以外のことはさ、どうしても無気力になっちゃった。こんな生まれつきのもの一つで全部決まっちゃうんなら、何のために頑張るんだーってね」

「……カティア様も、かつては同じことで悩んでおられました」

「うん。だからね、キミには最初っから興味というか、シンパシーを感じてたの」

そして彼女の話は、エルメスの編入時まで進む。

「ボクと同じ、魔法のせいで家を追い出された人。ボクよりもひどい、貴族の身分も剝奪されて——でも戻ってきた人。きっとボクが感じたことと同じことを思っていたはずのキミは、この学園で何をするんだろうってね」

そう思って、彼に話しかけた結果は——

「——すごいね、キミ」

今の彼女の表情が、雄弁に物語っていた。

「こんな国でも、ここまで真《ま》っ直《す》ぐで居られる人がいるなんて。そんなキミのおかげでBクラスのみんなはずっと良くなった。学園も変わりつつある。そしてボク自身も——久しぶりに、こんなに熱くなれた」

瞳を閉じ、その熱を思い出すかのように胸に手を当てる。

そして再度目を開くと、ニィナはエルメスに向かってふにゃりと笑いかけて。

「だから、改めて。――ありがとうね、エル君」

「――」

その柔らかな微笑は、照らす西日も相まってあまりにも幻想的で、美しく、そして愛らしく。

しばし、エルメスは時も忘れて見惚《みと》れた。

……だが、と気を引き締め直す。

何故《なぜ》なら、ここまでの話は前段階。本命の、一番聞くべきことがこの先に控えている。

「長々とごめんね。……そう、ここからが本題だ」

それを彼女も察したのだろう、表情を真面目なものに戻して、一旦息を吸うと、満を持して語り出す、

「ボクの――」

その、瞬間だった。

「血統魔法――『悪神の篝幕《ゴエティア》』」

どこから、ともなく。

そんな声が響いてきたかと思うと――突如として、教室が薄暗い闇に覆われる。

「な――」

いや、教室だけではない。窓の外を見たエルメスは驚愕《きょうがく》に目を見開いた。

教室の外。中庭を越えて、ちょうど学園を囲う柵に沿うように。真っ黒なドーム状の『何か』が展開され、学園外と中を隔てていた。

それが何を指すか、分からないエルメスではない。

「ッ――」

閉じ込められた。

それも勿論《もちろん》問題だが、何よりエルメスの胸中を占めるのはある一つの疑問。

「……誰の魔法だ、あれは」

知らないのだ。

エルメスは少なくともこの学年の人が使う魔法は全部把握している。最近の事情もあって、学年外でも目立つ魔法に関しては知っているのだ。

だが、今の魔法は――効果も魔力の質も、エルメスの知る何にも当てはまらない。そう、先日突き止めたクライドの魔法も、あれではないのだ。

つまりは――全く知らない第三者の魔法による干渉。

「…………」

まさしくニィナが言った、『想像以上にやばい』状況。

その訪れをまさしく直感し、エルメスは学園周囲の異様な光景を睨《にら》む。

◆

「……こんなものかな」

同刻、学園の校門付近にて。

精悍《せいかん》な顔立ちをした二十代半ばほどの男――そう、先日クライドを勧誘した男。

そして、この学園全体を覆う黒い何かを血統魔法で展開した張本人は、横で佇《たたず》む青髪の少年に声をかける。

「よし、これで余程のことがない限り学園の人間はここから出られない。これでいいかな？　クライド君」

「……ええ。凄《すさ》まじい魔法です」

声をかけられた少年、クライドはやや冷や汗を流しながらそう呟《つぶや》く。話しかけた男に対する、微《かす》かな恐れを滲《にじ》ませて。

この男が張ったのがただの結界――そうとは限らないのだが、仮にそうだとしても、あまりにも範囲が膨大だ。王宮周りを除けば王都では随一と言って良い敷地面積を誇るこの学園。その全土を覆う結界など……どれほどの魔力量と出力があれば可能になるのか。

そんなクライドの視線を受けてか、男は安心させるように笑みを返す。

「流石に俺も多少は無理してるさ。それに、多分結界の維持で精一杯だから俺はもうここから動けない。ついでに言うとここには俺と君だけ。つまり援軍はない」

結論、ここから動きを起こせるのはクライドだけ。だが――

「でも、問題ないだろう？　君なら――」

だが、その事実を理解した上で、あっけらかんと男は告げる。

「――今の君なら、ここから一人で学園を壊滅させることも容易《たやす》いはずだ」

「ええ、勿論です」

その、行動内容においても実行可能性においても信じ難い一言を受けて。

しかし、満面の笑みでクライドは頷く。

「……そもそも、これまでがおかしかったんですよ」

どころか、誰にともなく語り始める。彼が過去幾度となく浮かべてきた歪《ゆが》んだ笑顔で。

「こんなにも僕は謙虚に、この国のためを思って身を削って頑張ってきたのに。その高潔な想《おも》いを醜い嫉妬や自己顕示欲で踏み躙《にじ》り、新しい価値観を認められず僕の足を引っ張る者ばかり。どれほど罰を与えてもその人間は一向に減らない。なら――」

そして。

「この学園そのものが間違っている。そうに違いない！」

クライドは一片の曇りもなく、晴れやかに宣言する。

「うんうん、そうだねぇ」

一方の男も、クライドの言葉に全面的な賛成を見せた。

「この国はもう、小規模な変化ではどうしようもないほどに腐りきっているんだ。君の居た学園なんてその最たるもの。……そして、あまりにも処置が追いつかない腐敗は、『切り落とす』ことが最も理に適《かな》った治療法だ」

「ええ、任せてください！　貴方《あなた》のおかげで、ようやく目が覚めた」

男の全面的な肯定――これまでクライドが得られなかったものを与えられて、彼は益々《ますます》勢い付く。

「教えてやりますよ！　古い価値観を変えられない人間たちに、この先この国はそんな奴《やつ》らから排除されていく。お前たちは淘汰《とうた》される側だと！　そしてこれからの王国を導くのは――この僕たちだということを！」

思い通りにならなかった学園への憎悪と、都合の良い未来への希望に満ちた宣誓。

それを満足げに聞き終えた男は、最後にクライドの持つ黒い水晶を指さす。

「一応、その魔道具で『俺の魔法』の効果も疑似的に扱えるようにはしてある。君なら上《う》手《ま》く使えるだろうが――あくまで補助、本命は『君の魔法』だ。これまでくだらない慣習に囚《とら》われて十分に扱えなかったその素晴らしい魔法を、是非この国の未来のために振るってくれ」

「はい！」

「良い返事だ。……じゃあ、後は頼んだよ、未来の同志君」

その言葉を最後に、溶けるように男が黒い壁の向こうに消えていく。

一人残されたクライド。だが、彼の顔に不安など微塵《みじん》もない。

学園を見据える。これからあの忌々しい場所を自分一人の手で蹂躙《じゅうりん》できる喜び、そして自分の魔法を遠慮なく扱える喜びに打ち震え。

途方もない自己肯定と愉悦と共に、彼は息を吸い、唄《うた》う。

「――【在らざる命よ　枷《かせ》なき心よ　禍星《まがほし》の館に集い給《たま》え　宴《うたげ》の御旗《みはた》は此処《ここ》に有り】！」

Aクラスの三人が原因不明の不幸に見舞われた事件。

それを調査した者たちは――一つのミスを犯した。

その犯行を、人の手によるものと決めつけたことだ。

だが、無理もない。確かにこの世には、人以外にも魔法的存在はある。例えばカティアの『救世の冥界《ソテイラ・トリウィア》』による幽霊兵が好例だろう。

しかしそれにしても、ここまで精密かつピンポイントな犯行を可能にするレベルのものは彼らの常識にはない。しかも犯行の際クライドは家に居たし、それ以前にそこまで純魔法的な存在が何かをしていれば多少なりとも魔力感知に優れた者が何かしら気付く。

故に、彼らは見落としたのだ。この世には動物と同じレベルで何処《どこ》にでも存在し、弱いものではそれこそ動物と見分けがつかないほどの魔力しかなく。

人間では不可能な場所からでも入り込め、逆に人間ではあり得ないレベルの膂力《りょりょく》や敏捷《びんしょう》性を発揮する個体もあり。それでいて、『人間を害する』ことにかけては凄まじい能力と知能を発揮する、あまりにも彼らにとって身近な存在を。

「血統魔法──『万里の極黒《エインヘリヤル》』！」

クライドが、高らかな魔法の宣言をすると同時。

──ずるり、と。

まさしく這《は》い出るように、男が出ていった黒い壁から入れ替わるように、『それ』は姿を現した。

あるものは、熊と虎が合わさったような毛深い二足歩行の巨体。

あるものは、恐ろしいまでに尾針が発達した巨大な蜂。

あるものは、そもそも生物の枠からすら一歩はみ出たような漆黒の何か。

多種多様な魔法生物、それこそ学園を覆い尽くしても余りあるような無数の存在。

その共通点は二つ。瞳が純粋な殺意を宿して爛々《らんらん》と光り輝いていることと──

──にも拘《かか》わらず、全員がクライドに対してだけは従順に傅《かしず》いていること。

その忠誠を、クライドは喜悦と共に受け入れて宣言する。

「そうだよ、僕にかかれば人類の敵すらこうして有効活用できるんだ。この僕の実力を隠させた無能な父上も、全く評価しない学園の連中も、調子に乗ったあの男も！　全て間違っている、そんな蒙昧《もうまい》な人間は──食われても仕方がないよねぇ！」

それは彼の言葉通り、人類の敵手を利用する魔法。

有用なのは間違いないが、そのあまりの悍《おそ》ましさ故に反感を買わぬよう、秘匿された使

用に留《とど》めた王国暗部の魔法。

血統魔法、『万里の極黒《エインヘリヤル》』。

その効果は、魔物の操作である。

「さぁ、教えてあげようじゃないか！　哀れな連中に、真に力を持った人材に気付けない愚かな人々に——真の変革者が、誰なのかということを！」

かくして、逃げ場のなくなった学園にて。

悪意に導かれた無数の憎悪の化身による、襲撃が始まった。

◆

その異変には、当然学園の全員が気付いていた。

まず学園全体が薄暗くなった時点で皆が外に目を向け、漆黒の壁に覆われているのを確認し。それに対するパニックが起こる——その間もなく、学園全体に地響きが鳴り渡る。

「……え」

その呆然《ぼうぜん》とした声は、誰のものだったか。

だが、無理もない。その光景は彼も、いやここに居る者の大半が見たことのないものだっただろう。

——地平を埋め尽くすほどの、黒い魔物の群れなど。

　魔物が群れをなすことに例がないわけではない。そもそもそういった性質を持つ魔物だっているし、迷宮から魔物が溢《あふ》れ出す現象、通称大氾濫《スタンピード》では今回のように多様な魔物が混成して襲いかかることもある。

　しかし、それらとは大きく違う点。その中でもとびきり分かりやすく、絶望的な相違点。

　あまりにも、多すぎる。

　大氾濫《スタンピード》でもこんなものなどあり得ない。それこそ学園全てを呑《の》み込んでも余りあるほどの魔物の大群。それがあろうことか黒い壁の向こうからすり抜けてやってきており、尚尽《なお》きる気配がない。

　異様な光景。唐突な暴虐。そして何より……そもそも、何故《なぜ》この学園に突如こんなことが起きるのか。

　疑問と恐怖と混乱で、学園はあっという間にパニックに陥った。

「うわあああああ!!」

「な、なんだこいつら！　いったい何処から、何が、どうなって――！」

「こ、ここをどこだと思っているんだ――ひぃぃい！」

　放課後とは言え比較的早い時間だったこともあり、未《いま》だ学園には多くの生徒や教員が残っていた。

　例外なくその全員は混乱の極地に叩《たた》き込まれ、多くはただ恐怖に突き動かされるまま校舎内への逃亡を開始した。

しかし、そんな中でも別の行動を取る者が、少数ながら存在する。例えば、

「――ふん、誰も彼も情けない！」

自信満々で逃げ惑う生徒達《たち》を押し退《の》け前に現れた、Bクラス担当教員であるガイスト伯爵など。他にも幾人かの教員と腕に覚えのある生徒が魔物の群れを真っ向から睨《にら》んでいた。

――とは言っても。

彼らの胸中を占めているのは、この学園を守るなどといったご大層な志ではない。

「多少数が多いとは言っても、所詮魔物じゃないか。この程度で慄《おのの》いてしまうとは、やはりまだまだ子供と言ったところか」

「そうとも！　これを機にもう一度教えてやらねばなるまい――この学園を守り、生徒達を導けるのは我々しか居ないことを！」

ガイスト伯爵が宣言し、他の教員が追従した通りだ。

彼らの心にあるのは、『たかが魔物』と侮り自らの魔法で問題なく処せるとの自負。これまでは己の血統魔法で苦労せず魔物を倒せたことからくる自信。

そして……現在ユルゲンを中心に受けている突き上げを黙らせるための圧倒的な戦果――例えば学校を襲撃した魔物の大群を華麗に撃退したなど――を欲してのこと。

かくして、自らの勝利と活躍にこれまで通りなんの疑問も抱かず、ガイスト伯爵をはじめ立ち向かった者たちは魔物の群れに真っ向から突撃した。

ガイスト伯爵の正面から現れたのは、大きな蜂形の魔物の群れ。

「この程度の魔物の群れで私が怯《ひる》むとでも。私は大氾濫《スタンピード》に幾度も立ち会ったことがあるんだよッ！」

そんな群れに向かって、伯爵は魔力を高め、詠唱を唱えて。

自らが持つ絶対の自信、その根拠たる魔法を放つ。

「血統魔法──『霹の廻天《キイ・レイカーラ》』！」

応じて現るは、雷の魔法。彼が伯爵家を継ぐことのできた最大要因である、非常に強力な雷の帯が辺り一面に展開する。

そのまま、それが群れへと一斉に襲いかかり。焼き尽くすに十分な火力が、蜂の魔物を丸ごと呑み込んで──

──彼らが、『たかが魔物』と油断できたのは、そこまでだった。

空気が焼ける匂いと、砂煙が晴れた先でガイスト伯爵が見たものは。

「……な……」

黒い、球体だ。人間大ほどの直径を持つ大きな球体。

それが、蜂の魔物たちが一斉に寄り集まって形成したものと気付くのに、さして時間は掛からなかった。

所謂《いわゆる》、密集陣形。

一箇所に固まり、攻撃を受ける面を減らすことでダメージを最小限に抑える防御用の陣形。今回はガイスト伯爵の雷を防ぐためにより完璧な形で、蜂の魔物が寄り集まって球状の密集陣形を形成した。

それは完璧に功を奏しており、雷の魔法が直撃したにも拘わらずやられたのは球体の外側に居た個体のみ。肉体が盾となり、中の魔物には一切雷が通っていない。

結果、伯爵の渾身《こんしん》の魔法は一割にも遠く及ばないほどの犠牲で済まされてしまい。

ぶわっ、と球体が解除され、残る無傷の魔物が一斉に針を突きつける。

「な――なんで、魔物が、こんな――っ！」

決めるつもりで、決まると疑わず魔法を放った伯爵はひどく狼狽《ろうばい》する。次の攻撃には溜《た》めが必要で、そんな隙を見逃す気が向こうにないことは明らか。

「く――ッ！」

為《な》す術《すべ》なく、伯爵は一旦逃走する。

容赦なく追い立てる蜂の魔物たち。どうにか逃げつつも雷の血統魔法で迎撃し、少しずつ数を減らしていく。

そして数分ほどの逃走劇ののち、辛うじて蜂の魔物たちを追い払うことに成功した。

「はぁ、はぁ……この、魔物如《ごと》きが、私にこんな手間を――!?」

だが、彼は直後に気付く。がむしゃらに逃げていた自分の現在位置。

――巨大な熊と虎が融合した魔物の群れに、取り囲まれている現状を。

「……そん、な」

逃げていたのではない――『追い立てられていた』のだ。

それに気付いたその瞬間には、最早《もはや》逃げ場などどこにもなく。どうにか突破するしかもう道はないと悟った伯爵に、更なる絶望が襲いかかった。

ごう、と伯爵の右前方が赤い光を放つ。見るとそこには、木の上に登った鼠《ねずみ》ほどの大きさの魔物。その魔物が、口から拳大ほどの炎の塊を吐き出す。

それ自体は問題ない。魔物は魔法を扱う個体も存在するし、この魔物はその中でも弱い方。あの炎単体に大した脅威はない。

問題は。

その魔物が、ほんの百匹ばかり木の上に密集し。

その全員が炎の魔法を吐き出し、寄せ集めた結果……ガイストを呑み込んで余りあるほどの巨大な炎球に成長していることである。

防げない。今の自分に、あの魔法を防ぐ手段はない。

かといって逃げることもできない。自分の周りは巨大かつ屈強な魔物が取り囲んでいる。

つまり——詰み。

「ひ——ッ」

そう直感してしまったガイスト伯爵が、ここでようやく恐怖で顔を引き攣《つ》らせる。

彼は戦場の経験が豊富だった。宣言通り、大氾濫《スタンピード》にも何度か立ち会った経験があった。

だが、その全てが楽勝であり。追い詰められた経験が例によってなかった。

故に、これを打開する策など思いつけるはずもなく。恐怖と自失の表情を浮かべたまま何もできず、木の上の魔物たちが満を持して炎球を放つ。

それが為す術なく、ガイスト伯爵へと吸い込まれ――

「――『救世の冥界《ソテイラ・トリウイア》』っ！」

紫の光で、それが阻まれた。

同時に周囲の魔物へと襲いかかる、紫色をした半透明の兵士たち。木の上の魔物たちはその戦闘能力で薙《な》ぎ払い、大型の魔物たちにも纏《まと》わりついて動きを封じる。

あまりに状況が急変した結果、茫然自失《ぼうぜんじしつ》の表情で立ち尽くすガイスト伯爵。そんな彼に、後方から美しくも鋭い叱責の声が響く。

「――下がって！　今のを見たら分かったでしょう。あれは……私たちの知っている魔物の群れじゃない！」

その声の主、カティアの方を伯爵は見やる。

だがそれだけだ。恐怖に支配された伯爵は、彼女の上からの物言いにも反論できず、彼女がかつてBクラスで手酷《てひど》く扱っていた生徒だということも忘れて。

彼女に言われるまま、這々《ほうほう》の体《てい》でその場を離脱したのだった。

「そういう、こと……」

かくして一拍遅れて戦闘に加勢したカティアは、まず歯噛《はが》みする。

その顔に浮かぶのは、疑念ではなく納得。

何故なら彼女は事前にエルメスから聞かされていたのだ、クライドの魔法の正体について。加えて、その系統の魔法が持つ特徴も、彼の知識の限り。つまり――この現象を起こしているのがクライドであることは、既に彼女も確信していた。

目的は一旦置いておく、どうせろくなものではないだろうし。あの学校を覆う黒い壁も、油断はできないが現時点での直接的な被害がない以上一度脇によけよう。

今最優先に考えるべきは、この魔物の群れのことだ。

……だって、明らかに異常だ。先ほどのガイスト伯爵を追い詰めた動きにも、それは顕著に表れていた。

高度な陣形変更による被害の最小化。

逃げる獲物を特定のスポットまで誘導する巧みな追い立て。

同系統の魔物が集い力を合わせることで高い戦果を生み出す協調。

等々――まるで人間が行うかのような高度な戦術をあの群れは駆使しているのだ。

そして、そのからくりについても彼女はおおよそ辿《たど》り着いていた。

エルメスは先日クライドの魔法……『魔物を操る』系統の特徴について、こう言っていたのだ。

『この手の魔法には、二つの特徴があります。一つ目は、魔物を操作できるようになるまで一定の条件が存在すること。そして二つ目は、操った対象に特定の強化を施せる点です。その内容は魔法次第ですが――分かりやすいものとしては、魔力や膂力《りよりよく》等単純な基礎能力の上昇辺りでしょうか』

一つ目は置いておく。問題は二つ目だ。

操った魔物に、特定の強化を施せる。その情報に加えて、クライドのこれまでの犯行、そして現在の現象から推理すれば、強化の内容も概《おおむ》ね見えてくる。

あの事件たちは、クライドの無意識下の魔法発動によるもの。にも拘《かか》わらず魔物たちがあんな――仮にも『人間がやった』という先入観こそあったとは言え、それでも他の人間に察知されない、完璧な犯行を遂行できたこと。

そして、現在魔物たちが高度な戦術を駆使していること。これは指揮官《クライド》の指示だけでどうこうなるレベルを超えている。そもそもクライドにこんな高度な指示ができるとは到底思えない。

ならば、答えは一つ。

「追加効果は――魔物の『知能』の強化。よりにもよって――っ！」

それが意味するところは、とてつもなく大きい。

これまでの魔物の大群、例えば大氾濫《スタンピード》によるものなどは、こうではない。各々が好き勝手暴れ回るだけだ。強力な主に率いられた時だけは例外だが、だとしても大した連携は取れていない。

だが、これは。魔物の一匹一匹が高度な知性を持ち、それらを共有して連動、戦術すら駆使してこちらを追い詰めてくる。

それは最早群れではない、軍隊と変わらない。

つまり自分たちはこれから、これだけの数に加えて、効率的な連携と戦術を操り、極めて効果的に魔物の命を使って追い立ててくる存在。つまり――

――魔物の大軍、を相手にしなければならないのだ。

それこそがクライドの血統魔法、『万里の極黒《エインヘリヤル》』の真価。

その脅威度は、これまでの概算など軽々と飛び越える。

加えて、この学園全体を覆う桁違いの物量。

不自然なほどだ。ひょっとすると、彼の陰にちらつく協力者から何かしらの援護を受けたのかもしれないが……ともあれ、眼前の脅威には変わりない。

「…………まずい」

そして、現状を分析したカティアは歯噛みする。

一応、後方では既にサラが校舎全体を『精霊の帳《テウル・ギア》』で守ることによって魔物の侵入を防いでいる。

だが、あれは魔力消費が大きい。校舎全体を覆えるサイズとなると、いくらサラでも長時間は保《も》たないだろう。それ以前に現在の魔物の攻勢に耐えられるかどうかも怪しい。

つまり、その間に戦線を整える必要がある。そのためカティアは既に限界まで幽霊兵を派遣しているが――この相手ではいずれ学習、対応されて何処《どこ》かが突破される。策を打つ余裕も現在の彼女にはない、そうなると。

もう少し耐えられればまた状況は変わるが、今はあまりにも……。

「手が、足りない……！」

となると、遺憾だがこの瞬間だけは手を借りざるを得ないだろう。そう考え、カティアは先ほど助け、今も自分の後方にいるガイスト伯爵に話しかける。

「……先生、力をお借りしたいです。先ほどのように突出する必要はありません。私の魔法の援護が厚いところから確実に、敵を減らして――」

だが。ガイスト伯爵からの返答は、あまりに予想外のものだった。

「む、無理だ……！」

「――はい？」

「あ、あんなの、私の知っている魔物ではない！　この私が一方的に追い詰められるなんて知らないッ！　無理だ、戦えば今度こそ殺されてしまう！」

そう語る彼の表情には、恐怖と、絶望と――挫折が滲《にじ》んでいた。

……アスターの時と同じだ。

生まれてから生まれ持ったものだけで勝ち続けた、勝ち続けられた人間は、苦境と挫折に対して余りにも脆《もろ》い。

（だからと言って、仮にも教員がここで――！）

心中で歯噛みするカティアの心情を知ってか知らずか、ガイストは引き続いて……尚《なお》も、信じられない一言を放った。

「な、何をしているんだ！　こんなところで話している場合ではない、ほら、魔物が来る！」

「え」

「き、君は公爵家の令嬢だろう！　こういう時に、国を守る義務は我々よりも大きい！　そのためにそんな優れた魔法を授かっているんだ！　ほら、だから早く――我々を守るんだよ！」

「――」

……それを。

よりにもよって、守る側の人間が言うのか。爵位の違いだなんて些細《ささい》な差で、普段なら威張るところを逆手に取って責任を押し付けるのか。

本当に、どこまでも。

カティアの内からどす黒い何かが上ってくる。衝動のまま、それを眼前の腐り切った人間に叩《たた》きつけようとして――

「血統魔法――『天魔の四風《アイオロス》』！」

そんな、彼女の鬱屈すら飛ばすような強風が吹き抜けていった。

その風はそのまま強大な竜巻となって魔物に襲いかかり、一帯を丸ごと吹き飛ばす。

倒せた魔物は少数だが、それ以上にこの距離を取ったことによる時間的猶予は大きい。

そして、驚愕《きょうがく》の表情を浮かべる彼女の後ろから現れる男子生徒。

「カティア嬢。苦境と見て勝手に助太刀させていただいたが、構わなかっただろうか」

「……アルバート」

かつてのクラスメイトであり、彼女がAクラスに来てから最も変わった生徒の名を彼女は呼ぶ。アルバートは頷《うなず》くと、視線を後ろに向けて。

「俺だけではないぞ。……サラ嬢に言われてな、もう数人連れてきた」

言葉通り、アルバートの背後からも数人のBクラス生が。

そんな彼らに共通するのは、瞳に宿す意思。絶望的な状況だと、恐ろしい敵手が居ると理解してなお屈せぬ心。

「正直、何がどうなっているのかはさっぱり分からないが……学園の危機であることは間違いないだろう。サラ嬢の奮闘のおかげで向こうは多少の余裕がある。……Aクラス生と比べれば魔法には劣るが、上手《うま》く使ってくれ」

「……すごく、助かるわ。戦ってくれるだけでも──いえ、この言い方は失礼ね」

一瞬、どうしてこの場で折れていないのか聞こうとしたが、それは侮辱になると判断して呑《の》み込んだ。

それに当然だ。彼らは他の連中とは違う。負けを知っているし、這《は》い上がり方も知っている。そして何より──『彼』に鍛えられたのだ。この程度の逆境で混乱したり自滅したり、なんてことはあり得ないだろう。

故に、言い直す。

「すごく、頼もしいわ。Aクラスのみんなよりも、ずっと」

心からの賛辞に喜色を滲ませる元クラスメイトたち。それもそこそこに、彼女は具体的な指示に移る。

「とにかく、魔物の数を減らして欲しい。サラの結界に攻撃している奴《やつ》を中心に、でも決して突出はしないで。さっきの先生たちみたいに囲まれて呑まれるわ。戦線維持と時間稼ぎを優先するのよ」

「了解した。だが……時間を稼いでどうする？」

「決まってるじゃない。——エルを待つのよ」

エルメスの実力を知らないBクラス生にとっては首を傾《かし》げる作戦かもしれないが、説明している時間が惜しい。なので、唯一彼のことを知っていると聞いているアルバートにだけ端的に話す。

「……これは間違いなく緊急事態よ。あの子だって実力を抑えてる場合じゃないって分かるはず。そしてエルが本気になれば——あの程度の障害、一人でもなんとかするわ」

その揺るぎない信頼にアルバートは一瞬面食らうが、持ち直して納得の表情を浮かべる。

「確かにな。むしろ、あいつが今になってもこの場に来ていないということは——」

「別の場所で戦っているんでしょうね。だから、まずそこを片付けるのを待ちましょう。それを信じて持ち堪《こた》える——いえ、むしろエルに頼らずとも、この場は私たちが制圧するくらいの勢いで。あなたたちならできるわ」

「ああ。Bクラス生には俺から軽く話しておこう」

互いに納得を交換して、アルバート率いるBクラス分隊を送り出す。

……本当に、頼もしくなってくれたと思う。

先ほど胸を支配していた黒い感情は、すっかり洗い流されていた。

その勢いのまま――彼女は宣誓する。

「――さぁ。どうやらあの程度じゃ懲りなかったようね、クライド。……愚かさの代償は、きっちり払ってもらうわよ」

冷静に怒り、けれど戦況は見誤らず。頼れる級友と共に、彼女は彼女の戦いを開始した。

◆

時間は少し遡り、Bクラスの教室にて。

突如として学園を覆うように現れた黒い壁、そしてその直後に現れた、夥《おびただ》しい量の魔物の気配。それを察知したエルメスの決断は素早かった。

「――ニィナ様、話は後にて。これはまずい」

明らかな異常事態。当然の如《ごと》くそう判断した彼は話を切り上げ、兎《と》にも角《かく》にも現場に向かおうと足に力を込める。

ニィナの話は後回し。いや、むしろ彼女だって会話している場合ではないと悟っているはず。故に恐らく彼女もついてくるものと思って、ニィナの方に向き直る。

だが。

「……ニィナ様？」

何故《なぜ》か、彼女は動かなかった。

どころか、今まで通り。——この異常事態にも一切動じない、むしろ分かっていたかのような平然とした様子で口を開く。

「……話の続きだけどね」

そのまま、どこか感情が読めない様子で先ほどの話を再開した。

ある意味で異様な振る舞いで立ち去ることを許さない、そんな彼の前で彼女は訥々《とつとつ》と語りを続ける。

「元々の家を追い出されたボクは、フロダイト子爵家に引き取られた。……それでねぇ、その家がちょーっと、やばい所と繋《つな》がりがあったみたいで。それ関連で、昨日上から言われちゃったんだよ——」

そして、彼女は顔を上げて、告げる。

「——ここで、キミを足止めしろ、ってね」

「——」

困惑、動揺――されどそれは一瞬。

瞬時に彼は身構えた。持ち前の判断力で瞬時にニィナの立場を理解し、腰を落としていつでも動ける体勢を整える。

理由は不明。原因も不明。ここに至るまでの因果は知りようもない。

だが、結果は明白。……少なくとも今、この場において――

――彼女は、敵だ。

それを即座に理解し姿勢を変えたエルメスを見て、ニィナは微笑《ほほえ》む。

「流石《さすが》だね。でもそんなすぐに切り替えられちゃうとちょっと悲しいなぁ」

「……そう思ってくださるのなら、今からでも冗談にしてくれていいんですよ」

一縷《いちる》の望みをかけてそう言うが、流石に取り合ってはくれない。

「……ごめんね。キミに感謝してるのは本当だけど――ボクを拾ってくれた家にも恩はあるし、事情もあるんだ。だから」

最後に彼女は目を伏せ、謝罪を一つ告げて。

再度顔を上げた時には、既にいつもの……どころか、より自信ありげな、どこか妖しげな笑みを浮かべて告げる。

「お仕事、させてもらうよ。先に言っておくね？――ここに来た時点で、もうキミの負けだから」

「っ！」

分かる。今の彼女との位置関係は、会話をできるほどに近い。

つまり……既にここは、とうに彼女の間合いだ。

無類の近接能力を持つ彼女相手に、この位置からスタートして彼女を倒す……どころか、逃げ切るだけでも至難の業。

（……いや）

それだけなら問題ない――とまでは言い過ぎかもしれないが、逃げに徹すれば多少は目がある。伊達《だて》に彼女と模擬戦を繰り返していない。

よって、この場で最大の問題。彼女の自信の根拠は……と、エルメスが考えたのをまるで見計らったかのように。

「――」

ニィナが魔力を高め、息を吸う。

（やっぱり――っ）

そう。彼女の血統魔法だ。

二人以外に現在人はおらず、学校に残っている人間も外の状況に釘付《くぎづ》けでまず確実にここまで目は回らない。ここで彼女が何をしようと、目撃者はエルメスのみ。

――これまで秘匿してきた魔法を解禁するのに、あまりにも打って付けの状況だ。

故にここで彼女が切り札を切って、確実に仕事を果たそうとするのは自明の理。

……落ち着け、と自らに言い聞かせる。

詠唱をさせる前に制圧する？　いや、彼女の能力は知っている。彼女ならむしろ詠唱を囮にして突っ込んできたところを返り討ちにする、くらいの離れ業をやってのけてもおかしくはない。

同様に、生半可な強化汎用魔法での妨害もむしろこちらの隙を晒《さら》すだけだ。ならばやることは……。

（……見《けん》に回る。まずは魔法を見極めて、その上で離脱する隙を探す）

それが彼にとっては最も確度の高い選択。実際、自信もあった。この学園に来て多くの魔法を見て、より多くの知識を蓄えた彼ならばたとえ初見の血統魔法であっても対応できる。加えて、こちらにも隠し球の一つや二つあるのだ。

そう考え、まずはいつでも動ける体勢を維持しつつ彼女を注視する。

そんな彼の眼前で、ニィナは詠唱を開始した。

「【夏夜の魔性に糾《あざな》えよ　九重《ここのえ》詠みしは星娘　瞼《まぶた》の裏には盲《くら》き歌】」

……エルメスの判断は、概《おおむ》ね正解だっただろう。

むしろそれしかない。ニィナにここまで接近を許して迂《う》闊《かつ》に動けない以上魔法を待つ以外の選択肢はまずない、彼の打った手は最善だった。

魔法に対応してみせるとの自負も、彼の実力からすれば決して傲慢ではなかった。

だが。

彼女の魔法は、彼にとっては。いや、むしろ彼であるが故に。

あまりにも……読めなさすぎたのである。

「血統魔法──『妖精の夢宮《イル・フェルリナ》』」

かくして、彼女の魔法が発動する。

来た、と気を張り巡らせ、よりニィナに視線を集中させる。

彼女の一挙手一投足を観察し、一瞬たりとも目を逸《そ》らさない──

「……え」

──それが、目を『逸らせない』に変わっていると気付いた時には。

最早《もはや》彼は、致命的なまでに彼女の術中に嵌《は》まっていた。

「動かないでね」

言われて、気付く。

「ていうか、動けないよね？……ちゃんとかかってくれてるね。良かったぁ」

彼女の言う通り、行動がひどく抑制されている。それこそ一歩も動けないほどに。

動きを縛る類《たぐい》、魔眼か何か──と思ったが違う。むしろ逆、『彼女に集中すること』を強いられた結果他の動きができなくなっているのだ。

「もう分かったかな？」

気付いた瞬間、『それ』はやってきた。

「予想外だったでしょ。……うん、この手のことに疎いキミなら読めないと思った。……世の中には、『こういう魔法』もあるんだよ？」

そう告げて、悪戯《いたずら》が成功したかのようにくすりと笑うニィナ。……その微笑みが余りにも可憐《かれん》で、先ほどの比でないほどに視線と意識が奪われる。

それだけではない。声色は甘やかに、表情は柔らかく、仕草は妖美で蕩《とろ》けるように。彼女から発せられる魔力を浴びるたび、更に心が奪われる。思考が甘く痺《しび》れ、意識から彼女以外のことが溶け落ちていく。

ニィナに関する情報しか、考えられなくなっていく中。

僅かに残った思考領域を懸命に回しつつ――エルメスはようやくその魔法の正体を悟る。

それは、確かに異端の魔法。

ニィナの生家が輩出する『騎士』にはふさわしくない。どころか質実と節制、自制と忠義を是とする騎士の在り方とは真逆の、欲求を象《かたち》にした魔法。

騎士たるものが持つにはあまりにも体面が悪すぎる、家に置いておけなくなったことが納得できてしまう、そんな――

手遅れまで回り切ったと思ったか、ニィナは止《とど》めを刺すようなとびきりの微笑でこう告げた。

「多分、もう抵抗しても無駄だと思う。だから安心して――ボクのこと、好きになっちゃっていいよ？」

ニィナの魔法、『妖精の夢宮《イル・フェルリナ》』。

その効果は――『魅了《チャーム》』の、血統魔法。

あまりにも容易《たやす》く、彼女はエルメスを絡め取ってしまったのだった。

「……とは言え、流石にまだ完全じゃないみたいだね」

されど、ニィナに油断はない。

エルメスの様子を観察し、まだ不十分と判断すると更に口を開く。

「じゃあ、足止めがてら少しお話ししよっかな」

「っ――」

今の、魅了が回り切らないよう必死に抵抗心を燃やすエルメスにとっては、彼女の声自体が恐ろしく甘い毒だ。

鈍った思考でも彼女の言葉は分かる。否――彼女の言葉だけは理解してしまうようにされている。それを把握した上で、彼女は声だけでなく、更なる追撃の情報を開示する。

「この魔法、効果が魅了《チャーム》なのはもう分かってると思うけど……ちょっとした条件があってね」

「条、件……」

「そ。上の人はなんだっけ……対象への術者の感情、好感度に応じて効果が上昇するとかなんとか……何でわざわざ分かりにくく言うんだろうね？」

「！」

しかしその言葉で、エルメスは気付く。それを悟ったかニィナがこちらの心を覗《のぞ》き込むような上目遣いで。

「あ、気付いちゃった？　そう、この魔法は分かりやすく言うと——好きな相手に使うほど効果が高いの」

それが、彼女が仕掛けた第二の罠《わな》だ。

敵対者でありながら。今まさに、自分を陥れようとしている相手でありながら——

——彼女の好意には、一切の偽りがない。この身を襲う魔法の凄《すさ》まじい能力で、それが証明されてしまう。分かってしまう。

「だからさ、もう言っちゃうね。……好きだよ。エル君のこと」

理解した瞬間に、甘やかな声での告白。それが彼の理性を大幅に削り取る。

「一応さ、上の人は最初からキミのこと警戒してたみたいで。それ関連でボクもキミに——『好きになるつもりで』近づいたんだけどさ」

エルメスに、あのクラスで最初に声をかけた理由を開示しつつ彼女は続ける。

「……いや、参ったなぁ。この魔法を見るに……ボクが思った以上に好きになっちゃってたみたい、キミのこと。……あはは、流石に照れるかも。でもしょうがないよねぇ。最初からシンパシーを感じてたのは本当だし、キミと過ごすのが楽しかったのも本当だもん」

心から照れ臭そうに彼女は頬を染め、くすぐったそうに視線を逸らす。

……それが本音だと、否応《いやおう》なく理解してしまうからこそ。それは更なる魔法となって彼を苛《さいな》む。

それでも尚《なお》、呑《の》まれまいと意識を保つエルメス。……そんな彼の様子をどう思ったか、ニィナは今度は心持ち頬を膨らませて。

「……それでさ。ボクはこんなに一生懸命、恥ずかしいのにも耐えて告白したのに……まだ我慢するんだ。……ちょっとムカついてきたなぁ」

そう不満を告げるが、すぐに元の怪しげな笑みに戻して告げてくる。

「……じゃあ、本気出しちゃおうかな」

そうして、遂《つい》に彼女は歩き出す──エルメスの方へと、一歩。

「！」

当然、そうすればよりニィナの魅了《チャーム》の魔力は増す。

そして何より、彼女が近づいてきたこと自体に対して──どうしようもなく、喜びを抱いてしまう。もっと近づいて欲しいと思ってしまう。

それを叶《かな》えるように、彼女はゆっくりと歩みを進め……それだけではなく。

「キミ相手に油断はできないからね。……流石にすごく恥ずかしいけど……まぁ、いっか。キミなら」

彼女が髪留めを外し、コンパクトにまとめられていた美しい銀の長髪が下ろされる。ばさりと広がったそれから、凄絶なまでの色気が振りまかれる。

加えて、しゅるりと彼女のネクタイがほどかれ、ボタンが一つ外される。僅かに開放された胸元から、予想される以上に柔く豊かな二つの膨らみが深い陰影を描き、あまりにも妖艶な視界の暴力となって理性を蹂躙《じゅうりん》しにかかる。

「……やっぱり、この方が効果は上がるからね」

先ほど以上に頬を染めながら、しかし歩みは止めることなく。近づいたことでエルメスの頬も負けず劣らずの状態であることを確認すると、むしろ彼女は上機嫌に悪戯っぽく笑う。

「……へぇ。キミでもちゃんと、こういうことには照れてくれるんだ。……ふふ、かわいー。いいんだよ？　これでキミが好きになってくれるなら」

更なる甘い言葉と共に、もう触れ合う寸前まで近寄ってしまう。よりくっきりと見えるようになった透明な肌から必死に目を逸らそうとするエルメスの反応を楽しみつつ、彼女は至近距離で囁《ささや》く。

「……思いついたんだけどさ。キミ、こっちに来ない？」

先ほどよりも明確な、誘いの言葉を。

「詳細は言えないけど、ボクたちも今強い魔法使いは必要なんだ。多分キミなら大歓迎されると思うし……もちろん、ボク自身も是非キミは欲しい」

「え――」

「どうかな？　待遇は保証するし、何ならキミが今近しい人たちの安全も頼めば保証してもらえると思う。キミにはそれくらいの価値はある。それに、何より……」

そして彼女は、軽く目を潤ませて。今までとは違うどこか寂しげな、縋《すが》るような表情と

共に。

「……キミみたいな人が……ちゃんと、ボクの味方をしてくれるなら。……すごく、嬉《うれ》しいなぁ」

「――」

……或《ある》いは。

その言葉が、最後に最も彼の心を揺さぶる決め手となったのかもしれない。

ふらり、と。

エルメスの頭が抵抗を失って、彼女の方へ傾く。

それでニィナはようやく完全にかかったことを確信し、微笑《ほほえ》みと共に彼を抱き止めるべく腕を広げ――

――その意識の空隙を、突く。

「術式再演――『精霊の帳《テウル・ギア》』……！」

残った理性と意思力を総動員して、エルメスはニィナから体を引き剝がす。

そして呆然《ぼうぜん》とするニィナの隙を突いて、予め唱えておいた血統魔法を再演。二人の間に檻《おり》のような透明の壁が展開され、物理的にも完全に分断した。

――彼女の魔法。魅了《チャーム》を媒介するものは彼女の体から発せられる魔力だ。

ならば、まずはその魔力の放射を結界で分断する。そうすれば少なくともこれ以上魅了《チャーム》を受けることはなくなり、今体内にある分の除去に集中できる。

「……はぁ……はぁ……っ」

かくして魔法の発動に成功し、分断後。ほんの僅かであるが真っ当な理性を取り戻した
エルメスは、荒い息を吐きながら思う。

……間一髪だった、と。

事前の準備、彼の性質、そして――彼女の手心。

何か一つが許容を超えていれば、為《な》す術《すべ》なく彼女に絡め取られていた。

ある意味、彼がこれまで受けてきたものの中で最も危険な魔法だったと言えるだろう。

……それでも、どうにか凌《しの》ぎ切った。

あとはこれ以上魔法を受けないように、今すぐこの場を離れてカティアたちの元へと合
流するのが正解――なのだが。

「……」

エルメスは思う。今も記憶に新しい、彼女のここでの言動の数々。

彼女が敵であったことは、悲しい。だが……どうしても、恨むことは、嫌悪を抱くこと
はできそうになかった。

それに何より――彼女が最後に見せた表情。ひどく切ない、泣く直前の子供のような顔。

それがどうしても、頭から離れない。

だから、と彼は立ち上がり――もう一度。ニィナの方へと歩き出す。

「え…………」

当の彼女の方が、驚いた表情を浮かべていた。

当然だろう。彼女自身逃げられるものと思っていたし、誰がどう見ても絶対にそうすべきだからだ。

だが、エルメスは思う。

根拠はないけれど。どうしようもない、直感じみたものでしかないけれど。

今ここで彼女を置いていってしまえば……もう二度と、以前の形で会うことはできないような気がして。既に無理だろうと言われればそれまでなのだが、そうではない。もっと致命的な何かを捨て置いてしまうような気がしたのだ。

だから、きっと、向き合うべきなのだ。

多分、彼がこの学園で学んだ——あの優しいクラス長ならば、この状況でも決して誰かを見捨てはしないだろうから。

故に、自分の意思で。これは魅了の効果ではないと信じて。

エルメスはもう一度、ニィナに正面から向き合うのだった。

◆

彼女の魔法を跳ね除《の》けられたのには、大別して三つ理由がある。

まずは、エルメスの性質。彼は生来の特性と過去の経験により感情、心が他者と比べて希薄だ。つまり、精神に作用する類の魔法は彼には軒並み効果が薄い。

……にも拘《かか》わらず、ここまで追い詰められたという事実が彼女の魔法の凄まじさを表してもいるのだが。

そして向こう側で、エルメスが発動した魔法。二人の間を隔てる『精霊の帳《テウル・ギア》』で生成された壁に手を触れて、ニィナが呟《つぶや》く。

「これ、サラちゃんの……ああ、そういうこと」

完全に術中に落ちたと思っていたエルメスの予想外の抵抗。それによる放心状態から立ち直り、状況を理解したニィナはどこか納得したように呟く。

「力を隠してるのは間違いないと思ってたけど……まさかこんなことまでできるなんてね。これ、最初から仕込んでたの？」

「ええ、ここに来る前に。……使う事態には、なって欲しくありませんでしたが」

それこそが、二つ目の理由。

……敢《あ》えて直接的な言い方をするが、エルメスは始めから彼女を疑っていたのだ。

「どこで気付いたの？」

「違和感を持ったのは、対抗戦の最終盤の件です」

あの時、ニィナはクライドの魔法を『直接攻撃系ではない』と断言した。

その時は何処《どこ》かの伝手《つて》から情報を得たのかと深く詮索はしなかったが……クライドの魔

法を知った今であれば、それは大きな違和感となる。

「——何故、貴女がそれを知っているのか」クライド様のあの魔法は何としてでも漏らしてはいけない類のもの。それを、仮に断片的な情報であっても何の関係もない人間が知れるとは思えない」

この時点で、クライドと直接——或いは、クライドと繋《つな》がっている、クライドを知っている人間と繋がりがあるのではという疑惑はあった。

加えて、クライドの魔法を突き止めた直後のタイミングでの呼び出し。ここまで揃《そろ》えば、流石《さすが》に警戒をしない方が難しい。

「バレてたんだ、最初っから。……これ、解いてもらうわけにはいかないかなぁ」

「っ」

理解した上で、彼女は壁越しに上目遣いで問いかける。

……危機は脱したとは言え、未《いま》だに魅了《チャーム》の魔法は彼を蝕《むしば》んでいる。彼女の視線や仕草にどう足掻《あが》いても意識が吸い込まれ、何をおいても言うことを聞いてしまいそうな衝動に駆られる。

でも、それは分かっていた。こうなるリスクを承知の上で彼は近づいたのだ。

故に意志を燃やしてそれに抗《あらが》い——突きつけるような口調で一言。

「……貴女《あなた》は本当に、そうされることを望みますか？」

「！」

その言葉が、彼女の心を射抜いたことは反応で分かった。

それが、三つ目の理由だ。

彼女の魔法が、対象に近いほど効果を発揮するのは味わって分かった。ならば極端な話、彼女が最初から距離を詰めるなり接触するなりすればエルメスに為す術はなかっただろう。

かかりが浅い段階で不用意に近づくのは危険と判断し、ある程度回るまで距離を保っていた——と説明できなくもないが、それでもやはり、全体的に詰めが甘かった印象は拭えない。

つまるところ、彼女にどこか躊躇《ちゅうちょ》のようなものを感じたのだ。

それこそが、ここで彼女と話す判断をした理由の一つでもある。

その辺りでようやく、魅了《チャーム》の魔力を抜いてある程度の余裕ができた。よってエルメスは、壁越しではあるが真っ向から彼女を見て告げる。

「……それで。貴女はクライド様——と言うよりは恐らく、クライド様を裏から動かした人物、或いは組織と繋がりがあって」

「……」

「そこから僕を監視、そしていざとなれば魔法で絡め取るように指示を受けた。……最初に声をかけてくれたのも、仲を深めたのもそれが目的で」

客観的な説明を受け、彼女はどこか自嘲気味に笑って。

「……そんなことはない。確かに最初は指示されたからだったけど……それがなくてもキミには興味があったし、感謝も気持ちも本物だ。決して魔法に必要だから作っただけのものじゃない――」

一息にそう述べてから、こちらを見返して問うてくる。

「――なぁんて都合の良い言い訳をしたらさ、キミは信じてくれるの？」

「はい。もちろん」

しかしそこで、彼女の目が見開かれる。彼の言葉が肯定を意味するのは口調から明らかで、まさか信じる、と肯定が返ってくるとは思っていなかったのだろう。

だが、これは彼の中では迷う必要のないものだ。

「貴女の事情は知りません。だから僕は、僕が見てきたものを信じます。濁りなく真《ま》っ直《す》ぐに鍛え上げられた貴女の剣を、級友への親愛を大事にする貴女の心を、感謝を告げてくれた貴女の想《おも》いを……僕が本物だと信じたいものを信じます」

「……お人好《ひとよ》しが過ぎないかな。サラちゃんのことを笑えないよ？」

「あの方を笑うつもりは毛頭ありませんが……そうですね。公爵様からも『甘い』と言われました」

思い出すのは、王都に戻ってきてすぐのこと。何も事情を把握しないまま、カティアの味方をするとの判断をユルゲンに咎《とが》められた。今やっていることは、その時と全く同じだ。

……だが、そこを変えるつもりはない。

思考停止はいけない。時には今回のように疑うことも必要だろう。

でも、根本は。心が擦り切れた自分だからこそ、その中に生まれた確かなものを守るという行動原理は。

——自分の想いだけは疑わない。それだけは魔法を創る彼の目的のために譲れない、変えられないものであるのだから。

故にそれを踏まえて彼女に聞くことも、言うことも決まっている。

「貴女に与えられた指示によるならば——貴女に従った場合、今学園で行われている暴虐は見過ごさなければいけませんね」

「……そうだね」

「こちらの味方をすることはできないんですか？」

「……できないよ」

「その事情を話していただくことは」

「……ごめん。それも、今は言えない」

「——では、今ここで手を取り合うことは難しいですね」

案の定の答え、そして当然の彼の結論だ。何も話せないまま、この学園を——ようやく変わり始めた、大切な人たちがいる場所が蹂躙《じゅうりん》されるのを見過ごすことは到底できない。

よって、ここで一度二人の道は分かたれる。それは不可避の現実だ。

だが、それは……決して、今後一生共に歩めないことを意味するわけではない。

何よりそれは、彼にとっても、ひどく寂しい。

よって、彼は告げる。

「だから――次に味方をして欲しい時には言ってください」

「……え」

呆《ほう》けた表情をする彼女に、エルメスは続ける。

「事情は……その時は話してくれると助かります。内容も余程の無茶でなければ対応しましょう。目的もはっきりしているとありがたい」

「……」

「その上で――貴女の願いが、心からのものであるのならば。貴女の想いが、誰に憚《はばか》ることのない美しく思えるものであるのならば」

彼は信じる。彼女だって、この学舎を巻き込まなければならないのは不本意だったのだと。あの悲しげな顔を、縋《すが》るような表情を――信じたいと思う。

きっと、今はそれを覆せるだけの手立ても時間もないのだろう。でも彼女なら次は必ず、同じ轍《てつ》を踏まないだけの用意をしてくれるはずだと。

「そうであるならば、頼ってください」

よって、彼は真っ直ぐに迷いなく言葉を発す。

「その時は――必ずや、僕の力の及ぶ限りで味方になると約束します」

「……どうして、そんな」

信じられない顔で、ニィナがそう問うてくる。

……さて。自分がこう考える理由は先ほど述べたもので全て、他に言うべきことはない。

なので、彼は少し考えてから——あたかも彼女を真似《まね》たかのように、少しだけ悪戯《いたずら》げに微笑《ほほえ》んで。

「……ひょっとすると気付かないうちに、『貴女の魔法』にかかってしまったのかもしれませんね」

そう、告げる。

その返答にニィナは虚を衝《つ》かれたような顔をしてから——苦笑した。

「……こーさん。ボクの負けだ、もう止められないよこれは」

併せて、辺りを覆う魔力が霧散したのを感じる。彼女が魔法を解除したのだ。

それをエルメスが把握したのを確認してから、ニィナは真剣な顔で言ってくる。

「行っていいよ、止めないから。……というか、お願い。あいつの魔法は正直想像以上にやばい。カティア様を、サラちゃんたちを……学園のみんなを、守って欲しい。……勝手なお願いでごめんね」

その言葉で、エルメスは自分の見立てが間違っていなかったことを悟った。

「分かりました。……ああ、ではお礼がてら最後に一つ」

「へ？」

「貴女に与えられた指示は、『ここで僕を足止めしろ』でしたね？」

「え、うん、そうだけど」

ならば、と彼は笑い、ある種の敬意を込めてこう続ける。

「それ、『成功した』ことにして構いません」

「……え？　いや、でも――」

「ご安心を。……実時間にすると五分強ですか。それだけしか止められなかったのかと責められるかもしれませんが……」

教室の外に歩き出し、窓を開け。眼下を埋め尽くすような魔物の群れと、それに立ち向かう見覚えのある生徒たちを視界に入れて告げる。

「これから、本気を出します。流石にもう知られるとまずいだのなんだの言っていられませんからね。そして、それを報告していただければ……余程蒙昧《もうまい》でない限り分かっていただけると思いますよ」

詠唱をしてから窓枠に足を掛けて、一気に身を乗り出して。

「『この僕を五分も足止めできた』、それがどれほどの価値を持つのかを。……では行ってきます。

術式再演――『無縫の大鷲《フレースヴェルグ》』」

魔法を起動させると、窓枠を蹴り――そのまま空を駆けて、一気に魔物の集団へと飛び去っていった。

「…………」

最後にエルメスが見せた光景の衝撃で、ニィナはまたしばし固まってから。

それが回復したのち、現状を受け入れ――ぽつりと呟《つぶや》く。

「……振られちゃったなぁ」

……自分で言っておきながら思ったよりも傷ついた。

いや、それにそう決めつけるのは早計だ。彼は、次があれば味方をしてくれると約束してくれた。自分の想いが美しいものであれば、力を貸してくれると。

それは――すごく、すごく嬉《うれ》しい。

「……っ」

嫌われることを覚悟でここに来た。

信頼を踏み躙《にじ》る行為を疎まれて、好意を利用する魔法を蔑まれて、二度と口も利けないほど忌み嫌われても仕方ない。そう思って、そう覚悟して、それを必死に表に出さないようにして彼と相対したというのに。

彼は、誠実だった。

突っぱねるでもなく、流されるでもなく。今協力はできないときちんと線を引いた上で、それでも見捨てることなく次の協力を約束してくれた。

優しすぎるだろう。おまけに仕事を失敗した自分のことも考えて最後にフォローも欠かさない。彼はああいう強い言葉を積極的に吐く人間ではないから、間違いなく自分のためだろう。気配りがすぎる、完璧か。

「ああ。……すごいなぁ」

彼と、この学級で言葉を交わせたことを改めて誇りに思う。

そして同時に、自分が恥ずかしい。……これまで流されるままだった、仕方がないと諦念と共に漫然と過ごしていた己を今ほど恥じたことはなかった。

……彼には、そういう力があると思う。

己の心を偽らないものだけが持つ力。ただ強いだけの人間には絶対に持ち得ない、周りの人間を感化させる、この国では滅多に見られない何かが。

そして自分も例外なく思う。……ああ在りたい、彼に敬意を向けられるに相応《ふさわ》しい人間になりたいと、確かに、強く。

「……あはは、情けないなぁ。逆にボクの方が魅了されちゃってるじゃん」

けれど、決して嫌な気分になるはずなどなかった。

……そうだ。仕方ないと諦めるのは全ての手立てを試してからでも遅くはない。

差し当たって、今自分にできることは──まず、見ることだ。彼の奮戦を、自信を持ってああ言えるだけの実力をしっかりと目に焼き付けること。

そして、その後。彼がこの事態を収束させるだろうことはもう疑うことができない。そうして自分がこれまで居た場所に戻ってから。

そこからが、彼女の孤独の戦いだ。

元より、考えてはいた。王国に仇《あだ》なすだろう組織と繋《つな》がりを持たせられ、意に沿わないことをさせられる――この現状をいずれなんとかしたいと。

考えつつも、勇気が出せなかった事柄。でも――彼が味方をしてくれると、その約束があるのならば、それが埋められる。

何より、笑顔であの人たちの元に戻るために。そうしたいと、強く思える。

「ありがとうね、エル君。……ああもう、好きだなぁ」

最後に、心からの想いをもう一度告げてから。

彼女は戦いの結末を見届けるべく、祈りと共に窓の外へ目を向けるのだった。

◆

突如として学園に現れた、黒い壁と魔物の大群。

あまりに予兆なく、唐突に、理不尽なまでに降りかかった危機。学園の多くの生徒は――教師も含めて、瞬時にパニックへと陥った。

それでも、学園はどうにか対応した。多くの人間を校舎内に避難させ、戦える人間を表に出して魔物の攻勢に立ち向かい、辛うじての膠着《こうちゃく》状態を維持することに成功した。

その功労者となったのは、二人の少女。

まずは、カティア・フォン・トラーキア。間違いなく学園内でもトップクラスの性能を持つ魔法を操り、また当人の卓越した指揮能力で戦える人間を的確に配置し、異様な練度の連動を見せる魔物の大軍を着実に抑えている、前方の要。

そして二人目が――

「――負傷した生徒さんはすぐこちらに！　それ以外の戦える人は、すみませんが結界付近の魔物の対処を！　とにかく、少しでも時間を稼いでください！」

逃げ込む人間の安全圏を作るため、校舎全体を覆う結界を即座に展開。同時に負傷した人間を回復させるための場を整えた。

類《たぐい》まれな二つの血統魔法を扱って戦線を保つ二重適性の少女。後方の要、サラ・フォン・ハルトマンだ。

学校での彼女しか知らない者は面食らっただろう。普段は非常に穏やかで心優しい、まさしくこのような場に最も似合わない少女が――誰よりも真っ先に魔物の大群に立ち向かい、遊びでも模擬戦でもない、掛け値なしの死地に臆せず身を投じているのだから。

そんな彼女の元に、新たな負傷者がやってきた。

「……う……あ……」

「！……貴方《あなた》は……」

覚えのある生徒に、サラが微《かす》かに目を見開く。

Aクラスの生徒だ。しかも、クライドを中心としたBクラスに対する偏見に積極的に手を貸していた、詰まるところつい先日までBクラスを敵視し続けていた人間。

――しかも、この戦いが始まった瞬間真っ先に魔物たちへと己の力を過信して突っ込んで、今まさに返り討ちにされてきた状態だ。

「……」

当然、そのような生徒に対する周りの人間——特にサラを守って戦っているBクラス生からの視線は厳しい。

けれど、それを理解した上で。サラは一切の躊躇《ちゅうちょ》なくその生徒にも『星の花冠《アルス・パウリナ》』を発動する。

瞬時に効果は現れ、魔物に切り裂かれ、噛《か》みつかれた傷が快癒する。呆然《ぼうぜん》と完治した己の体を見つめる生徒に、サラは視線を合わせて問いかけた。

「見えるところは治しました。……他に何処《どこ》か痛むところは？」

「……い、いや、ない」

「良かったです。では……まだ、戦えますか？」

その問いを耳にした瞬間、Aクラス生の顔が歪《ゆが》んだ。

「——む、無理だ。な、何なんだあれは、あんなの知らない、魔物なんて、血統魔法を使えば簡単に倒せるものじゃないのか⁉……あ、あんな化け物と戦う経験なんてない、無理だ、ぼ、僕は——し、死にたくない！」

……この生徒もだ。

戦いではなく、狩りの訓練しかしてこなかった魔法使い。勝つことが当たり前になってしまったせいで、負けを、危機を現実のものとして見られない。

故にこその、あまりにも情けない宣言。当然、それを聞いた今戦っているBクラス生たちは激昂《げきこう》する。ふざけるな、と。今まで散々偉そうにしてきたくせに、と。

しかし……そう声を出そうとしたBクラス生を、サラは申し訳なさそうに手で押し止《とど》めると。もう一度真っ向からその生徒を見据えて、彼女は静かに告げる。

「……分かりました。では、下がっていてください」

「……な」

そのAクラス生が驚いたのは、彼女の言葉の内容にではなかった。それを言う、彼女の表情だ。

──痛ましそうだったのだ。それでいて、労《いたわ》るようだったのだ。

こちらを詰《なじ》る気配など微塵《みじん》もない。その美しい顔に浮かぶのは、ただただ目の前の負傷者を案じる心のみ。

「巻き込まれないよう、校舎の中に。……貴方の分は、わたしが頑張りますから。そこで待っていただけると助かります」

「な──なんでだ」

そう告げて戦場に戻ろうとするサラに、思わずそのAクラス生は声をかけた。

「何でだ、なんで──責めない！　どうして罵らないんだ、こんな人間を！」

「……分かるからです」

それに対して、サラは労るような声色を変えないまま答える。

「身の丈に合わない暴虐を前に身が竦《すく》んでしまう気持ちも、自分を大事にしたいと思う心も。……わたしは偶然、以前にそれを経験したから慣れていられます。でも――それがなければ、わたしだって今の貴方のようにならなかったとは限らない」

彼女は見捨てない。弱さを、愚かさを見限らない。……それがきっと、彼女の願いに即したものであるから。

「だから、今戦えないことを恥じる必要はありません。……きっと誰だって、強くなれる資格が、機会があるはずなんです。わたしはそうだと信じたい」

だから、今は生き残ってくださいと。そのために、今はわたしが守るからと。そう伝えて、彼女は今度こそ身を翻す。

……従っているBクラス生も、そんな彼女に何も言わない。他でもない、以前彼らが彼女のその在り方に救われているから。

「……他の負傷者の皆さんも、遠慮しなくて構いません。戦える戦えないに拘《かか》わらず、治せる限りは必ず治します。流石《さすが》に継戦できる人を優先はしますが、見捨てることは絶対にしませんから！」

そうして彼女は宣言し、再度戦場へと舞い戻る。

……そんなサラの様子を、呆然と。未《いま》だ胸に残る治癒の魔力と共に、そのAクラス生は見送っていた。

とは言え、状況は予断を許さない。

校舎全体を覆う結界は、いくら彼女といえど長期間保たせられるものではない。彼女の魔力が切れたその時が、避難した人間たちに魔物が殺到する瞬間だ。

だが、彼女は知っている。この状況を一瞬でひっくり返し得る人間がいることを、この学年で二人。

そして、ほどなくして。校舎内から、凄《すさ》まじい勢いで。

一人の少年が空を駆けて戦場に飛び込んでいくのを、確かに彼女は観測した。


ほぼ同刻、前線にて。

「嘘《うそ》……でしょ……！」

魔法使いたちの指揮を執るカティアは、限りなく絶望に近い表情を浮かべていた。

アルバートを中心として、Bクラス生は凄まじい奮闘を見せた。

当初宣言した通り、最初に連携して校舎に襲いかかろうとしていた魔物の軍。そのうち自分たちの周りにいた魔物は、彼らの活躍で軒並み倒し切れた。

——だが、誰が思おう。

あの、あれだけでも十分な脅威だった魔物の大軍がよもや——ただの露払いに過ぎなかっただなんて。

「な——！」

前線の、魔物の集団を倒し切った後。まさしくその倒し切られ空いた空間を蹂躙《じゅうりん》するように——次々と、後方から大型の魔物たちが現れたのだ。

流石に数は少ない。だがその身に纏《まと》う魔力から、これまでの魔物とはまさしく一線を画した能力を持っていることを視認した全員が予感して。

そして。その予感は間違っていないどころか——悪い方向に裏切られることになる。

「……嘘だ」

呟《つぶや》いたのは、最初に魔物の一匹に魔法を直撃させた生徒だった。

「こいつ——血統魔法が効かない!?」

それは、有り得べからざる事態だった。

これまでの魔物というものは、貴族に——血統魔法使いにとっては楽に倒せる存在でしかなかった。

単独での狩りならば余裕、注意すべきは大氾濫《スタンピード》等の数に任せた蹂躙のみ。事実今回における前線の軍も、あくまで連携していたから脅威だっただけで——単体だけで見れば多少強い血統魔法を当てさえすれば倒せた。

魔物は血統魔法で倒せる。それがこれまでの貴族の常識で、例外はあるがあくまで強力な迷宮のボスや突然変異種といったごく一部に限るものだったのだ。

だが、これは。そのごく一部の例外が——少なくとも数十体。

『単体で血統魔法使いよりも強い』という、そうそう有り得てはならない異端の魔物が群れを成して襲いかかってきたのだ。

これこそが、クライドが用意した魔物の集団、その本隊。

前方の露払いを小型の魔物の連携に任せた後の——学園を壊滅させるに足る、血統魔法使いを蹂躙するための主力部隊だ。

「馬鹿げてる——っ！」

そして、カティアは確信する。

これほどの規模、確実に単独の血統魔法使いにできることではない。

恐らくは何かしらの魔道具か、特殊な術式か。明らかにクライド一人ではあり得ない何かしらの援護を彼は受けている。

しかし、それに気付いたところで状況が変わるわけではなく——むしろ何か手を打たねばどんどん悪化する。

「くそ——ッ、全員落ち着け！　一人で一体を相手にするな、複数人で協力して確実に一体ずつ削る！　今度はこちらが連携を使う時だ！」

響くアルバートの指示。彼らは自分たちの手に負えない事態でも決して焦らない。負け続けた経験が、鍛えられた能力が柔軟な対応を可能にする。

それ自体は非常に頼もしい。が……複数人で一体の魔物を相手にするということは、つまりそれ以外の多くの魔物を後方に通してしまうということであり。

（まずい——！）

そうなれば、後方で支えているサラたちの負担が倍増する。どころか——現時点でも向こうはぎりぎりの状況だ、結界の完全破壊も十分あり得てしまう。
何か手を打たなければならない。けれど自分は戦場全体のサポートで精一杯。
どう考えても詰みかけている状況で、何とか――と頭を巡らせたその瞬間。
魔物たちが――一斉に上空を向いた。
それはあたかも、意識を吸い寄せられたかのように。
そのあまりの脅威に、無視することが許されないかのように。
目の前を動き回る敵手よりも注意を払うべき――『天敵』を、見つけた時のように。
異様な光景に釣られ、他の生徒たちも一斉に上空に目を向ける。
カティアも例外なくそれに倣い――そして。
「……おっ、そいわよ……！」
今この瞬間、誰よりも彼女が焦がれていた銀髪の少年の姿をそこに見つけ。
微かに涙声になりつつも、笑いながらそう告げるのだった。

◆

魔物たちが、上空から襲いかかろうとしていたエルメスに気が付いて一斉に視線を向けてくる。――できれば不意打ちで仕掛けたかったが、流石にそうは甘くないか。

確認するとエルメスは思考を切り替えつつ、眼下の光景に視線を巡らせる。

……期待通り、持ち堪《こた》えてはくれたようだ。ただ魔物たちの強さが生徒たちの、そしてエルメスの想定すら遥《はる》かに超えていた。戦線は崩壊間際だ。

特に、今アルバートたちが相手をしているあの魔物の一団がまずい。一体一体が強力な迷宮の主クラスの力を持っている、通常の血統魔法ではびくともしないレベルだろう。

それを認識して……エルメスは最後に、己の主人へと目を向ける。

見上げるカティアと目が合う。彼女は若干涙目になり、参戦が遅れたエルメスを視線で少し責めつつも、彼の言わんとするところを理解して頷《うなず》いた。

つまり——『全力でやっていい』との、主人の許可として。

「了解しました」

助かる。あの魔物たち相手に出し惜しみをしている余裕はない。

彼女の許可が出たのならば遠慮なく、『今の自分』の本気を見せるとしよう。

再度眼下の戦場を認識する。余裕があれば一体一体確実に片付けていくのだが……恐らく崩壊寸前の今ではそんな余裕はない。

なら、全部まとめて吹き飛ばす。

一瞬で行動を決定し、『無縫の大鷲《フレースヴェルグ》』を解除。自然落下が開始される中、彼は詠唱を唱えて右手を掲げ。

「術式再演——『魔弾の射手《ミストール・テイナ》』」

まず、彼が最も慣れ親しんだ血統魔法を起動し……更に。

「……術式複合――『火天審判《アフラ・マズダ》』」

同時に、左手で。

詠唱しておいた二つ目の魔法を起動……というよりは宣言通り『混ぜ合わせる』感覚で、血統魔法の術式に血統魔法の術式を組み込んでいく。不都合なものは取り去って、必要な要素だけを組み合わせ、結果生じる不具合には新たな要素を入れ込んでいくことで魔法の形を整える。

結果。彼の背後に展開された魔弾が――燃え上がった。

単純に火炎属性を付与《エンチャント》しただけではない。それとは比べものにならないほど苛烈に、強烈に、凄まじい熱量を宿して一つ一つが太陽の如《ごと》く灼熱《しゃくねつ》に光り輝く。

そして、エルメスは右手を振り下ろし。

炎獄の魔弾が、一斉に魔物に向けて殺到した。

「――――!!」

結果は激甚だった。

僅かに残っていた小型の魔物は一切の抵抗すら許されず焼滅し、アルバートたちを苦しめていた大型の魔物ですら抵抗の弱いものは焼き尽くし、受け止めた魔物も爆発と共に吹き飛ばす。その威力は到底、ただの血統魔法の枠に収まるものではない。

そして勿論《もちろん》、前線で戦う生徒たちには当てないよう制御も完璧。

それができる。いや――そうできるように『訓練』してきた。

学園に編入してから、エルメスは多くの血統魔法を見て、学んできた。

より沢山の種類、性質、術式を視認し、解析し、己のものにしてきた。

ならば、当然。魔法を創ることを目的とする彼が——

——その魔法の単純な再現だけで、満足するはずもない。

故に今、その成果を。通常の学園内では発揮できなかった、編入後も決して欠かすことなく積み重ねてきたその研鑽《けんさん》の集大成を見せる時。

さあ、油断はまだしない。未だ強力な魔物が大量に奥に控えている。

それに……当然、研鑽の成果はこれだけではない。

一先《ひとま》ずの危機を解決した彼は、更なる闘志を燃やしつつ。

主人と、そして仲間たちと合流すべく、地面に降り立つのであった。


ひとまずの先制攻撃を終え、地面に降り立ったエルメス。

彼は戦場の向こう側、己の魔法が炸裂《さくれつ》した先を見て——こう呟く。

「……思ったより、威力が弱いな」

「いやどこがよ」

呆《あき》れたような返答が横合いからやってきた。

見ると、その声色から想像される通りの表情をした主人の姿が。

「迷宮の主クラスを複数体同時に吹き飛ばしていてまだ不満なの？　ていうか今の何よ」

「複合血統魔法、とそのままですが仮称しています。一応理論上はまだ出力は高くできるはずなのですが……上手《うま》く組み合わせるには、流石《さすが》にまだ修練が足りませんね」

「……まぁいいわ。助かったのは事実だし」

しばらく見ていなかったせいで忘れていたが、そう言えば彼はとんでもないのだった、と呆れと感心を等分に含んだため息をついて話を打ち切る。

「よく駆けつけてくれたわ、エル。……でも、思った以上に遅かったじゃない。これ以上責めるつもりはないけれど——何をしていたの？」

「………向こうのスパイに、足止めを食らっていました」

「！」

カティアは聡《さと》い。

スパイという単語、エルメスにしては珍しく話すことをかなり躊躇《ちゅうちょ》したこと、そして未《いま》だこの場に駆けつけていない少女。

これだけ揃《そろ》えば、可能性の一つとして推察するには十分だ。

「……ご安心を。もう妨害をしてくることはないと思います」

「……そう。分かったわ」

だが、今それを問い詰めるわけにはいかない。状況はまだ、長話をできるほどではないのだから。そう判断してこの話も切り上げ、主従揃って魔物の方を見る。

同時に、アルバートたちBクラス生がやってきた。エルメスが労《ねぎら》いの言葉をかける。

「お疲れ様です。……あのレベルの魔物を複数相手に、ここまで持ち堪えてくださったのですか。素晴らしい戦果です」

「それを一撃でまとめて破壊した貴様は何なのだ――と言いたいところだが。大人しく賞賛と受け取ろう、お前はこの手の嫌味を言う性格ではないからな」

それに、と引き続きアルバートが険しい表情で逆側に目を向ける。

「皮肉を言える場合でもあるまい」

「……ええ」

その視線の先には、未だ多くの――恐らくは今しがたと同格レベルの魔物たちが。

それどころか……先ほどエルメスが吹き飛ばした魔物の集団も、生き残りが別の魔物に『回復の魔法をかけてもらった上で』戦線に復帰しつつある。

――補給まであるとは。最早《もはや》軍隊と何が違おう。

とにかく、対処する他あるまい。そう認識を共有し、まずアルバートが口を開く。

「それで。お前は――あいつらを倒せる手段があるのだな」

「はい。今の魔法以外にもいくつか」

「単騎の方がやりやすいか、それとも俺たちにできることはあるか？」

端的な、そして的確な確認に主従が目を見開く。だが、ありがたいことは確実だ。

「……あれを全部となると、流石に僕も魔力が足りません。大技で削るか動きを止めるので、止《とど》めをお願いしたい。カティア様は撃ち漏らしのサポートを」

「ああ」「分かったわ」

中心の三人で情報を共有し、素早く戦法を決定。──そこで、エルメスは疑問に思って問いかけた。

「……というか」

「む？」

「カティア様は良いですし、アルバート様もまだ分かりますが……Ｂクラスの皆さんは

……その、驚かないんですか？　僕の魔法を見て」

そう。彼はここにきて、学園で初めて全力の『原初の碑文《エメラルド・タブレット》』を解禁した。

そしてかつて、それを見た人間は例外なく驚愕《きょうがく》し、動揺し──人によっては忌み嫌い、

排斥を望んだ。それこそが、エルメスの実力開示を封じたユルゲンの恐れるところだった

から。

今は緊急事態故に解禁することに躊躇はなかったが……当然、それに伴うユルゲンに言

われたような視線を受けることも覚悟していた。自分の魔法が今の貴族社会に劇薬となる

ことくらいは、いい加減彼だって理解できてきたのだから。

……だが。

そんなエルメスの疑問と言外の疑念を読み取った上で、アルバートは一度Ｂクラスの人

たちと視線を合わせると。頷き合って、再度エルメスの方へ向き直り、代表として述べる。

「……まぁ、驚きはした。クラスの面々はそうだし、俺もだ。……何だあれは、血統魔法

の再現だけではないのか貴様は。規格外にすぎるだろう」

「……」

「そして。察するにお前は、それを恐れると思ったのだな。理解の及ばない存在と切り離し、排斥されても仕方がないと考えたのか。……分からなくはない、事実かつての俺たちがそうだったという自覚はある。が……あえて言わせてもらう」

そこで言葉を切ると、アルバートはこちらに歩み寄り——

——徐《おもむろ》にエルメスの胸ぐらを軽く摑《つか》んで、告げてきた。

「——ふざけるな」

そのまま、決して荒らげはしないが強い語調で。

「そうでない在り方を教えたのは、貴様だろうが」

「！」

「この学園の意識を良しとせず、俺たちを焚《た》き付けて。魔法の可能性を教え、下を向くばかりの必要はないと見せつけたお前が、今更そんなことを恐れているのか。俺たちが、未だそうすると考えているのか。

——ふざけるなよ。それは気遣いではなく、俺たちへの侮辱だ」

そう続けるアルバートの瞳は、恐ろしいほどに鮮烈で、確かな怒りに満ちており。

——けれど、今までの貴族から感じたような、粘りつくような意思は微塵《みじん》もない。

苛烈で、されど高潔な。そう——誇りが、あった。

「先を示したのであれば最後まで前を向け。それほどの魔法を持っているのならば素直に誇れ。先頭に立って、在るべき姿を見せてくれ。——俺たちはもう、その程度で折れるつもりはない。分かったか？」

そう言い切って、ようやく彼は胸ぐらから手を離す。

地面に足をつけたエルメスは、彼にしては珍しくしばし呆然《ぼうぜん》としていたが、その後。

「……はは」

——人に叱られるのは、久しぶりだ。それこそカティアに再会した時以来ではないだろうか。

そして、初めて知った。……喜ばしい叱られ方も、この世にはあるのだと。

故に、エルメスは素直に返す。

「……申し訳ない。仰《おつしや》る通りです、貴方《あなた》がたを貶《おとし》めていたのは僕の方でした。先の発言は忘れてください」

……今ならば、躊躇《ためら》わずに言える。——師匠、この国は変わっていますよ、と。

そんな思いと共に、エルメスはもう一度Bクラスの面々に向き直り。

少しばかり不敵な、師匠譲りの微笑と共に告げる。

「では、改めて言い直しましょう。——とりあえず暴れるので、後始末をお願いします」

「……はっきり言われるとそれはそれで腹立たしいな。だが了解した」

応じるように、アルバートは憎まれ口を叩《たた》きながらも口の端を緩ませて。

同時に、Bクラスの面々も各々の賛同を返した。

——同時に、横合いから声がかかる。

「……話はまとまったかしら？　なら急いだ方がいいわよ、いい加減向こうも態勢を立て直したし、これ以上のお話を待ってはくれないもの」

カティアだ。魔物の方角を指差し、あと心持ち頬を膨らませているのは多分気のせいではない。……多分完全に話に置いてきぼりにしたからだなということはエルメスでも予想がついた。

「そうですね」

「あ、ああ」

だが、指摘自体は妥当だ。エルメスはスムーズに、アルバートは若干ばつが悪そうにしつつも態勢を整える。

そしてエルメスの大技、その時間を稼ぐべくBクラス生がまず飛び出す。

それを己の魔法でサポートしつつ、カティアがエルメスの隣でぽつりと呟《つぶや》いた。

「……羨ましいわ」

「はい？」

「何でもないわ、独り言だから。魔法に集中しなさい、エル」

言われた通り詠唱の準備に入るエルメスに、再度彼女の言葉が風に乗って届く。

「……どうしてAクラスになっちゃったのかしらね、本当に。——この分の怒りも、彼に被《かぶ》ってもらおうかしら」

……何だか少し黒い気配を漂わせる隣の少女に若干の悪寒を感じつつ。

エルメスは魔力を高めて息を吸い、詠唱を開始する。――先ほどよりも、迷いなく。

◆

複合血統魔法、とエルメスが呼ぶ彼の新しい技術。

それはまさしく名の通り、複数の血統魔法を組み合わせて一つの魔法にすることだ。

元より、下地はあった。

彼が『原初の碑文《エメラルド・タブレット》』の魔銘解放《リベラシオン》で初めて創成した魔法である『灰塵の世界樹《レーヴァテイン》』、あれはもともといくつかの魔法から要素を抽出した上で合成して成功した魔法。

あれと同レベルの複雑な合成は流石にそう頻繁にできるものではないが――それよりも比較的簡単な、そう、二つ程度の魔法の組み合わせ程度ならばできなくはないのではと考えた。

「【六つは聖弓　一つは魔弾　その引鉄《ひきがね》は偽神の腕《かいな》】」

それに、彼はこの学園に入って非常に多くの魔法を己のものとした。ここまでサンプルがあれば、魔法ごとの特徴や共通点からある程度の法則が見えてくる。より構造の理解が進み、それはそのまま応用の幅、つまり抽出の精度や合成の再現性に繋《つな》がる。

その知識を元に、彼は学園外で幾度か魔銘解放《リベラシオン》を発動、有用な魔法の組み合わせを探るべく、叡智《えいち》の洪水へと潜り続けた。

……とは言え、流石に血統魔法、その複雑かつ深遠な魔法構成を多少なりともいじることは想像以上の困難を伴う作業だったが……。

それでも、いくつかは見つけた。既存の血統魔法の枠に収まらない、今の彼にとっては傑作と呼べる複合魔法を。

「【光輝裁天　終星審判　我が炎輪は正邪の疆《かぎり》　七つの光で天圏を徴《しる》せ】」

これが、その一つ。魔力消費は二倍を大幅に超えて凄《すさ》まじく、二種類の詠唱を行わなければならないと弱点も多い。

だが——魔法の威力や性能は、元となった魔法を遥《はる》かに上回る。

「術式再演——『魔弾の射手《ミストール・テイナ》』

術式複合——『火天審判《アフラ・マズダ》』」

かくして、灼熱《しやくねつ》の魔弾がもう一度魔物の大軍に殺到する。的確にBクラス生を避け、彼らが押し止《とど》めていた魔物たちに直撃。凄まじい威力と共に再度吹き飛ばすが、

「……なるほど」

直撃させたはずのエルメスの表情に、油断はない。

何故《なぜ》なら……誰も落とせていないからだ。

彼は見た。灼熱の魔弾が直撃する瞬間、魔物が複数体寄り集まって——全員が結界の魔

法を起動。何重にも重ねた防御の魔法で、魔弾を完璧に防ぎ切ったことに。

衝撃で吹き飛ばされることは避けられなかったものの、魔弾自体のダメージは今回はどの魔物にも入っていない。健在の魔物たちがまた突撃を再開した。

……僅か二回目にして、ここまで完璧に対応してくるか。

「『知性の強化』。カティア様の推測で間違いなさそうだ」

先ほど主人から聞き及んだ魔物の特性について確信を深める。なるほど、恐ろしい特性だ。ただでさえ強力な魔物が知恵までつけたのならば、その脅威は今までの比でないだろう。

それを正確に、きちんと把握した上で——彼は冷静に告げる。

「問題ない」

そう、何も問題ない。何故なら——知恵比べなら、むしろ彼の得意分野だからだ。

その確信と共に、彼は再度息を吸って、詠唱を開始。

先ほどの魔弾が来る。そう判断した魔物たちは、再度より集まって結界の魔法を展開するが——当然、今度は彼がそれを読む番だ。

「術式再演——『天魔の四風《アイオロス》』

術式複合——『煌の守護聖《セントエルモ》』」

新たな複合血統魔法を展開。

そして現れる。『質量を持った炎を纏《まと》う大嵐』という、理不尽の権化。

その蒼《あお》い嵐が、魔物の集団をその結界ごと呑《の》み込んだ。

「────!?」

嵐の中で、魔物たちは混乱する。

なんだこれは。張ったはずの結界が丸ごと呑み込まれ、その中であの大嵐が襲いかかる。結界が、切り刻まれ、圧《お》し潰され、焼き切られる。どれか一つならば対応のしようもあるが、それら全てが同時に襲い来るのだ。

嵐の中で逃げ場もない。結果何もできず狼狽《うろた》えているうちに、大嵐が結界を突破。中の魔物は速やかに三種類の暴虐の餌食となった。

残された魔物に動揺の気配が広がり、けれど瞬時に彼らは判断する。

あの魔法は、おそらく防御が極端に難しい類《たぐい》のものだ。その代わりとして魔法の速度自体は先の灼熱の弾と比べれば遅い。

ならば、受けるのではなく避けることを主軸に置こう。より魔物同士で距離をとって動きやすくすることを重視、そのためにばらけた陣形を取るのが最善────

「────って、考えるよね」

エルメスは思う。

なるほど、知能を強化された魔物たち。確かに見方によっては脅威ではある。

だが──彼にとってはその方が与《くみ》し易《やす》い。何故なら、読めるからだ。知能を持ち、対策を考えるのならばその対策を考えることすら行動予測に組み込める。

そうなれば、最早《もはや》彼には脅威でもなんでもない。……むしろ無秩序に暴れられた方がよほど厄介だったくらいだ。そうして魔物の行動を完璧に読み切ったエルメスは、既に次なる魔法の詠唱を完了させている。

「術式再演──『無貌の御使《ルナド・サラカ》』」

術式複合──『魔弾の射手《ミストール・ティナ》』」

更に、新たな複合血統魔法。彼特有の魔弾の扱い方である、肉体への付与《エンチャント》。そこに加えて、身体強化に特化した魔法を組み合わせる。

するど、どうなるか。

──魔物の上半身が、消し飛んだ。

直後現れたエルメスの姿に、一拍遅れて音が追いつくほどの神速の突撃。比喩ではなく魔弾と化した彼は最早、体当たりだけでこのレベルの魔物すら一撃で屠《ほふ》る。

尚《なお》も、彼は止まらない。縦横無尽に戦場を飛び回り、一回の移動で確実に一体に大ダメージを与えていく。

弱点としては、速度が大幅に上昇した分やはりまだ制御が完璧でないことか。

けれど、問題ない。今の彼は一人ではない。魔物を掻《か》き回し多少なりとも削ってやれば──あとはBクラス生たちがどうとでもしてくれる。それができるだけの力も、度胸も今の彼らは備えている。

その期待通り、エルメスが足を削った魔物に複数人で殺到し、速やかに止めを刺すBクラス生たち。その先頭に居たアルバートと目が合う。

「撃ち漏らしは頼みます。それと、周囲を飛び回っているコウモリのような魔物。あれが恐らく『目』だ、優先的に削ってください。伝達員が居なくなればそうそう連携は取れません」

「了解した。健在な大型の魔物は任せる、好きに暴れろ」

軽く情報を交換し、すぐに互いの戦場に戻る。

両者の宣言通り、彼らは魔物以上の完璧な連携で向こうの軍を着実に減らしていった。


魔物たちは思う。……どうすれば良いのだと。

普通に撃ち合っては灼熱の魔弾。防ごうと固まれば蒼炎《そうえん》の大嵐。かといって避けようとばらけても神速の突撃。

どう対応しても、確実に自分たちを殺せる魔法が飛んでくる。しかも——まるでこちらの対応を読んでいるかのように的確な魔法を差し込んでくるのだ、あの男は。

彼一人でも手を焼くことに加えて、その脇を固める人間たちも決して無視して良い脅威ではない。逆にその周りから削ろうとしても、どこからともなく紫色の兵士たちがやってきてそれを的確に防ぐ。兵士たちを操る最後方の女、あれがあの男の次に厄介だ。だが当然最後方にいるが故に手を出せない。

……どうしようもない。

その絶望に支配された魔物たちは、目に見えて動きが鈍っていき。

ほどなくして、その場に居た魔物たちは残らず掃討されたのだった。

残存戦力を確認したのち、エルメスはカティアたちの元に戻る。

「今のうちに戦線を下げるべきかと。残っている魔物は更に厄介だ、サラ様たちと合流して総力戦を挑んだ方が良い。校舎以外の被害はある程度許容しましょう」

「そうね。あなたの魔力も無限じゃないもの」

危機は脱した。けれど向こう側、黒壁の近くにはまた更に大型魔物の一団が控えている。

……本当に、どこまで用意しているのだクライドは。

今の戦闘でこちらもかなり魔力を削られた、疲労や負傷もゼロではない。

ここは一度校舎側と合流し、サラの回復を受けた上で決戦に挑むのが妥当だろう。その意見にカティアも賛同し、Bクラス生と共に位置を下げるべく移動を開始した、その最中だった。

「な……ぁ……っ」

校舎を覆う結界越しに、奇妙な声。エルメスが目を向けると、

「な、なんなのだ、お前、何が……」

こちらを指差し、蒼白《そうはく》な顔でうわごとのように呟く髭《ひげ》が特徴的な中年男性。

学年主任ルジャンドル。以前エルメスを呼び出しての詰問で、中心となっていた教員だ。

その時の偉そうな態度は何処《どこ》へやら、震える声で彼はエルメスを見やっていた。あたか

も、化け物を見るかのような視線で。

「何か用ですか？　先生」

「な、何だ貴様、その力は、そんなもの――」

「あり得ない、とでも言うつもりですか？　あれを見ても、まだ？」

カティアが、若干の怒りを込めて信じられない表情をしているルジャンドルに告げる。

「そ、そうに決まっているだろう！　だってお前は、所詮Bクラスの落ちこぼれのはずで、あんなわけの分からない力を隠しているなど……」

「『真に優れた者は、そうそう簡単に自らの実力をひけらかさない』でしたっけ、あの詰問で先生が仰《おつしや》ったことは」

ルジャンドルが固まる。

その時は、『何故クライドが評価されているのか』という問いについての答えだったが――皮肉にも、ルジャンドルの最も望まない形でその言葉が証明されてしまったわけだ。

「まあ、その辺りはどうでもいいのですが」

エルメスがここでわざわざ声をかけた理由は、聞きたいことがあったからだ。それは、

「貴方《あなた》は、まだ戦えますか？」

「！」

単純に、戦力として数えられるかどうか。

しかしその問いを受けたルジャンドル――最初に教員たちを襲った統率された魔物の脅

威を見てしまっていた彼は、尚も蒼白な顔で首を振って。

「そ、そんなことできるはずがない！　あんなわけの分からない化け物に立ち向かうことなど我々の責務ではない！」

……そこで。責任の放棄にまで持っていってしまうことこそが、ルジャンドルが手遅れであった証左なのかもしれなかった。

「そうだ、あんなわけの分からないものこそ、貴様のような同じ化け物が立ち向かうべきだろう！　そのような意味不明な戦いに赴くなど正気ではないに決まって──！」

言っている最中に、ルジャンドルは気付いた。

「良かったです。気付いていただけて」

そう、エルメスだけではない。

Bクラスの生徒たち。この学園で誰よりも蔑んでいたはずの者たち。自分よりも劣っていると認識していた人間が。今、誰よりも果敢にこの脅威に立ち向かっている様子も、彼は今目にしてしまっていたのだから。

「これ以上彼らへの侮辱を重ねるようなら──その結界を破らなかった自信はありませんから」

同時に発せられる、サラの強固な結界などものともしない──実際本気になればそうなのだろうと確信させる威圧。それだけではない。エルメスを『化け物』と呼んだ瞬間から、カティアやBクラス生からも莫大《ばくだい》な怒りの感情がぶつけられる。

これまで自分が教育してきた、自分のものだと思っていた生徒たちの明確な反抗。

今までは何かしら言い返していたであろうそれを受けて――けれどルジャンドルは、何も言えずにその場にへたり込む。過ちを認めたからではない、ただ単純に気圧《けお》され、彼らの方が上であると理解させられてしまった故の茫然自失《ぼうぜんじしつ》だ。

見届けると、エルメスはもう興味をなくした様子で踵《きびす》を返す。合わせてカティア、Bクラス生も続く。

その足取りは迷いなく、最後の戦場へ向かうことに躊躇《ためら》いもしない。

それは、久しく見られなかった姿。

国の在り方が、この学園の伝統が駄目にしてしまっていたもの。

強大な魔法と、それを御するだけの心の器。気高き意思と確固たる目的を持ち、己を懸けて国を脅かす脅威に立ち向かわんとする者たち。

――誇り高き、貴族の姿だ。

「…………」

明確に教員たちの手を離れた、生徒たちの姿を。

呆然《ぼうぜん》と、時代に取り残された男は何もできずに見送る。

最後まで自分の何が悪かったのか、彼は理解することができなかった。

◆

前線の魔物たちを一通り倒し、結界付近まで下がってきたエルメスたち。

結界付近の生徒たち——ここも多くはBクラス生で、まずは歓声と共に出迎えられる。

彼らも前線でのエルメスの暴れようは見ていたはずだが、驚きつつも概《おおむ》ね受け入れてもらえているようだ。

……と言うより、彼らも薄々感づいてはいたようだ。

Bクラスで散々指導や知識において非凡を見せつけたエルメスが、まさか血統魔法に限って申告通りの平凡なものであるはずがない、と。

流石《さすが》にエルメスの実力を完璧に予想していたものはおらず、残らず度肝は抜かれたようだが……それでも、受け入れるだけの土壌ができていた。

本当に、先ほどアルバートに言われた通りだったわけだ。それをありがたく思いつつ、エルメスはこの先の戦況に目を向ける。

一陣である小型魔物の軍団、二陣の大型魔物たちも概ね壊滅させた。残るは最後方の三陣、今まさに進軍を開始した特徴的な魔物の混成部隊となるのだが……。

「……エル。あいつら——」

「ええ、お分かりですか。……間違いなく、一番強いですね」

形状から察するに、何かしら尖《とが》った性能を持った魔物の集団だ。

そして得てして魔物というものは、こういう連中の方が強い。

……恐らくは、あの連中こそが本隊。先ほど以上の難敵であることは間違いないだろう。

でも、恐れはない。エルメス自身の実力、カティアの助力に加えて、今はこの上なく頼れるBクラス生たちがいる。戦場を恐れて引きこもった生徒より、そもそも戦う気すらなくしてしまった教員陣よりも余程頼りになる。魔力も消費は大きいがまだ保《も》つ。彼らとの連携次第では、さしたるリスクを冒さずとも完封だって難しくないだろう。

その確信と共に、カティアと頷《うなず》き合って。まずは前線で消耗した生徒の回復を頼もうとして——


「——待ってください」

そこで、ようやく気付いた。

「サラ様は、何処ですか？」

「——え」

エルメスの声を聞いて、カティアやBクラス生たちも目を見開く。

居ない。つい先ほどまでそこに居た、負傷した生徒の傷を癒していたはずのサラが。本当に誰にも気付かれることなく、いつの間にか——忽然《こつぜん》と消えていた。

エルメスは即座に周囲に魔力感知を飛ばす。……微《かす》かにある、が、遠い。大まかな方角しか分からないほどの遠距離だ。ここから察するに、

「……攫《さら》われた……？」

呆然と呟《つぶや》くカティアと同じ結論に、エルメスも辿《たど》り着く。

「――ばかな」

それを受けて、アルバートが首を振って指差す。

「いつの間に、いや、それより――どうやったんだ!?　この通り結界は未《いま》だ健在だ、これがある限りサラ嬢の敵は入り込めないはず――」

「……結界の条件は？」

「何？」

「サラ様の『精霊の帳《テウル・ギア》』は、結界で遮断するものや条件を操作できることが特徴です。その上で、この校舎を覆う結界は『何』を遮断条件にしたか……誰か聞いている方は」

魔法をよく知る故のエルメスの質問に、別のBクラスの女子生徒が答える。

「き、聞いたわ。確か……『一定以上の魔力を持つもの』って言ってた気がする。それなら魔法の流れ弾も当たらないし、魔物も通れない。逆に魔力を抑えれば人間、生徒たちは行き来できるだろうって」

「じゃあ、生徒なら誰でも通れるんですね？」

「――あ」

その推理で、カティアを始め前線の生徒たちが気付く。彼らには既に伝えてある、この騒動で魔物をけしかけた元凶となった張本人、クライド・フォン・ヘルムートのことを。

彼女の結界を、魔物は通れない。魔法も通さない。

だが――『クライド本人』だけならば、すり抜けられるということだ。

それを理解した上で、カティアが疑問を呈する。

「で、でも！　魔物は通れないんでしょう!?　魔物がなければクライドは多少汎用魔法が上手《うま》いだけの魔法使い、いくら不意を突かれたからってあの子が大人しく攫われるわけが――」

「あの、学園を覆う黒い壁」

しかしその疑問に関しても、彼は既に答えを出している。

「あれはクライド様の魔法ではない。彼に協力者がいることは明らかです。その協力者本人に手伝ってもらったか……もしくは、何かしらの魔道具で力を借りたか。彼本人の実力に加えて、未知の魔法まで扱われれば、いくらサラ様でも不覚を取ることもなくはない」

反論はない、それがあり得なくはない……どころか最も確度が高い推測であることを全員が把握したからだ。

「あの男、妙に姿を現さないと思ったらそんなこと――！」

カティアが見抜けなかった悔しさと共に歯噛《はが》みする。……が、無理もない。ただでさえこちらの対応は後手に回っていたのだ。その上向こうの狙いを先回りすることは極めて困難だっただろう。むしろ早急に把握できただけ御の字だ。

とりあえず、これで状況は共有できた。問題は。

――あの、クライドがけしかけてきた魔物の本隊が迫り来る中で、サラの奪還にも力を割かなければならないということだ。

「……」

結界が残っている以上、サラが健在であることは間違いない。

だが、それもあくまで現時点ではだ。当然今後もそうであるという保証はないし、この結界がなくなれば、今の生徒たちだけで校舎全域は守り切れない。こちらの壊滅だ。

故に、サラ奪還は急務。だが向こうは恐らく既に結界を出て魔物を側《そば》に置き、更に未知の魔法まで操るクライド。生半可な戦力では返り討ちにされてしまう、向かわせるとしたら大戦力以外ない。だがその場合、既に中程まで迫っている魔物の本体を、生徒たちに受けきれるかどうか――

（――いや）

違う。また悪い癖が出た。

これまでの生活故か、基本的に自分一人でなんとかすることを考えてしまう。

それは良くない。自分はこの学園でサラを見て、何を学んできた。つい先ほども、アルバートに怒られたばかりではないか。

頼れると思ったのならば、任せる勇気もいい加減持つべきだろう。

軽く息を吐くと、決意と共にエルメスは顔を上げる。

「……サラ様の奪還には、僕が向かいます」

「でしょうね。あの子の居場所が正確に分かるのも、未知の魔法に一番強いのもあなただもの」

「単騎精鋭が最も適している、異存はない」

カティアとアルバートが頷く。だが、それが意味することはすなわち――

「――その間、魔物たちの相手は皆さんだけにお任せすることになる。間違いなく、先ほどの魔物たちよりも強力です。こちらも数が増えたとは言え、苦戦は免れないと予測します。が……」

「……」

「それでも、今の皆さんなら対応できると思う。できると……信じたい。……頼らせていただいても、よろしいでしょうか」

――その時の、Bクラス生たちの反応をなんと表現したら良いだろう。

驚くような、戸惑うような。微かな迷いと、消すことのできない恐れ。

でも……それが霞《かす》むほど、それ以外が瑣《さ》末《まつ》になるほどの大きな感情。

「――任せろ」

彼に頼ってもらえるという、喜びと誇り。

その感情を代表するように、アルバートが万感の思いと共に返答する。

「そちらこそ、サラ嬢のことは任せたぞ」

「はい、必ずや」

言葉を交わす二人。それを横でカティアが再度の憧憬と共に見つめ、告げる。

「……指揮は、私が執ってもいいかしら。余所者《よそもの》がしゃしゃり出るようであれだけれど」

「何を言う、カティア嬢であれば誰も異存はあるまい」

間髪容《い》れず、アルバートの快諾。後ろのBクラス生も頷く。

確かに今はAクラスではあったが、かつての級友。しかもその時の彼女の姿、サラに嫉妬せず、サラとはまた違った方向で分け隔てなく接し、そして非常に公正で優秀だった様子も全員が知っているのだから。

そんな元クラスメイトに視線で謝意を示すと、カティアはエルメスに向き直る。

「そういうわけよ。遠慮なく私の分も、あの馬鹿を叩《たた》きのめしてきなさい。……ここは絶対に私が、誰も死なせないから」

「はい、助かります」

微笑と共に頷く。……するとそこで、何故《なぜ》かカティアがにゅっと、軽く手を握って差し出してきた。

「ん」

「……カティア様？」

「戦う時は、こうするんでしょう。……対抗戦の時見てから、ずっと羨ましかったんだから」

納得する。対抗戦終了後、サラ、アルバート、ニィナと健闘を称《たた》え合ったことを言っているのだろう。

……それは本来、戦いが終わった後のものなのだが。まぁ構うまい、と彼は苦笑と共に、気恥ずかしげにそっぽを向く主人に向け、同様に握り拳を差し出して軽く打ち合わせる。

軽い音と共に、意思と誓いを交換する。彼らにとっては、もうそれ以上言葉は要らず。

エルメスとカティアは、それぞれの戦場に向かって駆け出して。

——そしていよいよ、防衛戦は最終盤へと突入する。

第九章　おとぎ話と誰かの魔法

「無理に決まってるじゃない」

数日前。サラの家に強引にやってきてクラス変更の話を始めたクライド、そしてそれを当人の意思を無視して押し進めようとしたイルミナ。その二人から、カティアがサラを連れ出した翌日のことだ。

サラは一度、ハルトマン家に戻っていた。荷物を取りに戻るためと——もう一度、イルミナと話をするために。

あのまま別れてしまうのは、どうしても躊躇《ためら》われたのだ。どのような意図があったにせよ、イルミナがサラをここまで育ててくれたのは事実だったし。

何より、たとえ真っ当な思い出が少なかったとしても……それでも、家族なのだから。

だから家に戻って、今度こそ真《ま》っ直《す》ぐにイルミナへと告げた。これからはトラーキア家の世話になること、そして、もうイルミナの投影対象では居られない、『自分自身』を見つけたいのだということを。

それを聞き届けた上でのイルミナの回答が——それだった。

「できるわけないわよ。私が何年間貴女《あなた》を育ててあげてきたと思ってるの？」

どろりとした、憎悪と怨念に満ちた瞳と声で母は咄々《とつとつ》と告げる。

「十五年よ。貴女が生まれてからの十五年がどれほど重いものか分かってる？　その間ずっと、ずーっと、私は貴女を見て教え込んできたわ。仕草も、見目も、頭脳も全部全部全部。お姫様になるためだけに、優れた殿方に見染められるためだけに、私のできなかったことをするためだけに刷り込んであげたのよ！　なのに今更私を突っぱねて、別の自分になるですって!?　そんなことできるわけがない、随分と夢見がちなおめでたい思考をしているものねぇ！」

後半になるにつれて息は荒く。それでも一息に言い切ってから、イルミナは目を見開き、口の端を激しく吊《つ》り上げて凄絶な笑い顔で突きつける。

「断言してあげるわ。――貴女は何者にもなれない」

「！」

「今更手遅れなのよ、十五年間私の言うことだけを聞き続けた貴女はもう、私になる以外の道なんてないの！　恩知らずの不孝娘が、私を切り捨てておいて自分だけ幸せになるなんてそんなこと許されるわけがないのよッ!!」

そこから吐き出される言葉は呪詛《じゅそ》のように、サラを絡め取る。

「私を捨てた貴女は空っぽよ、自分と呼べるものなんて何一つ残っちゃいないわ！　自分一人では何もできない愚かな小娘、良かったわねぇそんな貴女に同情してくれる心優しいお友達が居て！」

「っ――」

「その子について行くんでしょう？　好きにしたらいいじゃない、貴女はそのまま——何者にもなれないまま、友達想《おも》いの公爵令嬢様に死ぬまで飼われているのがお似合いよ！」

その言葉を最後に。

サラはハルトマン家を出ていった。追い出されるように——或《あ》いは、逃げるように。

母親に吐きかけられた言葉に返せるだけのものは……彼女の中には、見つけることができなかったから。

◆

そして、現在。

「っ……。これで、負傷した人は全員ですか……？」

『精霊の帳《テウル・ギア》』で張った結界の付近で、『星の花冠《アルス・パウリナ》』による治癒を間断なく行使する。学園を守るため、自らに与えられた魔法の力を余すところなく行使したサラが問いかける。

「あ、ああ。しかしサラ嬢よ……大丈夫なのか？」

答え、同時に問いかけたのは近くにいたＢクラス生。短期間で大量の魔力を消費したからだろう、彼女の肌には冷たい汗が浮かび、吐く息はひどく荒い。

「貴女は防衛の要なのだ、戦えない負傷者にまで早急な治癒を施す必要は……」

「いえ……大丈夫、ですから」

彼女を案じての忠言だったが、サラはそれを理解しつつも申し出を断る。

「大丈夫です、こういう時のためにわたしが居るんです。……ちゃんと、みんな守りますから。守らせて、ください」

その言葉は、自分に言い聞かせているようでもあった。

――貴女は何者にもなれない。

数日前、母親に言われた言葉が彼女の中で木霊する。

……それは嫌だ、と思った。

流されるままの自分が嫌で、確固たる何かを持ちたくて。そのために、自分なりに頑張ってきたつもりだった。これが自分だと言える確かな成果を、形になるものを自分の中に見つけたかった。

色々と、できたとは思う。けれど未《いま》だ自信を持つことだけはできていなくて。

だから、せめて。生まれ授かったこの魔法でできることはさせて欲しい。それだけが、今の自分を支える確かなものだから。

そんな覚悟と共に、彼女は疲労で重くなる頭を上げて前を向き、告げる。

「結界は、破らせません。傷ついた人は、全員治します。だから遠慮なく――」

「――ああ、やはり君は優しすぎる。こんな連中にまでその慈愛を向けてしまうなんてね」

どこからともなく、声が聞こえたと思ったその瞬間。

「え、——!?」

自らの周りを真っ黒な何かが覆ったかと思うと、それごと凄《すさ》まじい勢いで引っ張られ。

悲鳴を発する暇もなく、何処《どこ》かへと連れ去られてしまうのだった。

◆

「——!」

目を覚ますと同時、連れ去られたことと、恐らくわずかな間意識を失っていたことを把握する。瞬時に辺りを見回すが——学園の景色らしきものはどこにも見えない。周囲にあるのは学園を覆っているものと同種の黒い壁だけ。にも拘《かか》わらず一定の薄暗い光源は確保されているという妙。

……サラは、彼女独自の感覚で現状を把握する。

この黒い壁は恐らく、自分の『精霊の帳《テウル・ギア》』と同系統の魔法だ。察するに自分の結界の穴を突いてやってきた人間が、自分をその魔法に閉じ込めて拉致した。

そしてその下手人が、

「……やあ。お目覚めかな、サラ嬢」

隔絶された空間の中目の前に立って悠然と手を広げる、クライド・フォン・ヘルムート。喜悦の笑みを浮かべる、今回の騒動における元凶の一人だ。

「…………」

混乱を抑えて思考を巡らせつつ、周囲の把握も行うサラ。

──大丈夫、自分の張った結界は健在。自分はまだ生徒たちを守れている。魔力感知から推測するに、きっと黒壁の魔法に閉じ込められているだけで現在地はそう離れていない。だが、当然今後もそうとは限らない。そして、ここからどう転ぶかを握っているのが眼前のクライドだ。ならば……。

「……何が目的ですか？　クライドさん」

まずは、彼の狙いを把握する。その目的で声をかけると、彼は心底喜びに溢《あふ》れた口調で。

「──もちろん、君を助けにきたんだよ！」

…………。

「……え」

思わず、本気で虚を衝《つ》かれた。

彼女の反応で理解していないことは察したのか、クライドが再度口を開く。

「分からないのも無理はない。僕だって教わってようやく気付いたことだからね。……つまりね、間違っているのは学園の連中の方なんだよ」

「……」

「あいつらはもう手遅れだ、この国を変えようとする人間の志を全く理解できていない。そう、だから──礎となってもらうことにしたんだよ。真に国を思う彼らと、そしてこの僕の素晴らしい魔法のお披露目としてねぇ！」

──エルメスから聞いてはいたがやはり、この魔物を用意したのはクライドだったらしい。しかも口ぶりからするに……学園の皆を、巻き込むことに一切の躊躇《ちゅうちょ》なく。どころかそれを主目的にさえして。

クライドは続ける。

「でもね、そんな腐り切った学園の中にも輝くものはある。──それこそが君だ、サラ嬢！」

「……」

「あの塵《ごみ》のような学園の連中さえも全て守り切ろうとする慈愛の心は素晴らしい。でも……だからこそ惜しい。君は、それを向ける相手を致命的なまでに間違えている！」

ひどく大真面目にオーバーな身振りで、陶酔と共に彼の語りは止まらない。

「だから君をここに呼んだし、見せつけるために魔物に学園を襲わせた。分かっただろう、あいつらは君に守られるだけのくだらない連中だよ。君だってもっと──そんな奴《やつ》らよりもより相応《ふさわ》しい相手にその想いを向けたいと思うだろう!!」

その向ける相手とやらが彼の中で誰を指しているのかは──もう、聞かなくても察せられた。

遂《つい》に、締めくくりとしてクライドはサラの方へと真っ直ぐ手を差し出して。

「だから、ほら。あんな奴らなんか見捨てて――君も僕の、僕たちの元へと来ないかい？」

迷いなく、そう告げた。

彼の表情は、あまりにも揺るぎない欲望と正義感に輝いていて。自分こそが可哀想《かわいそう》なお姫様を助けに来た存在だと、一切撤回の余地がないほどに確信しきっていて。

それを見て、分かってしまった。

故に彼女は――ふっ、とどこか力を抜いて、微笑《ほほえ》んだ。

それは決してプラスの意味を感じさせるものではない。ひどく残酷なものを見たような、何かを諦めてしまったかのようなものだった。

しかしクライドにそんな機微など理解できるはずもなく、むしろ肯定と受け取って喜ばしげに手を広げて――

「……悲しいですね」

――その声で、固まった。

いくら彼でも気付いたのだろう。彼女の声色に込められた、受け入れることとは正反対の意図を感じさせる響きを。

「……すごく都合の良い考えをお話しするとですね」

今度は、彼女が語る番だった。

「わたしはずっと――『話せば分かる』と思っていたんです。どんなにひどいことをする人でも、そうなるに至った理由がちゃんとあって。それをきちんと理解して、そうならないように頑張っていれば……きっと、誰だって分かり合えるはずなんだと」

呆然《ぼうぜん》としているクライドが聞いているかどうかは分からないけれど、彼女は今までの思いを打ち明けるように続ける。

「馬鹿馬鹿しいでしょう？　でも、それが唯一わたしが『自分』だと思える願いだったから。……それに、できると思っていたんです。頑張って勇気を出したことが成功して、上《う》手《ま》くいって……何より、わたしの一番憧れた人がちゃんとわたしの話を聞いて、考えを変えてくれたから。……調子に乗ってたんだと思います」

けれど、とそこでサラはトーンを落として。

「上手くいってたのは、そこまででした。お母様も、そして貴方《あなた》も。……世の中には、どうしても理解できない人、分かれない人が……きっと思ったよりもずっと身近に居て」

「……」

「わたしの願いは、空想でしかなかった。──『おとぎ話』は、どこにもないし作れない。それが、ようやく分かった……いえ、認められました」

クライドの表情は未だ変わらない。これは絶対に迂遠《うえん》な言葉では理解できないだろう。

そう考えたサラは、一度息を吸って意図的に冷たい声を作ると。

「──ごめんなさい。貴方の誘いには、乗れません」

きっぱりと、そう告げた。

「貴方の考えを、理解することができません。共感もできないし……したいとも、思うことができませんでした」

「……え？　いや、何、何を、言っているんだ、君は」

クライドがあからさまに狼狽《うろた》える。

「そうか、操られて言わされているんだな。でなければ心優しい君がこんなことを」

「本心ですよ。魔物を操る貴方なら、操られているかどうかはよく分かると思います」

彼は、これまでサラに明確な否定を受けたことがなかった。

彼女がひどく気を遣って、直接的な表現を避けたから。彼女に対する執着と彼の性質がそれに曲解を繰り返し、断じて認めることをしなかった。

けれど、今。

ようやく真っ向から、皮肉にも逃げ場のない状況で言葉を叩《たた》きつけられて、彼は理解した。思考で認められなくても状況で、理屈で分かってしまった。

彼女は自分を受け入れる気が、一切ないのだと。

それでも尚《なお》何かしらの理屈をこね回そうとするクライドに対して、サラは止《とど》めを刺すように、これまで通り穏やかで悲しげに告げる。

「『想いを向ける先を間違えている』と貴方は言いましたが――もし貴方と学園の皆さん、どちらかしか助けられないのならわたしは迷わず後者を選びます。……何一つ考えを変えられず、駄々っ子のように喚《わめ》く貴方の方がくだらないし……可哀想」

「――」

彼女にしては……いや、彼女だからこそのあまりに痛烈な否定。

それを受けたクライドは、ようやく全てを理解した様子で目を見開いて固まり。

そして。この手の輩《やから》の執着は――容易《たやす》く憎悪へと反転する。

「ああ、見誤っていたよ……本当に救えないいんだねぇ君はッ!!」

クライドが叫ぶと同時、彼の後方で重低の咆哮《ほうこう》が轟《とどろ》いた。

直後、黒い壁をすり抜けて現れるのは、あまりにも巨大な土色の影。

爬虫類《はちゅうるい》を思わせる鱗《うろこ》に、長い首。強靱《きょうじん》かつ硬質な手足も巨大な翼も、あまりに暴力的な気配に溢れている。縦長の瞳孔を持つ金瞳に宿す感情は、当然の如《ごと》く殺意の一色。

誰もが知る、その魔物の名は。

「……竜種……」

「ああ、正真正銘の純血竜、迷宮の奥に潜む地竜の一柱だ！　幻想種にだって引けを取らない、こんな魔物だって僕ならば支配下に置けるのさ！」

得意げに語るクライド。そして、彼が次に行うことも明らかだ。

「いいよ、そんなに時代遅れの連中が大切ならさぁ――僕がまとめて、仲良く葬ってあげるさ！　まずは君からねぇ！」

「……あはは」

あまりに直情すぎる行動に乾いた笑いが浮かぶ。

「……いいですよ。可哀想な貴方と、空っぽのわたしで。どうしようもない戦いですけれど、きっとどちらにもお似合いです」

どこか自棄《やけ》を感じさせる声で、サラも対抗して魔力を高める。できる限りは抵抗してみせる――と、気合と共に地竜を見上げる……が。

それは間違いだったと、すぐに気付く。

「あっはっはっは！　震えているじゃないか！」

改めて見上げると、あまりにも大きな威容。幻想種にも引けを取らないということが決して嘘《うそ》ではないと分かる、莫大《ばくだい》な魔力量。

そして何より……それに自分一人で立ち向かわなければならない。獄界の獣遣《ケルベロス》の一件であれば耐えられたことも、その事実が重なると途端に恐怖に変わる。

「そうだよねぇ。君は所詮誰かのサポートしかできない、一人じゃ何もできない魔法使いだものね！　威勢の良い割には随分と情けない姿じゃない、かッ！」

「ッ！」

地竜の前足が振り下ろされる。咄嗟《とっさ》に結界で防ぐが、想像を遥《はる》かに超えて凄まじい衝撃だ。これでは後何発耐えられるか分かったものではない。

そして何より――未《いま》だ眼前の暴虐を前にしての、原始的な恐怖が、震えが――止まってくれない。

「怖いかい!?　怖いだろうねぇ！　学園の連中の助けでも期待して、『助けて』って叫んでみるかい!?　無駄だよ、あいつらはほとんどが震え上がるばかりの情けない連中、戦っている奴らも魔物本隊の相手に精一杯だ！」

「っ、く、ぅ……っ！」

「仮に誰かが来られたとしても、この結界の周りは強力な準竜種で固めている。そもそもこの壁は血統魔法如きじゃ破れない！　つまり——誰も助けになんて来られないんだよッ！」

　容赦なくサラを楽しげにいたぶるクライドは、絶対的な優位にあることを確信してか得意げな語りを繰り返す。

「君が僕の手を取らず、くだらない連中を助けると言ったからこうなるんだよ偽善の聖女様！　そして君が居なくなれば学園の連中も全滅だ、分かるかい、結局君は何も救えないのさ!!」

　愉悦の表情を隠すこともなく、クライドは最後とばかりに高らかに。

「君は何も守れない、そして守られて震えるだけの学園の連中にも何もできない！　くだらないのはどう考えたって君たちの方だよねぇ。ほら、悔しいなら、怖いなら情けなく助けを呼んでみなよ！　どうせ誰も来ないだろうけどねぇ——」

　凄《すさ》まじい破砕音が響いた。

「——は？」

　それが、黒い壁が、叩き壊された音だと壊れた場所を見たクライドは、呆《ほう》けた声を出す。

同時に、もう一度先ほどよりも派手な音。人一人通れるほどの大穴が開いたのち、そこから現れたのは。

「……大変五月蠅《うるさ》いご高説どうもありがとうございます。おかげさまで準竜種を片付けている最中も耳が腐るかと思いました」

凄まじい魔力を放つ紫焔《しえん》の大剣を手にした、銀髪の少年。

「それでですね。大変脈絡のない野蛮な行動だと理解はしているのですが――」

彼は据わった瞳に――彼にとっても久しぶりの絶対零度の感情を宿すと、無表情のままクライドを射抜いて。

「――とりあえず一発、殴らせていただいてもよろしいですか？」

あまりにも静かな宣言。されどその姿に、この場の何よりも恐ろしい何かを感じ取って。

クライドは、無意識のうちに一歩後ずさるのであった。

◆

まずは、素早く状況を確認する。

最重要であるサラの様子は……大丈夫だ、激しく消耗しているがまだ本人は傷一つついていない。彼女が守りに徹すればそうやられることはないとは言え、ひとまず安心する。

続いて、クライドの様子。驚きつつも未だ自分の優位を疑っていない表情は腹立たしいが放っておくとして、注目すべきは彼が持っている道具と、彼に従う魔物だ。

彼が右手に持っている、水晶玉のようなもの。あれが魔道具、恐らく魔力か魔法を『送る』類《たぐい》のものだ。これを使って黒い壁をクライドも行使している、ひょっとすると魔力の底上げの役割も果たしているのかもしれない。

続いて魔物のうち、この場にいるのは二匹。一匹目は戦場でも時折見かけていた小さなコウモリのような魔物。恐らくは結界で見えない分、あの魔物を通して外の様子を把握しているのだろう。

そして二匹目の魔物が、桁外れの魔力を放つ竜種。外に居る魔物や学園を襲っている魔物と比べても頭二つ以上飛び抜けている、あれが彼の切り札だろう。

……クライドの性格的にも、最大の手札は手元から離そうとしないだろうし。むしろ僥《ぎょう》倖《こう》だ、あれが学園を襲いに来た方がよほど厄介だった。

対処すべきは竜種。その確認が済むと、エルメスは歩みを進めてサラの前に立つ。

「ご安心を、学園の結界は無事です。……よく耐えてくれました」

「っ！」

察するに、ここでサラに執着するクライドから何かしらの勧誘を受けていたのだろう。それを断った結果クライドが逆上して、サラに襲いかかっていた――と、こんな行動も読めるようになってしまったのがある意味で虚《むな》しい。

そして、同時に確信する。あれほどの威圧を持つ竜種に襲われて、紛れもなく命の危機だったにも拘《かか》わらず——先ほど述べたように彼女は学園の結界を最後まで解こうとしなかったのだと。

改めて、強く敬意を払う。……そんな彼女を私怨で容赦なく痛めつけようとした眼前の男に対する敵意も、同様に。

静かに戦意を高めるエルメスの前で、動揺から立ち直ったクライドが言い放つ。

「エルメス……！　何だ、君如きがどうやって外に居る魔物たちをどうした、どうやって結界を破った、答えろ！」

「答える義理はありませんが……見て分かりませんか？　何も特別なことはなく——普通に全部斬り伏せて、普通に力尽くで叩き壊しただけですが」

「あり得ないッ！」

クライドはエルメスが参戦してからの様子を見ていないのだろうか。推測するに、丁度その間はサラを拉致するのに忙しかったようだ。

……いや。

仮に、目撃していたとしても主張は変わらなかったのではないかとエルメスは思う。

認めたくないものは、絶対に認めない。

それが、エルメスが嫌と言うほどこの国で見てきた暗い面であり、アスターに通ずる、生まれつき恵まれすぎてしまったものの本能だ。散々口では『自分はアスターと違う』と言い続けていたクライドだが、その根本だけは微動だにしていなかったようだ。

そう考えるエルメスに、クライドが指を突きつけて言い放つ。

「ふん、どんな手品を使ったかは知らないが、わざわざ僕の目の前に現れてくれたのなら好都合だ！」

「……」

「いい加減、周りを騙《だま》し続けたその化けの皮を剝いでやるよ！　この僕の本気の魔法でねぇ！──やれッ！」

号令と同時に、地竜が咆哮を上げて襲いかかって来る。なるほど、形ある魔物の頂点に相応《ふさわ》しい迫力と威圧だ。これほどの魔物を操れるクライドの魔法は間違いなく凄まじいものだし、数多《あまた》ある血統魔法の中でも確実に脅威と言えるだろう──

それが、どうした。

対するエルメスが行った行動はシンプルだ。左足を引いて、体を捻《ひね》る。右手に構えた紫焰の大剣を構え、体全体を使って溜《た》めた力を右足を起点に解き放ち、

「──ッ！」

逆袈裟《ぎゃくけさ》の一撃。

イメージするは、彼の知る限り最も美しい剣。この学園で最大級の衝撃と共に出会い、研鑽《けんさん》を重ねた彼女の動きを今の自分の最大限でトレース。その剣閃《けんせん》の鋭さに、今の自分の最高傑作である魔法の火力を重ね合わせる、結果。

──地竜が、文字通り真っ二つになった。

「…………は？」

呆けた声を上げるクライドと同時に。ずるり、と体の中央から斜めにずれたクライドの切り札。その上半分が地面に落ちて轟音（ごうおん）を響かせる。一拍遅れてその両方が燃え上がり、速やかに、再起の余地なく灰塵《かいじん》へと変えていく。

　一撃。

　それが、クライドの操る最強の魔物とエルメスの持ちうる最強の魔法がぶつかった結果。

　その光景は、紛れもなく隔絶した二人の差を象徴するものだった。

「……一つ、訂正を」

　眼前の光景を到底受け入れられないクライドの前で、エルメスは平然と。

『この結果が当然』と言わんばかりに淡々とした口調で告げる。

「貴方《あなた》は先ほど、この魔物を『幻想種にも劣らない』と仰《おっしゃ》っていましたが……それは舐《な》めすぎです。幻想種は──少なくとも『彼』は、到底この程度ではありませんでした」

　かつての死闘を思い出しながら、エルメスはクライドへと歩みを再開し。

「なので個人的なことですが、撤回していただけると助かります。そうすれば──多少は、手加減できるかもしれない」

「ひッ」

　そこでようやく事実の認識が追いついた様子で、同時に先ほどのエルメスの宣言を思い出して軽く悲鳴を上げるクライド。尚《なお》も目の前のことを受け入れず、必死に否定材料を探す彼に向かってエルメスは続ける。――彼の心を、完璧に折るべく。

「……以前、カティア様が仰っていましたね。貴方はとにかく、自分を特別扱いする傾向にある、と」

「な、何を」

「威を借るのも、手段を選ばないのも自分だけに許されていると思い込む。そして――ここからは僕の推測になるのですが……貴方はこうも思っていたのではないでしょうか」

今度は狼狽《うろた》え始めたクライドに、エルメスは迷いなく言葉を突きつける。

「――血統魔法さえ使えたら。本気を出せば、自分が一番強いのにと」

「！」

「僕はカティア様ほど人の心を見抜く術《すべ》に長《た》けてはいないので、そこまで自信はないのですが……そう思っていたと考えると、色々と辻褄《つじつま》が合うんですよね。貴方が学園で随分と自信ありげだったのも、どんな血統魔法を目にしてもひたすらに周りを見下し、自分が上であると疑っていなかったのも」

「な、何を、何だその侮辱は」

「実際、納得できましたよ」

クライドの言葉を遮って、今度はある種褒めるような響きで。

「魔物を操る血統魔法。知識として知ってはいましたが……ここまでの規模だとは思いませんでした。加えて多少の補助があったとは言え、それをこれほどまでに扱う実力に、竜種すらも使役する出力。貴方の魔法の才能は、これまで僕が見てきた中でも随一かもしれない」

紛れもない称賛の言葉を述べるが……すぐにしかし、と否定の言葉と声色を放つ。

「才能《それ》を貴方は、伏せることにしか使わなかった。どんな魔法を目にしても『自分よりも弱い』と思い込み、見下して悦に浸る道具としてだけ使い、隠れた才能を周りが恐れることに満足してしまった」

ある種の特例であったニィナを除けば、奇《く》しくもエルメスとクライドは同じ強すぎる実力を隠して学園に通う者同士だったわけだ。

けれどそんな中でも。実力を制限されても――制限されたからこそ学べることがあると吸収と研鑽を続けたエルメスに対し、悦に浸るだけだったクライド。その差が、今の明確な実力差に……全てではないが、確実に一因としては現れていただろう。

実際、あの竜種は幻想種ほどではないにせよ間違いなく強敵ではあった。恐らく、学園に来たばかりのエルメスであればもう少し苦戦しただろう。

けれど、彼は学んだ。この学園に溢《あふ》れていた多くの魔法を学び、最高傑作たる魔法を更に改良した。魔法に頼らなくとも凄まじい実力を持っていた少女の強さを学び、『剣』という形が持つ威力の活《い》かし方を学んだ。それらを込めたものが、先の一撃だ。

改めて認識し、エルメスは締め括《くく》る。

「与えられたものに安住し、一切の研鑽なく周りとの格付けに躍起になる。――まさしく僕が見てきた『典型的な貴族』そのものであり……そうであるならば僕は、貴方自身にこれ以上何の価値も感じません」

「な……ふざけるなっ！　僕は変革者だ、そんな推測ばかりの戯言《たわごと》を――！」

ついに激昂《げきこう》したクライドが、向こうから殴りかかってくる。

それを見たエルメスは紫焰の大剣を軽く上に放り投げると、その場で腰を落とし。

「間違いであったら申し訳ない。けれど当たっていたならば――」

何の武も感じない大振りの拳を避ける、どころか軌道を見切って突っ込み、向こうの勢いも威力に加えた綺麗《きれい》なクロスカウンターを鼻っ柱に叩《たた》き込む。

恐ろしく小気味良い音が響いた。

「――良かったですね」

意識は奪っていない。故にこその激痛にクライドが襲われることを確信しつつ、エルメスは淡々と言い放つ。

「今、学べましたよ。――貴方の本気は、所詮こんなものだと」

正直これも言いたくはなかったが……学びを得るのが学校だ。その機会だけは誰にだって平等に与えられるべきだろう。その先、Bクラスで見たように己を認めて変わるのか、それとも変わらずに己以外を呪って喚《わめ》き続けるのか、それは彼次第。

だが――率直に言うと後者以外の彼をもう想像はできないなぁ、と。

そう考えながら、激痛に悶《もだ》え苦しむクライドを無感動にエルメスは見下ろすのだった。

「ぁ……がぁ……っ」

地面に転がり、鼻頭を押さえて悶え苦しむクライドから目を逸《そ》らす。

彼がどうするのかに、現時点で興味はない。確認すべきは――

「サラ様。大丈夫ですか？」

「は、い……」

声をかけられ、サラは俯《うつむ》きながらも答える。

……外傷はないようだが魔力の消耗が激しいのと、何より精神面で相当に消沈している。何か、ひどいものを見たような。そして思い知ったような顔だ。

駆けつける前に、クライドと何かがあったのだろう。どうやら彼とのやり取りで余程のことを目の当たりにしたらしい。現在の襲撃が片付いたらその件についての話を聞くことも必要かと思いつつ、まずは彼女に手を貸すべく近寄ろうとして、

「……ぁ、ぁあああああっ」

叫ぶような呻《うめ》き声《ごえ》が背後から聞こえてきた。見ると、クライドが鼻頭を押さえながらも立ち上がって、エルメスの方を憎悪に満ちた目線で睨《にら》みつけている。

「ふざけるな……あり得ない、認めない。お前が、お前が僕を殴るなんて、僕を見下すなんてそんなこと――！」

「……ああ」

やっぱり、そっちだったか。そう思いつつ、想像より遥《はる》かに早く立ち上がったクライドにエルメスは冷たい声で問いかける。

「やられた後の言い草までアスター殿下そっくりですね。無駄にタフなところも彼に学んだのですか？」

「侮辱を、するなぁ……っ、僕は、あんな奴《やつ》とは違う。何でお前が彼女に、ちか、づくなぁ！」

若干支離滅裂な言葉と共に、クライドが獣のように襲いかかってくる。

しかし、その動きは単純かつ緩慢だ。エルメスは軽くステップで躱《かわ》すと、今度はハイキックを叩き込む。

「ぎッ！……ぁあああッ」

「っ」

「づぁッ!!……痛い、いたい……お前、がぁ！」

「……」

そうして何度も格闘術で痛撃を叩き込むが、クライドは悉《ことごと》く立ち上がって向かってくる。

……なるほど。異様にタフだと思ったが、その理由が分かった。

彼は、エルメスの攻撃を受ける瞬間受ける部位を魔力でガードしているのだ。恐らくは完全に無意識のうちに、体がダメージを減らすように動いている。

それは決して、ただの素人が狙ってできることではない。……何という皮肉だ。どうやらこの男は徒手格闘においても、才能だけは凄《すさ》まじいものを持っていたらしい。

とは言え。いくら才があろうと五年以上積み重ねてきたエルメスに近接で抵抗できるはずもない。むしろ一撃で倒れられない分苦痛を長引かせるだけだ。

そして遂《つい》に、何度目かの強撃。鳩尾《みぞおち》への肘打ちがクライドを捉え、嗚咽《おえつ》と共にクライドが二度目のダウンを喫す。

「痛めつける趣味もないので、一応全部一撃で倒すつもりで打ったんですが……生来のものだけは恐ろしく恵まれているところも、土壇場の謎のしぶとさもそっくりですね」

「ぁ、ああ……痛い……！」

尚もクライドはよろよろと立ち上がり、けれどエルメスにはどうやっても勝てないといい加減悟ったのか、今度はこう喚き始める。

「何故《なぜ》だ……！　どうしてお前が立っている、どうしてお前に罰が下らない！　僕はこんなにも頑張っているし、今こんなにもひどい仕打ちを受けているのに！」

「先ほども言いましたが——貴方が弱かったからですよ」

「そんなはずがないッ！　こんな惨《むご》いことが僕のせいであってたまるか、そんなのはおかしい！　何か、何か別の——そうだ」

そしてクライドが、また何かを思いついたような顔で。

「——魔物だ。魔物の質が悪かったんだ」

「……」

「そうだよ、そもそもあれだけたくさんの魔物を用意して、僕がちゃんと賢くしてやったにも拘《かか》わらずさぁ、未《いま》だに結界も破れず誰も殺せていない！　竜種だって一撃でやられるなんてそんなのあり得るわけがないだろう、あの男、わざと僕を騙《だま》して意図的に弱い魔物を摑《つか》ませたんだな！」

この期に及んで、まさかの自分が強引に支配している対象に対する責任転嫁。

ある意味で絶句したエルメスは、もうこれ以上聞く意味はない、さっさと魔法で意識を刈り取って魔物の残党を掃討に向かうべく魔力を高める。

そんなエルメスにも気付かず、クライドは叫び続けた。

「あああああ！　何だよ、せっかく人類の敵であるお前らを僕が人のために有効に役立ててやったのにさぁ！　本当に使えない、どうしようもない愚図が！　本当に人類の敵なら、こいつら如《ごと》きさっさと殺してみせろよ——!!」

◆

——そんな様子を、『彼』は見ていた。

『彼』は見た目から弱いと誤解されがちだが、これでも特有の魔法を持つそれなりに強い魔物……いや、『魔物たち』だった。

『彼』に、そして彼らが進化の果てに身につけた魔法は、『共有』と『同化』。それによって仲間内で意識を共有し、群であり個の生命体として活動していた。

そんな魔法をクライド……今の主人に見つけられ、知性を与えられ。彼らはそこで、自分たちの魔法を他の魔物や主人への情報伝達として使うことを覚えた。

そうすることで、段違いに効率よく人間を殺すことができた。素の力が弱い自分たちでも人間を殺す一助になれた。その機会を与えてくれた主人に『彼』は心から感謝していた。

けれど。

「ああああ！　何だよ、せっかく人類の敵であるお前らを僕が人のために有効に役立ててやったのにさぁ！」

今、その主人が怒っている。自分たちの力の至らなさを責めている。

「本当に使えない、どうしようもない愚図が！　本当に人類の敵なら、こいつら如きさっさと殺してみせろよ――!!」

それを聞いて、心から申し訳なく思う。

自分たちが――自分たちの中で一番強い地竜でも、あの銀の男を殺すことはできなかった。無理もないと思う。あの男は桁外れに強い、人間の中でも見たことのないレベルだ。

でも……同時に『彼』は、こうも思うのだ。

どうしてご主人さまは……こんなにへいたくそなんだろう、と。

ご主人さまだって、あの男に近いくらいの力は持っている。身に宿す魔力も生来の肉体も極上だ。それを十全に使って自分たちと一緒に戦えば、あいつも全然殺せるはずなのに。

にも拘わらず、ご主人さまはどうしようもなくへたくそだ。魔法の扱いも、魔力の出し方も、何もかも稚拙で愚鈍。あの銀の男とは比べるべくもなく、その差がまさしく実力として現れている。負けるのも当然だ。

ああ、もどかしいなぁ。

もし、あそこにぼくが居たら、お望み通りご主人さまを勝たせてあげられる。

——ぼくにご主人さまを使わせてくれたら、勝てるのに。

………あれ？

なんだ、そっか。

そんなことでいいんだ。

じゃあ、そうすればいいじゃないか。

◆

ぱたっ、とどこか間の抜けた音が響いた。

「……？」

　クライドが振り向くと、そこには小さな飛行型の魔物。楕円形《だえん》の胴体にのっぺりとした目玉だけが張り付いており、その背中から一対の黒い翼が生えている。

　総じて一言で説明するなら、『デフォルメされたコウモリ』のような生物。見方によっては愛らしさもありそうなこの生き物は——エルメスがここに来る時に何度も見かけた、伝達要員の魔物だ。

「……なんだお前。戦う力もない、伝書鳩《でんしょばと》よりも多少マシな程度の奴が何を——」

　それを見たクライドが胡乱《うろん》な目で何かを言おうとするが……その前に。

「——っ、——っ」

　ぱたぱたと、ぱたぱたと。

　とても懐いた様子でコウモリの魔物が可愛《かわい》らしくクライドの周りを飛び回る。その動きからは植え付けられたものとは言え本物の、心からの親愛が感じられて。

　そのまま、最後にクライドの前で留《とど》まると。あたかも『ぼくにまかせて』とでも言うように羽を大きく広げてから、楕円形の体を精一杯膨らませて——

　——がばり、とクライドの前で大口を開けた。

「…………へ？」

　クライドが呆《ほう》けた声を上げた。

そもそも口があったのかと思う魔物の突然の行動。開けられた口には丸っこいフォルムからは想像もできないほど凶悪でリアルな牙が立ち並び、そのあまりの異質感は今のクライドのように思考が受け入れを一瞬拒否するほど。

その異質感が恐怖に変わる前に、魔物の牙が眼前で悍《おぞ》ましいまでにぎらりと輝き。

――ぞぶっ、とクライドの肩口に嚙《か》みついた。

「ぎ――が、ぎゃぁあああああああああ!?」

クライドが絶叫を上げる。同時に、肩から夥《おびただ》しい量の血液が噴き出す。

呆然《ぼうぜん》と、エルメスはその光景を見る。

魔物の突然の凶行もそうだが……何より、魔物の雰囲気。

クライドの暴言に反旗を翻した――ようには、とても見えないのだ。むしろその逆、嚙みつく前の仕草と同じく最大の忠誠心を持って、主人のためをこの上なく思っての行動のように感じられるのだ。

あまりの衝撃、そして異様な仕草と行動の乖離《かいり》にさしものエルメスも動けず、サラも顔を青くして視線を向けることしかできない。

そして数秒後、クライドの肩から噴き出す血が止まる。同時に、魔物がどくどくと異様な動きと共に形を変えて――その振動が、徐々にクライドのそれと重なっていく。

その現象が何を意味するか気付いた瞬間、クライドが恐怖に引き攣《つ》った表情で叫んだ。

「や、やめろっ！　何だお前、嫌だ、やめて、入ってくるな、僕の中に入ってくるなぁあああああああああああッ!!」

その絶叫が合図となったかのように。

肩口の魔物が、完全に形を失って融解する。同時にその魔物を構成していた黒いものがぼこぼことクライドの体の周りを覆い始め、最後には恐慌の感情で見開かれたクライドの瞳孔まで覆い尽くす。

出来上がったのは黒い繭。その中で抵抗するクライドに対して、魔物は魔法を行使する。

クライドの神経を、行動を『共有』する。クライドの肉体と『同化』する。

与えられた高い知性による、魔法の高度な応用力を遺憾なく発揮する。

それと同時に、黒い繭が更にその体積を増し、そして。

「……何だ、あれは」

出来上がったのは――『怪物』だった。

今までエルメスが見てきた魔物は、姿形が多少凶悪になっていたとは言えまだ生物としての体裁を保っていた。この世界に生きる、ちゃんとした生存のための機能を持った存在として『あり得る』、納得できる形状をしていた。

だが、こいつはどう見てもそうではない。

影が実体化したかのような、のっぺりとした黒い釣鐘形のフォルム。辛うじて人型の面影のようなものは残しているが、あまりにも肥大し過ぎているためとてもそう見えない。

加えてその釣鐘のあちこちに浮かぶ、無造作に取りつけたかのように一貫性のない眼球。

血の通う気配のない白目と一切光を反射しない黒目のコントラストは、あまりにも生命を感じさせずただただ不気味。

そして極め付けは——その釣鐘の側面からこれも無造作に伸びる十数本の手。先端に掌《てのひら》こそついているが、腕の部分がぐねぐねと伸縮する様子はもう触手と言った方が良いかもしれない。中途半端に人間の形状を真似しているのが尚更嫌悪感を加速させる。

こんなものが、生命であるとは認め難いほどの黒い何か。子供が無造作に描き殴った落書きが実体化したかのようなアンバランスが眼前に顕現していた。

そんな怪物の多数の目が——ぎょろりと、一斉にこちらを向いた。

「ッ！……サラ様、立てますか」

その瞬間、エルメスは悟った。この怪物、断じて見た目だけではない。……正直なところ認めたくはないが、あの獄界《ケルベロス》の獣遣と同種か——上回りかねない圧力を感じた。

「あの化け物、まずいです。僕単騎で勝てると確実には言い切れません。協力をお願いしたい」

「！……は、はいっ」

エルメスの実力を知るサラだからこそ、彼の宣言は重く響いた。

紛れもなく異常事態なのだと悟り、混乱しつつも立ち上がる。

「……さて」

どうやら、この騒動。想像以上の問題を孕《はら》んでいたようだ。

そして収束のためには――最後に一つ、化け物退治が必要になるらしい。

黒い壁に覆われた空間で、黒い怪物と相対して。

エルメスはそれを照らすように、紫焔《しえん》の剣を握りしめるのだった。

◆

同刻。校舎を覆う結界の前で、カティアは瞠目《どうもく》した。

「何よ……これ」

彼女を中心として行っていた校舎防衛戦は、それなりに上手《うま》くいっていた。

襲い来る魔物は紛れもなく強力で、先ほど以上の激戦になったけれど――それ以上に味方の士気と能力が非常に高く、現時点では辛うじて拮抗《きっこう》まで持ち込めていた。

しかしその瞬間、予想だにしないことが起こったのだ。

辺りを飛び回っていたコウモリのような魔物たちが全員――突如周囲に居る大型の魔物に喰《く》らい付いて。そのままぼこぼこと魔物を黒いもので覆い尽くしたかと思うと、現れたのはあちこちに目のついた黒い釣鐘形の、悍ましい何か。しかも、それが複数。

戦線に影響があったわけでもない。守りを破られたわけでもない。

ただ、その光景のあまりの不気味さは――生徒たちの士気に関わるほどの動揺を与えるには十分だった。

「っ、落ち着きなさい！」

このままでは、辛うじて維持できている戦線が崩壊する。そう予感したカティアは動揺を静めるべく声をかけ、同時に考える。……このような現象が、どうして起こったのかを。

当然、考えられる原因は一つ。然程《さほど》の間もなくそれに思い至ったカティアは向こうを――彼女の従者が去っていった方向を一瞬眺めて、告げる。

「何があったかは知らないけれど……頼んだわよ、エル……！」

間違いなく向こうでも激しい戦いが行われている、或《ある》いはこれから行われるだろうことを予感しつつ、カティアは意識を戦場へと戻すのだった。

◆

「……」

コウモリの魔物がクライドを取り込んで生まれた、黒い魔物。

ぐねぐねと胴体部分が蠕動《ぜんどう》する様子から、ひと時も目を離さずエルメスは観察を続ける。

さて、どう来る。

そう思った瞬間、動きがぴたりと止まり。側面から生える複数の触腕が――ブレた。

「！」

直感に従ってバックステップ。

一瞬後、地面を叩《たた》き割る凄《すさ》まじい轟音《ごうおん》がエルメスが立っていた場所に響く。冷や汗と共に観察すると――案の定、そこには陥没した地面に張り付く複数の伸びた手が。

見た目から予想される通りの攻撃だが……その速度が予想を遥《はる》かに超えている。あれだけでも先ほど一撃で葬った竜種を超える脅威となりうるだろう。

そう分析しつつ、エルメスは傍らの少女に声をかける。

「サラ様。今の攻撃、見えましたか？」

「……ごめんなさい。影を追うくらいで精一杯です」

「了解です。では下がって、観察とできる範囲で結界でのサポートを……」

立てた戦術を、最後まで言い切ることは叶《かな》わなかった。

何故《なぜ》なら、黒い魔物から生えた別の触腕。その先にある手から――突如として、凄まじい熱量を放つ豪炎が生まれたからだ。

(魔法――っ！)

血統魔法にも引けを取らない威力。それを感じ取ると同時に間髪容《い》れず炎が放たれる。

どうにか紫焔の大剣で迎撃。相殺には成功したが、予感以上の威力に軽く手が痺《しび》れる。

しかし、この程度なら打ち勝てる――そう思ったエルメスを嘲笑《あざわら》うかのような光景が、次の瞬間目の前に展開された。

「……嘘《うそ》だろ」

魔物が持つ複数の触腕。

その全てに——別々の魔法が宿っていた。

ある手には極小の嵐、ある手には空気が歪《ゆが》むほどの冷気、ある手には暴れる紫電。

当然、その全てがそこいらの血統魔法を超えるほどの性能を持っていると一目で分かる。

一斉にそれらが放たれた。

「ッ!」

「『精霊の帳《テウル・ギア》』——!」

攻撃に特化したこの剣では防ぎきれない。そう瞬時に判断して魔法を解除、同時に強化汎用魔法で防ぐ、と言うより一瞬の時間稼ぎを行う。

その間に、サラが魔法を発動。即座に破られた強化汎用魔法を、血統魔法の結界が受け止める。だが——それすらも数秒でヒビが入る。よって続けてエルメスが素早く詠唱を行い『精霊の帳《テウル・ギア》』を再現。二重の結界を展開することで辛うじて全ての魔法を防ぎ切った。

「……これは、まずい」

「……っ」

険しい面持ちで呟《つぶや》くエルメス、苦悶《くもん》の表情を浮かべるサラ。

桁違いだ。単純な物理的能力においても、そして何より……あの魔法の能力においても。

というか、あり得ない。あのコウモリの魔物が持つ魔法は情報共有の類だったはずだ。

仮にそれ以外の複数魔法を扱え、かつクライドの魔法能力で底上げしたとしてもあれほどの威力の魔法を、しかも多属性同時に用意するなど不可能だ。

何か、からくりがある。その方向で思考を回すエルメスは——ほどなくして辿《たど》り着いた。

ここに来るまでに見かけた、複数のコウモリの魔物。情報共有の魔法。そして『他者を取り込む』という今回見せたあの魔物の特性。

その全てが、荒唐無稽だけれど辻褄《つじつま》が合ってしまう、最悪の予測を打ち立てる。

「まさか……他の魔物の魔法を共有している……？」

彼の予想が正しいことは、外の光景。外でも同じように、コウモリの魔物が他の魔物を取り込んでいる光景を目の当たりにすれば明らかになっただろう。

そして彼は思う。だとすれば、まずいと。

まずはその性能。今の予想が確かならば、目の前に居る魔物は。

理論上今校舎を襲っている、全ての魔物の魔法を扱える、ということだ。

加えてその場合——対策の立てようがない。力の源がここ以外であるのなら潰しようがないではないか。唯一の対策としては今コウモリの魔法を解析して再現、それでジャミングもどきを行うくらいだが……。

（……無理だ）

それをするには、魔力出力か魔法の扱いで向こうを上回っている必要がある。

同じようなことをしたアスターとの戦いの時は、両方で大きく凌駕《りょうが》していたから支配の炎を乗っ取ることができた。だが今回は前者に差がなく、後者はむしろ負ける可能性の方が高い。あの魔物は人間と違い、魔法生物であるが故に己の魔法は完璧に扱い切っている。

結論、真っ向から勝負する以外道はない。

それに辿り着いたエルメスだったが……尚《なお》も、絶望を追加する光景が展開された。

掌に乗せた複数の強力な魔法。それらを眺めていた黒い魔物が——あたかも今、ふと思いついたとでも言うように。

ぱちん、と柏手《かしわで》を打つと同時に——二つの魔法を合体させた。

「な——」

合わせたのは炎と風の魔法。結果、先ほどよりも遥かに強大となった炎嵐が生まれ、魔物は躊躇《ちゆうちよ》なくそれをエルメスの方角へと撃ち放つ。

「エルメスさんっ！」

咄嗟《とつさ》に少し離れた場所にいたサラが結界で防御。しかしそれをあっさりと炎嵐は突破し、エルメスを平然と呑《の》み込む。悲鳴《の》に近い声を上げるサラ。しかしその一瞬後、ぼっ、と炎嵐を抜け出してサラの元まで飛び退いてくる影が。

「エルメスさん！　その——」

「大丈夫、軽傷です」

軽く服の裾を焦がし、いくつか軽度の火傷《やけど》を負っているが、素早い離脱の判断が功を奏してか宣言通り大怪我《おおけが》は負っていない。

これなら『星の花冠《アルス・パウリナ》』を使うまでもなく自前の強化汎用魔法で対処可能だ。そうして傷を治しつつ——しかし、依然険しい顔でエルメスは魔物を見やる。

「……あの、魔物……」

強力な近接の能力を持ち合わせ。

複数の強大な魔法を自在に操り。

そして今、その魔法を複合させることまでやってのけた。

そう、それはまるで――エルメスを真似しているかのようで。

いや、実際そうなのだろう。あの魔物は今、戦い方を覚えている最中なのだ。現在相対している人間の中で一番強いエルメスの戦闘を、魔法を『解析』して、『再現』している。

まさしくこれも、エルメスと同じように。加えて魔法生物である特徴を最大限生かし、一部ではエルメスすら凌駕する性能と速度で。

それを見ていると、改めて感じる。『魔物に知性を持たせる』ということ、その途方もない恐ろしさに。

エルメスたちが向こうの脅威に圧倒されていた、その時だった。

ふっ、と。突如として黒い魔物が展開していた魔法を消し、だらりと手を下げる。

戦意を喪失したかのような動作だったが……その直後。釣鐘形の胴体中央下部、丁度胴体を顔と見立てたら口元に当たる部分。そこが――がぱりと三日月形に開いたかと思うと。

「――は」

その中から、恐ろしく不気味な不協和音が迸《ほとばし》った。

「ははははははははははははは!!」

「──」

哄笑《こうしょう》には、聞き覚えがあった。

ひどく変質しているけれど。加えて別の何かと二重音声になっていて非常に聞き取り辛《づら》いけれど。そのイントネーションに、人を小馬鹿にしたような声色に、覚えがありすぎた。

「……まさか」

クライドだ。生きていた……いや、意識が残っていたのか。

驚愕《きょうがく》する二人の前で、その人格を証明するように魔物が引き続き声を上げる。

「ああ、ああ。とても良い気分だ！　どんな魔法でも使える、どんなことでもできる！　そうだよねぇ、この僕が人類の敵を操るだけなんて、その程度に収まるわけないよねぇ！」

「……貴方《あなた》は」

「おやぁ？　なんだいエルメス、自分だけの特権だと思っていた魔法と同じことを僕にされてさぞ悔しいと見える！　なんて醜い嫉妬だ！」

……うん、クライドだ。

皮肉にもその物言いで確信してしまったエルメスに向かって、彼は尚も続ける。

「そうだよ、君如《ごと》きにできることが僕にできないわけがない！　僕は既存の魔法の枠すらも超える、変革する人間だ！　君じゃない、僕が、僕こそがそれに相応《ふさわ》しいんだよぉ！」

「……人間、ですか。そのような姿になってまでですか？」

「うん？　何を言っているんだい」

誰もがするだろう指摘を行ったエルメスだったが、クライドは逆に心底不思議そうな、何も疑問を持っていないような声で。

「僕は僕のままだ。何も姿なんて変わっちゃいない、紛れもなくクライド・フォン・ヘルムートそのものだよ」

「──な」

「容姿もうん、声高に自信を持つほどではないが少なくとも君よりは間違いなく優れているだろうね。ああ、それとも他に何も責めるところが見当たらないから仕方なく容姿を貶《おとし》めようとしたのかな！　お手本のような醜悪さじゃないか！」

まさか──自覚がないのか。自分が変質した、取り込まれたことに。恐ろしい外見の黒い魔物に変わっているということに。

「それで、何を話していたっけ。──ああうんそうだ、僕が学園の連中を変革の礎にして、サラ嬢を……え？　そうか、サラ嬢ももう手遅れだったんだ、仕方ないから僕の手で葬ってあげるのが彼女の幸せで、えっと、それで僕こそがこの国を変える中心となって……あれ、エルメス、君なんでまだ生きてるの？」

「……ああ」

それを聞いてすぐに悟った。考えてみれば当然だ、支配下だと思っていた魔物に食いつかれ、肉体に侵入され、神経を侵され、おそらくは思考や魔法すらも一部同化されて。

──正気で居られる、わけがない。

「まあもう一度殺せば良いだけか。そうだね、考えてみれば君の僕に対する罪が一度殺した程度で済まされるわけがないもんね」

「……分かりました」

どうやら目的と意思だけはブレずに残っているらしいが、関係ない。

覚悟を決めよう。あれはもう、人間と見做《みな》さない方が良い。人語を話すとしても、少なくとも今は、魔物と全く同じ脅威として対処する。

そう考えなければ、そう意識を持たなければむしろこちらが危ない。何せ……言葉と共に再度展開された魔法には、今までと比べても全くの翳《かげ》りがないのだから。

「サラ様、行けますか」

「……はい」

もう一度、彼女にも確認する。

彼女はひどく青い顔をしながらも頷《うなず》いて、少なくとも戦意は保ってくれているようだ。

とりあえず、向こうの手の内は見た。――ならばそれを踏まえて、対策するだけ。もう一度、超えるだけだ。

再度、エルメスは魔力を高め。仕切り直しの合図として地面を蹴るのだった。

「はははは！　手も足も出ないじゃないか！」

かくして再開した、黒い魔物と化したクライドの猛攻。

絶え間なく飛んでくる、そこらの血統魔法など軽々と上回る威力の魔法。加えて時にそれを組み合わせた魔法まで合わさった結果、結界魔法を駆使しても工夫しなければ防ぎ切ることはできないほどの暴威と化す。

更に、そうやって足を止めて防御に徹していると、そこを嘲《あざわら》笑うように飛んでくる触手による薙《な》ぎ払《はら》いの一撃。これは『精霊の帳《テウル・ギア》』ですら物ともせず破壊してくるため強制的に防御を剝がされる、そこで尚も畳みかけるような魔法の連撃。

彼らのスペックを遥《はる》かに上回る凄《すさ》まじい攻勢に、エルメスとサラはクライドの言う通り、ほとんど防戦一方を強いられていた。

「ほら、ほらぁ！　どうせ今まで調子に乗ってたんだろう、僕が血統魔法を使えないのをいいことに、絶対に勝てるからって粋がっちゃってさぁ！」

なお、この攻撃を実際に行っているのは厳密にはクライドではない。現在肉体駆動の主導権は、操作能力に優れるコウモリの魔物に完全に明け渡している形だ。彼はその上で意識だけを表面に出し、かつそれを己の力と思い込んでいるだけである。

……それに一切疑問を抱かない辺りに、彼の本質が現れていた。

ともあれ、猛攻は続く。エルメスとサラがどうにか連携して致命打は防いでいるが、逆に言えばそれが精一杯。反撃を差し挟む隙がない。

これまで散々自分の思い通りにならなかった代表のような男と、自分が目をかけてやったにも拘《かか》わらずその手を突っぱねた女。それを一方的に嬲《なぶ》れる愉悦に、クライドは存分に浸っていた。

「……」

だが。彼は知らなかった。

これまで、エルメスよりも圧倒的に劣る力しか持ち合わせなかったが故に、戦う上での、魔法を扱う上でのエルメスの本質を見抜くことができなかったのだ。

すなわち――『同格以上の相手とどう戦うか』ということ。彼の、本当の恐ろしさを。

「……なに……？」

クライドがそれに気付いた時には、戦況は致命的なまでにひっくり返りつつあった。

まず、魔法が結界を破壊する頻度が極端に減った。より効率良く、より徹底的に攻撃を防がれつつある。

それを認識した瞬間に、向こうから炎の魔法。久々の反撃だ。

「くっ！」

ある程度余裕を持って魔法で防ぐが――そこで、更に気付く。

今の魔法。先ほどまで散発的に受けていた魔法と比べて……明らかに威力が上がっている。

「――なるほど」

疑問に埋め尽くされるクライドの元に、エルメスの声が届く。

「いくら外側が異形でも、使っているのは人間の体。それでどうやってそこまでの魔力出力を得ているのか疑問だったんだけど……」

彼はこんな状況でも、あくまで恐ろしく冷静に。

「魔力の流れ、回路を意図的に自傷しているのか。それに対する肉体の反応、過剰修正力を出力の後押しにしている。……基本的に傷つくことを忌避する人間には思い至り難《にく》い発想だ。なるほど──」

表情は変えないまま、しかしその翡翠《ひすい》の瞳だけは爛々《らんらん》と輝かせ、告げる。

「──いいね、それ」

「ぐ──ッ!?」

反撃の魔法の威力が、更に上がった。

クライドもここでようやく、その謎に辿《たど》り着く。──学習しているのだ。彼は魔法を防ぎつつ、コウモリの魔物がクライドの体を、魔力をどう使って魔法を扱っているのか。『魔物の思考で人間の肉体を操作する』というこの極めて特異な状況を、極めて貴重なサンプルケースと見做し。それを己の魔法の扱いにも適応すべく、解析と再現を行った。あたかも、先ほどコウモリの魔物にやられたことをやり返すように。

生来の特性に加えて、窮地に慣れた精神性。魔法の研鑽《けんさん》を続けてきた故の高い応用力と柔軟性。そして何より──彼の目的を、在り方を示す、桁外れの観察能力。

かくして行う、学習と進化。絶え間なく進歩を続ける、彼の魔法の特性。

『優れた相手から見て盗む』。それこそが、彼の本質。

故に、彼より高い能力を持ってしまった時こそ、彼を最も警戒すべき時だったのだ。

だが当然、クライドにそんなことなどできるはずもなく。

「調子に、乗るなッ！」

苛立《いらだ》ちと共に悪態をつく。そんなクライドの意図に応えるように、今度は触手による薙ぎ払いをエルメスにお見舞いする。

だが……それにも彼は、予想を超える対応を見せた。

「!?」

エルメスが今度は、『精霊の帳《テウル・ギア》』を斜めに展開。

そのまま、触手の攻撃をそれに沿って『滑らせる』形で、軌道を逸《そ》らして防いだのだ。

これは、かつてローズとトラーキア家で戦った時にも用いた手法。通常の結界ではあっさりと破壊されてしまう攻撃を最小限の消費で防ぐための結界魔法の使い方だ。

だが、『視認すら困難なほどの攻撃』に対して同じことを行う難易度は、当然ながら跳ね上がる。にも拘わらず、彼がそれを成し得た理由は――

「……速いけど、軌道は単純だ。流石《さすが》に作ったばかりの体じゃ複雑な挙動はできないのかな」

これも、観察の賜物《たまもの》。触手の動きを完璧に見切ったことの証左に他ならない。

そしてこのエルメスの一言を境に、遂《つい》に攻守が逆転した。

「このっ！」

躍起になって魔法を放つが、悉《ことごと》く防がれる。合間の反撃も更に威力と精度を増し、遂にクライドの方が防ぎきれなくなってくる。エルメスは多様な魔法を切り替える都合上どうしても詠唱の隙が生じるが、そこはサラのサポートによってカバーする。

必然、戦況は更に傾き。ある瞬間、魔法の余波でクライド側の肉体がぐらりと揺れる。

その隙を見逃すはずはなく、エルメスはここぞとばかりに大技の詠唱を開始する。

向こうが体勢を立て直し、次の攻撃をサラが防いでくれている間に詠唱を完成させ。

「術式再演──『無貌の御使《ルナド・サラカ》』

術式複合──『魔弾の射手《ミストール・テイナ》』」

複合血統魔法、自らが魔弾と化す神速の一撃を装塡。

足に力を込め、同時にその胸には無言の矜持《きょうじ》を抱く。

それは師より創成魔法を受け継いだ者として譲れないもの。再現者としての揺るぎなきプライド。

すなわち──『僕と同じことで《解析と再現》簡単に僕に勝てると思うな』と。

ある意味で初めて『エルメス自身の解析』をされた意趣返しも込めて。エルメスは魔法を起動、溜《た》めた力を解放し、突撃。

黒い魔物の右半身を、根こそぎ撃ち抜いて削り取った。

　手応えあり。

突撃の勢いのまま反対側に駆け抜けつつ、エルメスはそう思考する。

あの魔物の生態は知らないが、人間《クライド》をベースにしている以上どこかに限界は必ずある。

それを踏まえて考えると、今の一撃は確実に決定打になりうる一撃だった。中のクライドもタダでは済まない——と言うより、手応えからするに最低右腕は肩ごと弾《はじ》け飛んでいるはずだ。

無論、油断はしない。確実に詰め切る——とエルメスはクライドの方を振り向いて。

あり得ないものを見た。

「…………え」

ない。

傷がない。穴がない。今まさにエルメスが穿《うが》ったはずの右半身が、綺麗《きれい》さっぱり戦う前の姿を取り戻しており。眼前にあるのは相も変わらず万全の黒い魔物。

どういうことだ。まさかエルメスが撃ち抜いた後の残心、目を離した僅か一瞬未満の隙に傷を完治させたとでも言うのか。

それこそあり得ない。そんな性能は通常の回復魔法では——いや、エルメスの知るどんな回復魔法の領分も遥かに超越している。

向こうが回復系統の魔法も使えることは当然考慮に入れていた。だからこそ、瞬時の回復は絶対に不可能な傷を負わせるために今の魔法を選択したのだから。

からくりが読めない。

構えを取りつつ猛然と思考を巡らすエルメス。そんな彼の元に、声が降ってきた。

「……ああ、痛い。痛いなぁ」

クライドだ。彼は黒い魔物の形態のまま くるりとこちらに振り向き、三日月の口を醜悪に歪《ゆが》ませながら耳障りな不協和音で語る。

「ひどいなぁエルメス。仮にも学友の腕をそんなに躊躇《ちゆうちよ》なく千切るなんて、君は本当に人間かい？」

その言葉からするに、攻撃が効いていたことは間違いない。

ならば何故《なぜ》、との疑問は、次の得意げなクライドの声で明らかになった。

「でもね、無駄なんだよ。君がどんなに涙ぐましい努力をしても、工夫を凝らして攻撃を届かせても無駄なのさ！　だって──僕の忠実な魔物たちが、代わりに傷を受けてくれる！　代わりに死んでくれる！　ああ、これこそまさに命の有効活用だよねぇ──！」

「…………まさか」

それを聞いた瞬間、エルメスの中である推理が明確な像を結ぶ。まさか、コウモリの魔法である情報の共有。それを先ほど発展させ、魔物の扱う魔法をも共有していたように。

「……魔物の、生命も共有している……！」

それならば、異常な速度の再生も説明がつく。

だが、だとしたら。この恐るべき魔物を。強力な物理攻撃、複数の魔法、複合魔法も操る存在を。多少は慣れてきたとは言え、未《いま》だ紛れもない脅威としてあり続ける敵を。

あと、何回殺さなければいけないのだ──？

「っ！」

落ち着け。怯懦《きょうだ》は後だ。そう己を叱咤《しった》し思考を進める。

もし推理通りだとしたら、最悪この場の魔物が全滅するまでこいつを殺し続けなければいけないことになるが、そんなことは不可能だ。手法云々《うんぬん》以前に魔力が絶対的に足りない。

ならば別の方法。再生不可能な箇所を見つけるか――或《あ》いは、向こうの『命の貯蔵《ストック》』を校舎側の人間が削り切ってくれるまで時間を稼ぐか。

とにかく、攻撃の手を緩めず攻略を見つける。瞬時にそう判断し突撃を再開しようとしたエルメスだったが。

――さしもの彼も、この状況では完璧に冷静では在れなかった。

「…………あ、そうだ」

その瞬間、人間の姿であればぽんと手を打っていただろう声色でクライドが呟《つぶや》き。

――くるり、と再度エルメスに背を向けた。

「な」

通常ならあり得ない暴挙。明確に自らの命を狙っており、それを為《な》しうる手段を持った相手にそのような行為は自殺以外の何者でもない。

だが……その瞬間エルメスは、理解と同時に激甚な悪寒を感じ取った。

「そうだよねぇ。君に殺されても死なないなら、わざわざ君へ関わる必要もない」

「！」

「ならさぁ――」

そうして、クライドはいくつもの掌《てのひら》に強力な魔法を宿し。

その全てを――サラの方へと向けた。

「え……」

「殺しやすい奴《やつ》から、殺してしまえばいいよねぇ!!」

それは、紛れもなく有効極まりない手段だった。

エルメスに背中を撃たれても構わないからこその手法。命を複数持ちうる故の暴挙。

一つの魔物の命を犠牲に、弱い方《サラ》から殺す。

恐ろしいほどに効率的で、この上なく醜悪で、だからこそ有用な命の交換。

故に、エルメスは読めなかった。

初見の特性で圧倒されたことに加えて、普段なら気付いただろう戦場の有効手段に気付けなかった僅かな平常心の欠如。そして……この期に及んで自分と真っ向から向き合わないというあまりにふざけたクライドの意思。

『悪意』という、エルメスがクライドに唯一劣っている部分故に、気付くのが遅れてしまった。

そうして、彼らは知る。

エルメスが良しとし、その力を信じ、それを求め続けるに足る高潔な想《おも》いが。

どうしようもなく卑賤《ひせん》で、薄汚く、矮小《わいしょう》な悪意の牙で、引き裂かれることもあるのだと。

「じゃあねぇ、偽善の聖女様――！」

最早《もはや》魔法の起動も間に合わず、サラ一人で対抗できる手段もない。

故に、防ぐことが絶望的に不可能な、致命の魔法群が――

――容赦なく、サラに向かって放たれたのであった。

◆

ずっと、後悔していることがあった。

サラにとって、一番目に焼きついた光景。自分の命が最も脅かされた瞬間。

そう、二月ほど前。――あの、獄界の獣遣《ケルベロス》と対峙《たいじ》した時だ。

今までの魔物の常識に囚《とら》われない、規格外の存在に立ち向かった三人は想像を遥《はる》かに超える苦戦を強いられた。それでもなんとか一撃を入れたと思った瞬間、向こうが無慈悲かつ強力無比な魔法を使ってきた。

為す術《すべ》なく回復され、唯一の有効打も防がれて。そして、稲妻の魔法が自分に迫り来る瞬間、エルメスがその身を乗り出して、二人の分も魔法を受けた。

そう。

――自分ごときを庇《かば》って大怪我《おおけが》を負った。それこそが、サラという少女の最大の後悔だった。

エルメスが。自分が過去一番憧れた人が。自分と違って、確かな意思を持って突き進む人が。自分程度のために振り返って舞い戻り、自分なんかの傷を肩代わりするなど、彼女には耐えられないことだった。

だから、今度はそうならないように頑張った。

まずは彼のように、確かなものを見つけるために奔走した。微《かす》かな憧れと想いを頼りに、誰もが誰もを認められるクラスになるように未熟ながらも努力した。そして戦うことにおいても。彼に教えを請い、二重適性という才能に驕《おご》らずに研鑽《けんさん》を重ねた。

それは成果を得た。Bクラスは彼女にとっては素晴らしい場所になったし、対抗戦勝利という結果も得ることができた。

その一助になれた自分を、サラは少しだけ誇ることができたのだ。

……でも、それ以降は。

母と学友の説得に失敗し、その後始末を尊敬する友人にさせてしまい、先ほどは微かに抱いた夢も砕かれた。

そこから、今。見るも凶悪かつ強力な魔物と化した学友から、いくつもの致命の魔法が放たれて。自分の魔法では、自分の身体能力では避けることも受けることもできなくて。

そして、この瞬間。自分に向かって放たれた魔法群が、為す術なく彼女の元に襲い来た瞬間。

――エルメスの体が自分の前に躍り出て。

そこに致命の魔法がいくつも直撃するのを、サラは眼前で目撃した。

ぱたり、と血の雫《しずく》が彼女の頬にかかった。

「…………あ」

エルメスといえど、あの瞬間血統魔法を展開する暇はなかった。

だから、現在扱っていた神速の突撃を応用してなんとか自分の元に駆けつけ、その体を盾とした。

「あ、あぁ」

つまり、身を挺《てい》してサラを庇ったのだ。

――あの時と、全く同じように。

「あぁぁぁああああ……！」

まともな思考が紡げたのはそこまでだった。

どさりと地面に倒れ伏したエルメスの体を抱き抱える。

クライドが、耳障りな狂笑と共に何事かを叫んでいる。けれどそれを聞いている余裕はない、すぐにエルメスを抱えたまま少しでも遠くへと走り去る。

クライドが追ってくる気配は――何故かない。理由は分からないけれど都合が良い、すぐにでも治さなければいけないからだ。

声が聞こえなくなった辺りでエルメスを横たえて、魔力を全開にして『星の花冠《アルス・パウリナ》』を発動させる。涙目になりながら、全力で体を寄せ、魔法を注ぎ込む。

「エルメスさんっ、ごめんなさい、なんで、どうして……っ」

——どうして自分を庇ったのか。

いや、聞くまでもなく分かっている。仮にも一月近く級友として過ごしてきたのだ、彼が、一度認めた人間が不当に傷つくことを許さない人間であることを知っている。

そして、クライドの放ったあの魔法を、今の自分に防ぐ手段はなかった。彼が駆けつけてくれなければ、あの後自分が辿《たど》る道は即死以外にあり得ない。今の彼のように、負傷箇所を選んで即死だけは避ける、なんて芸当も自分にはできないのだから。

……だから。これは、わたしのせいだ。

「ごめんなさい、ごめんなさい……っ」

彼は重傷だ。体のあちこちに魔法が直撃して焼け、切れ、抉《えぐ》れている。即座に治療をしなければ間違いなく命に関わる。

故にサラは魔法を回しつつ——ひたすらに謝罪と、自責を繰り返す。

何をやってきたんだ、自分は。

こうならないように、頑張ってきたはずなのに。少しでもましな自分になって、今度こそ足を引っ張らないように前に進めたと思っていたのに。

……調子に乗っていた。

些細《ささい》な成功で、舞い上がっていた。

だから今同じ轍《てつ》を踏んで、この体たらくを晒《さら》しているのだ。

そんな彼女の頭の中で、声が響く。

『――貴女《あなた》は何者にもなれない』

『一人じゃ何もできない魔法使いだ』

いつか聞いた声。さっき聞いた声。それと己の裡《うち》から響く自責の声が合わさり、怨嗟《えんさ》の大合唱と化す。どうしようもなく心を苛《さいな》む。

『貴女は空っぽよ、自分と呼べるものなんて何一つ残っちゃいないわ！』

『君は何も守れない』

「いやだ……やめて、やめて……！」

口で否定し追い出そうとするも、それができない。

耳を塞げないのは、内側からの声だから。

目を逸《そ》らせないのは――心のどこかで、その妥当性を認めてしまっているから。

幼い頃から、己を殺して母と同じ道を辿ることを強制された少女。それ故に醸成された強烈なまでの自己否定心が、決別した母の、見限った学友の戯言《たわごと》であろうとも聞き流すことを許せない。

肯定の言葉より、否定の言葉の方が受け付けやすいように彼女は育ってしまっている。

「わたしは……変わりたいの……だから……！」

だから、せめて。今学園を襲っている脅威からは、みんなを守らせて。

生まれ持っただけの才能だけれど、今のわたしにはこれしかないから。

その一心で、彼女はひたすら魔法を回す。

「……っ！」

自分はどうなってもいいから、この過ちを償わせて欲しい。そうひたすら願って、限界を超えて魔力を高める。血管が破れようとも、血を吐こうとも、ただただ、自分よりも比べものにならないほど素晴らしい人のために、魔法をひたすら使い続けて。この傷だけは治させてと願い、願い、その果てに。


――ぶつり、と音がした。


「――――あ」

その瞬間、ふっと魔法が消える。練り上げていたはずの治癒の術が空気に溶けるように霧散していく。

「……あ、ぁ……！」

その結果がどうして起こったのかを、彼女は正確に把握した。何処《どこ》かの回路が切れたとかではない。だとすればまだましだった、自分で治して続ければいいだけなのだから。

そうではなく、もっと根本的で致命的なもの。それは――

「……魔力、切れ……」

絶望の表情で、彼女は呟《つぶや》く。

無理もない話だった。ただでさえ彼女の血統魔法はどちらも魔力消費が激しい。この戦いにおいてもそれを惜しんでいる余裕など欠片《かけら》もなく、今彼の致命傷一歩手前の傷を治すために莫大《ばくだい》な量を消費しようとした。しかもそれでも尚《なお》彼の傷を癒しきれてはいない。

極め付けは、この襲撃が始まってから今まで彼女は校舎全域を覆う結界を張り続け——

「——！」

そこで彼女は、更なる真実に気付いてしまう。

そうだ、自分の魔力が切れたのなら——あの結界も、もはや形を保てない。

すなわち、到底魔物の侵攻を防げない。今まで守っていた校舎に避難している人たちにも、魔物の牙が容赦なく襲い来ることになって——

「うぁあああああああ……！」

その結果が不可避であることを理解して、彼女はその場に崩れ落ちる。

もう何もできない。今までの失態に加えて、魔力まで失ってしまえば本当に役立たずだ。

傷を癒しきることも、守ることもできなかった。

「ごめんなさい、ごめん、なさい……！」

彼女はひたすら謝罪する。赦《ゆる》しを請うのではなく、ただ自らの罪の重さに耐えかねて。

誰も守り切れなくてごめんなさい。

足を引っ張ってごめんなさい。

口だけの人間でごめんなさい。

……空っぽの人間で、何者にもなれない、偽善の聖女でごめんなさい。

懺悔《ざんげ》を続ける。何にもならないと分かっていても、それ以外のことが何もできなくなってしまった。今まで言われた己を貶《おとし》める言葉も、何一つ否定できなくなってしまう。

情けない姿と自覚しても尚、涙は止められず。ただ何一つ成せない自分に心が破れ、想いは崩れ、蹂躙《じゅうりん》される未来に絶望して、
けれど。

「……助かりました、サラ様」

そんなどうしようもない状況なのに。

傷は表面を繋《つな》いだだけで、完治には程遠いところまでしか治っていないのに。

サラの魔力が切れていることだって、絶対理解しているはずなのに。

「そしてすみません、油断しました。でも、貴女の魔法で持ち直せた」

それでも、恐ろしく冷静に。こんな現状にも拘《かか》わらず、その翡翠《ひすい》の瞳は絶望とは程遠い意志で輝きを増している。

「さあ、考えましょう。――あの化け物を、どう倒すか」

そう言って、エルメスは。自暴自棄でもなく、現実逃避でもなく。

諦めることなく、確かな足跡でこの窮地をひっくり返すべく、立ち上がったのだった。

◆

……油断した。

基本的にエルメスは、知性あるものとの戦いにおいては相手の手を見て読み、それに対応する受けの戦術を得意とする。それは彼の魔法の特性もあってのことなのだが――今回の相手であるクライドはある意味で知性が破綻していたのでそれが極端に難しかったこと。加えて、彼の弱点。ある程度改善されてきたとは言え、彼は基本的に『自分以外』に対する意識が薄い。それらの状況を総合的に突かれたのが、『サラを狙われる』という一手。これを読めなかったのは、間違いなく自分の失態だ。

……だが、反省は後。

幸い、致命打だけは避けた。サラの魔法のおかげで継戦可能な程度の回復もできた。まだ、状況は終わっていない。

「さあ、考えましょう。――あの化け物を、どう倒すか」

立ち上がって、そう声をかける。

一応、この状況をひっくり返せる可能性のある手段はある。

だが、あくまで可能性だ。それを実際の形に持っていくまでが今するべきこと。

幸い、現在仕込んでおいた『時間稼ぎ』は功を奏している。クライドがこちらに来るまではまだ僅かな猶予があるだろう。

故に、今は考えるべき時。そう思い、傍らの少女にも目を向けて。

「…………ごめんなさい」

だが、そこで彼は、どうしようもない絶望の表情を見た。

「わたしは、もうお役に立てません」

今まで見たことのない、彼女の顔。涙を流し、瞼《まぶた》は沈み――心の何処かが、折れてしまったかのような。

「魔力が、もうないんです。……いえ、あってもなくても同じことだったのかもしれません」

その表情から受ける印象の通りに、彼女は訥々《とつとつ》と絶望を告白する。

「学園の結界はもうない、皆さんを守り切ることもできなかった。今度こそって思ったのに、またわたしは貴方《あなた》の足を引っ張って。変わろうって思ったのに、同じことを今回も繰り返して、尚更《なおさら》ひどいことしかできなくて……わたしは……っ！」

「……」

「わたしなんかじゃ、最初からどうしようもなかったんです……！　ごめんなさい、役立たずで、何もできない人間で、何一つ変えられなくて、ごめんなさい……っ」

それを聞いて、エルメスはようやく気付く。

この少女は……どうしようもなく、自らに価値を見出《みいだ》せない。自分が嫌いなんだと。

初めて会った時から、そういう傾向があることに気付いてはいた。けれどそれはこの学園生活で払拭されたものだと思い込んでいたのだ。

けれど……生まれた時から十五年間、その間母親の代替品であることを強いられた生活が彼女に与えた影響は、とてつもなく大きい。

……考えてみれば当然だ。

エルメスも、家族にひどい扱いを受けていた経験はある。だがそれだって七歳から十歳までの——たったの三年間だけなのだ。

それでも今の自分に非常に大きな影響を与えたことを考えれば、彼女の過剰なまでの自己否定を責める気には到底なれない。

何より。この学園で、彼女は多くのものを他者に与えてきた。誰かを守り、誰かを癒し、誰かに寄り添って献身を続けてきた。

にも拘わらず——彼女の方から見返りを求めたことは、一度もない。

彼女が誰かに何かを求めるのは、いつだって自分以外の誰かのため。エルメスを引き留めた時だってそうだった。

……今更それに気付く自分の意識の薄さに相も変わらず嫌気が差す。

そして同時に——嫌だ、と思う。彼女が、今の彼女のままであることが。生来の呪縛が、未《いま》だこの少女を縛ったままであることが。

だから、彼は。

「……それは違いますよ」

まずは、否定する。そんなことはないのだと。貴女が成したことはあると、無意味だなんて言わせないと。

続いて、証拠を見せよう。そう考えて、彼は近くの黒い壁に手を当てる。

瞬間――壁がぐにゃりと歪《ゆが》み、外の景色が露《あら》わになった。

「!?」

「この魔法は、貴女の『精霊の帳《テウル・ギア》』と同系統の魔法だ。その分解析もしやすかったので、これくらいはもうできます」

ついでに言うと、現在クライドを足止めしているのもこの応用だ。サラに運ばれている最中、彼の周りを幾重もの結界で覆っておいた。術者本人ならいざ知らず、借り物の魔法の制御で負ける道理はない。

だが、今そんなことはどうでも良い。

彼女に見て欲しいのは――露わになった、景色の先だ。

そこに見えるのは、魔物の襲撃を受けている校舎。守っていた彼女の結界がなくなってしまった以上、為《な》す術《すべ》なく魔物たちに蹂躙されて――

「……え」

――いない。

「まずはご安心を。……学園は、まだ死んではいません」

確信を持ってそう告げると、エルメスは視線の先に意識を向けて——加えて、そこで響いている声を魔法で拾うのだった。

◆

同刻、校舎前にて。

「——守るのよ」

まず響くのは、無数の霊魂を従えた彼女の声。

少し前に、結界が消失したことは確認した。

だが、彼女はそれをサラの死だとは思っていない。エルメスがいる以上、彼なら致命的な事態だけは絶対に避けるはずだと信頼している。

ならば、彼女がやるべきことは一つだ。

「守るのよ。学園の人は誰一人死なせない——」

結界の消失に伴い、全方位から魔物が押し寄せてくる。その防衛は今までと比べると圧倒的に困難を伴う戦いだ。

だが——それが、どうした。彼女は魔法の出力を更に上げる。それに必要なのは、彼女自身の強い想《おも》い。彼女の魔法は、それに呼応して強くなるようにできている。

故に、叫ぶ。彼女の心からの、偽りなき想いを。

「何がなんでも、絶対に。——サラの守りたかったものを、守るのよッ！」

彼女の目的は、貴族の責務を果たすこと。故にここを守り切ることは絶対事項で、それに伴う想いも本来ならば彼女自身の願いであるはずだった。

でも、今は。今だけは。

『自分が守りたいもの』ではなく、『彼女が守りたいもの』として防衛対象を認識した。

その願いこそを一番強い想いとして、魔法を扱った。

つまり、サラのために魔法を使ったのだ。

その結果は——過去最高と言って良い彼女の魔法の出力。校舎全域を飛び回る幽霊兵の性能が如実に示していた。

彼女は叫ぶ。より強く、想いを燃やすために。

「私としてはね、貴族の責務を果たさない人たちは正直腹立たしいわ！……でもね、あの子はそんな人たちにも手を差し伸べるのよ！　救おうとするの！——それが、あの子が自分自身の意思で行っていたこと。あの子の願いなんだから！」

ずっと見てきたのだ。

学園に入学してからの、人形のようだった彼女を。それでも唯一続けていた誰かとの関わりを。そして……後期になってからより活発に、より素晴らしくなった在り方を。

「あの子は今、必死に変わろうとしているわ。その歩みを、その成果を！　絶対に奪わせない。踏み躙《にじ》ろうとするなら、このカティア・フォン・トラーキアが、何をおいても殺しに行く。——その覚悟がある奴《やつ》だけかかってきなさい！」

魔物たちに、怯《ひる》む心があったかは分からない。

だが……彼女の気勢で、僅かだが確実に弱い魔物は突撃を鈍らせるのだった。


同じく、防衛戦の一角にて。

「立て。喰《く》らいつけ。最後の一滴まで魔力を、気力を絞り出せ！　絶対に、校舎の方まで魔物を行かせるなぁ！」

アルバート・フォン・イエルクの鋭い声が響き渡った。

それは己への鼓舞であり——同じく周りで戦う仲間への檄《げき》でもあった。

「結界が消えたからなんだ！　その程度で諦める俺たちはもういないはずだ。ここまで守り続けてきた彼女の意思を、成果を、絶対に無駄にはさせるな！」

激化する防衛戦、カティアほどの圧倒的な力を持たない彼らは即苦境へと立たされる。

けれど、そこを意志の力で踏みとどまる。全員が、クラスメイトである一人の少女を思って。

「入学してからこれまで、どれほど彼女に支えられてきた！　彼女が全てを繋《つな》ぎ止めてくれたから、ここに俺たちは居る。なら——それを返す時は今だ！　恩義に報いろ、魔物を阻め！　今度は俺たちが、彼女の盾となるのだ！」

その鼓舞に、Bクラス生たちも軒並み声を上げる。彼の言葉に共感できない者、彼女の献身に力を貰《もら》っていない者など、ここには一人たりとて居ないのだから。

かくして、結界の消失で崩れたかと思われていた防衛戦は、未だすんでのところで均衡を保っていた。

その主因となったのは、紛れもなくカティアの、そしてBクラス生の奮戦。

そしてその根底にあるのは――彼らを繋ぎ止めた、一人の少女への意思。

彼女が居なければ、カティアはここまでの力を出せなかっただろう。Bクラス生も、ここまで全員が一丸となって奮闘することはできなかっただろう。

それだけは、誰が見ても疑いようのない。紛れもなく、彼女の成果だった。

◆

「……ぁ……」

「……これを見て、まだ。『何もできない』とお思いですか」

微《かす》かに見えた光景と、魔法で聞こえてきた言葉。

それにより、彼女の涙の質が変わる。瞳が、光を取り戻す。

誰よりも優しい少女が、だからこそ紡げた光景。その意味を、聡明《そうめい》な彼女が理解できないはずがないのだから。

……けれど、きっと。これでも彼女は、己を肯定はしきれないだろう。確かなものを持てなかった彼女にこびりついた十五年の呪縛は、それほどに重い。

故に、ここで自分がもう一つ。とびきりのギフトを授けよう。

そう考えて、彼は穏やかに、心からの声をかける。

「貴女《あなた》の想いは、美しい」

自らの矜持《きょうじ》と、少女への賞賛を込めて、こう告げた。

「だから――あとは、それを魔法にするだけです」

「……え？」

疑問と共に見上げるサラ。そんな彼女に答えを告げるように、彼は息を吸い魔力を高め。

「――【相待せよ　傾聴せよ　是《これ》より語るは十二の秘奥】」

唄《うた》い始める。

目を見開く彼女の前で、七階の大詠唱。淀《よど》みなく言い終えると、締めくくりに宣誓を。

「【斯《か》くて世界は創造された　無謬《むびゅう》の真理を此処《ここ》に記す
　天上天下に区別無く　其《そ》は唯一の奇跡の為《ため》に】

『原初の碑文《エメラルド・タブレット》』――魔銘解放《リベラシオン》」

創成魔法の、本領を解放する。

翡翠《ひすい》の文字盤がばらけ、無数の魔法の欠片《かけら》となって飛び回る。

それに加えて――エルメスは、サラへと手を伸ばした。

「お手をよろしいでしょうか」

「え――」

言われるがままに、サラが手を取る。

瞬間――いくつもの情報が、エルメスを使ってサラへと流れ込む。

「っ！」

「ご安心を、悪いものではありませんし、情報量はこちらで安全な範囲に制限します」

元々、『原初の碑文《エメラルド・タブレット》』には『継承』の機能が存在する。エルメスも以前、兄クリスに対してこの機能を行った結果クリスも同じ魔法を使えるようになった。

なら――それを魔銘解放時に行ったらどうなるか？

「感謝を。この発想に気付けたのは貴女のおかげでもある。――これまで僕にとっての魔法は、徹頭徹尾自分のために使うものでしたから」

けれど、この学園に入って学んだ。

人と人との間。自分と誰かの間にこそ、生まれる想いもあるのだと。

ならば、それを。誰かに託すことで花開く魔法もあるはずだと考えることができた。

そして、魔銘解放《リベラシオン》こそがエルメスの、この場をひっくり返す逆転の可能性だ。

……最初は予定通り、これを自分で使う予定だった。いくつかあるあのクライドの半不死生を崩すアイデアを、一《いち》か八《ばち》かで形にするしかないと考えた。

けれど、今一つぴんと来なかった。以前魔法を創成した時ほどの強い想いを今抱くことはできず、正直失敗する可能性の方が高いと思っていた。

——ならば、自分以外の誰かに。

今、その発想を得た。誰よりも学園の皆のために奔走し、学園の誰かに対しての強い想いを持ち続けた彼女に託す。この場においては、それがきっと一番素晴らしい魔法になるし……何よりエルメス自身、それを見たいと心から思ったから。

「……いいんですよ。貴女はこれまでとても多くの方に何かを与えてきた」

まだ少し躊躇《ちゅうちょ》があるらしい彼女に、エルメスは肯定の言葉を続ける。

「だから、貴女も誰かに何かを貰っていいんです。貴女には十分その資格がある。……なので、僭越《せんえつ》ながらまずは僕が、その想いを力にするための手段を。確かなものを得るための技術を差し上げます」

何より。

これほどまでに美しい想いが象《かたち》にならないのは勿体《もったい》ないと思う。

だから、想いと力までの道程を。この状況を打破するために足りないピースを、彼の研《けん》鑽《さん》で埋めようではないか。

魔法の情報を処理しつつ、エルメスはもう一度サラに微笑《ほほえ》みかけて。

「綺麗《きれい》なものを、見せてください」

始まりとなる、根本の問いを穏やかに投げかけるのだった。

「——貴女は、何を想って魔法を使いますか？」

◆

……流れ込んでくる。

数多《あまた》の知識が、幾重もの魔法の基盤が、膨大な叡智《えいち》の洪水となってサラの思考を埋め尽くす。

それを受け入れて、彼女は思った。

（……すごい）

これが、彼の見ている世界なのか。

戦慄する。あの華やかな多数の魔法を行使する裏で、これほどの叡智を糧に研鑽を続けた彼の努力の跡に。同時に納得する。……だから、彼はこんなにも強いのだと。

そんな彼女の元に、エルメスの声が届く。

「──貴女は、何を想って魔法を使いますか？」

問いを受けて、サラはもう一度考える。

己の原点。確かな願い。……魔法にするべき、自分の想いを。

──おとぎ話が、好きだった。

きらきらしていて、少しだけ暗くて、でも最後は優しい世界のことが。

どこかコミカルだけれど、それでも一生懸命生きている人たちのことが。

その雰囲気が、美しさが、どうしようもなく好きだった。

この世界で生きられたら、どんなに素敵なことだろう。そう子供心に思ったものだ。

だから、作ろうとしたのだ。

信じたかった。自分にとってはひどく生きにくかったこの世界でも、きっと物語のような場所はあるのだと。

きっと誰にだって素晴らしいものがあって、それを成せるだけの力を持っていて。それをきちんと聞いて理解すれば、分かり合うように努めれば、いつか素晴らしい場所は築けると信じた。

……それ以外は全て母の代替として振る舞うことを強制された自分が、唯一心から抱ける自分だけの願いだと思ったから。

それは破れた。

上手《うま》くいっていた、上手くいったと思ったのは最初だけで、それ以降は全て失敗した。

どうしようもないものも見た。おとぎ話は所詮空想理想でしかないと思い知って――

（……そっ、か）

そこで彼女は気付く。知識と共に流れてくる彼の思念を受けて、悟る。

――だから、目指すのだと。

彼女は今ここで、ようやく資格を得たのだ。

理想を認識した。現実を思い知った。ならば——その二つの間の何処《どこ》を目指すのか。それを決める権利が今、彼女の手にあるのだと。

……なら、自分の答えは決まっている。

『何者にもなれない。空っぽよ』

『一人じゃ何もできない。何も守れない』

強く響く声。怯懦《きょうだ》を呼び起こす、誰かに言われた……否、誰かの言葉を借りた、紛れもない自分自身の声。それを——

（……うるさい、です）

珍しく、強い言葉で捩《ね》じ伏せて。叡智の洪水の中で、彼女は声に出して問いかける。

「……良いんでしょうか」

——良いよ、と彼の声は答えた。

「どうしようもなくても、荒唐無稽でも。目指すことは、許されるのでしょうか」

それを許さない権利は誰にもない。だから後は自分の意思で目指すだけ。

故に、それで良いと彼は答える。

だって——それを形にできるのが、魔法なのだから。

「……そうですね」

泣き笑いのような顔で、彼女は答える。

……自分のことは、未《いま》だ自信を持てていない。けれど、多くの人が自分を信じてくれた。こんなにも素晴らしい人が、自分に敬意を向けてくれた。

ならば今だけは、それを成果と自惚《うぬぼ》れよう。それこそが自らの財産であり力だと認識して――それを、魔法にしよう。

覚悟を決めて、彼女は叡智の洪水に向き合う。

（……っ）

すぐに呑《の》まれそうになる。……彼は魔法を創る時、こんなものに向き合っているのかと思う。改めて、彼に対する敬意が湧き上がるが――それは一度横に置いて、いや、その想《おも》いすら力に変えて、今は為《な》すべきことを為そう。

サラは、血統魔法を持ってしまっている。故に彼のように自在な創成はどうやっても不可能だ。

けれど、逆に彼女には血統魔法がある。己の目指すべき魔法の型、プロトタイプが存在している。それを道標として、魔法の新たな可能性を拓《ひら》くことが、今彼女の為すべきこと。創成ではなく進化こそが、今の彼女にできることだ。

幸い、彼女の持つとある魔法はそれに非常に適していた。

……今ならば、できる。現在の自分の実力、才覚では到達不可能だったところまで、彼が連れて行ってくれる。

押し開くように、導かれるように、彼女は魔法を理解する。彼から微かな魔力を借りて、それを呼び水として。

想いを薪《まき》に、扉を開いて。彼女は息を吸い、唄う。

「――【星の未来を言祝《ことほ》ぎましょう　天宮の御霊《みたま》を誘《いざな》いましょう】」

分かる。

言葉が、教えてくれる。彼女の魔法の行く先を示してくれる。

同時に気付く。――この魔法は、他とは何かが違う、と。

「【遊星は古び　恒星は錆《さ》び　されど禍星《まがほし》は厭《いと》うに能《あた》わず】」

通常の血統魔法とは一線を画す、大いなる何か。それが何か、今は朧《おぼろ》げだけれど――微かに伝わるものからは、ただただ温かな印象を覚える。

……なら、きっと良いものだ。今はとにかく、想いに身を委ねよう。

「【無垢《むく》の導《しるべ》は此処《ここ》に一つ　御使《みつかい》は花となりて　地と星の子に祝福を】」

願いはここに。彼女の意思に合わせて魔法が形を成す。解放の形を定義する。それができることも、この魔法が特別たる所以《ゆえん》だ。

魔力は不要。この魔法はそういうものではない。ただそこに在るだけのもの。

……故にこそ、大いなるものとなり得るのだ。

「【集いを　願いを　光の冠は道標　どうかこの手に灯火《ともしび》を】」

それは、星の始まりを示す魔法の一つ。

姿を変え、形を変え、血によって伝わった願いの象《かたち》が、今新たな形となって顕現する。

彼女の頭に、より複雑で美麗な模様を描く光輪が現れる。

「【天使の御手《みて》は天空《そら》を正す　人の加護に冠の花　大地に満ちるは深なる慈愛】」

佇《たたず》まいは静かに。穏やかで、温かく、されど大きな存在感。

誰もが自然と、敬意を持って膝をつくような。祈りを捧《ささ》げるような姿。

そんな神使の化身となった彼女は、瞼《まぶた》を軽く沈めて両手を重ね。

――自らの魔法を、宣誓する。

「『星の花冠《アルス・パウリナ》』――魔銘解放《リベラシオン》」

◆

――最初に『それ』を受け取ったのは、カティアだった。

襲い来る魔物を相手に奮戦を続けていた彼女は、ふと気が付く。

「……何？」

……自分の中。内側の魔力に寄り添うように、存在を主張している『何か』がある。

内側にある異物など本来なら不快なのだが――何故《なぜ》か、それに嫌悪は一切抱かず。むしろ心の中から温めてくれるような、優しさに満ちたもの。

それが今、強く光っている。何かを訴えるように、何かを求めるように。

そのメッセージを、彼女は正確に把握して……笑った。

「……そう。そういうこと」

穏やかに、柔らかく慈しむように。

正しく理解した上で、彼女は許可を出す。

「……いいわよ。幸い私は魔法的に余裕がある。好きなだけ持っていきなさい」

そうして彼女は想いを示す。誰よりも優しい大切な友人に、感謝を込めて祈った。


——同じものを、彼も受け取っていた。

「……これは……」

魔物との激戦の間にある、ほんの間隙ほどの休憩。

荒い息を整えている間に、己の内で光る何か。

彼——アルバートもその主張に耳を傾け、悟る。

「……そうか。貴女《あなた》は、助けを求めているのだな」

いや……少し違う。彼の内心を示すのには少々言葉が異なる。

正しくは——やっと助けを求めてくれたのか、だ。

それを、心から嬉《うれ》しく思う。

彼女は、これまで自分たちに与えるばかりだった。自らの身を削っての献身にも拘《かか》わらず、見返りを一切求めなかった。自分たちの方から何かを与えようとしても、断固として拒否して、その上で痛々しく笑っているだけだった。

そんな彼女が、ようやく今。自分たちに助けを、助力を願ってくれた。

——これほどまでに奮い立つことが、あるか。

とは言え。アルバートはカティアとは事情が違う。求められているものはよく分かるが、正直今持っていかれるのはきつい。

……だが。

「知ったことか」

力強く、獰猛《どうもう》に彼は宣言する。そもそも彼女が欲するものは、今までの見返りとしてはあまりにもささやかすぎる。そんなことは許さない、今の自分にできる限りを捧げよう。その結果自分が窮地に陥るならば——その時は、自分自身で限界を超えれば済むだけの話。彼女の献身に報いるならば、それくらいをしなければ道理に合わない。

「持っていけ。……それが貴女に必要ならば、好きなように」

そうして、彼も祈った。

見ると、戦っている他のBクラス生も、全員が同様に祈りを捧げていた。

——同様の現象は、校舎内にも。

校舎に避難していた者たち。その中で『とある条件』に合致する生徒全員が、内側で同じ願いを聞いた。

そのうちの一人。先ほど、サラが拉致される前に彼女の魔法を受けたAクラス生。

己の無力を突きつけられて絶望し、そんな中でもそれを『仕方ない』とサラに許された男子生徒も、同じく己の内側に耳を傾けた。

「……分かっ、た」

迷う必要などこれっぽっちもなかった。

戦うことが、これほど怖いとは思っていなかった。己の意思の薄弱さを心から恥じた。今も魔物の暴威に足が竦《すく》んで動けない自分に嫌気が差す。

……けれど。そんな自分を、彼女は許してくれた。

赦《ゆる》しを得たからこそ、恥じることができた。次があればこうはなるものかと心を入れ替えることができた。

その彼女が、今困っているのならば。全て持っていかれても良い。いやむしろそうしてくれ。そうでなければ、そうであっても到底この恩義には報いられない。

そんな想いと共に、彼も心から祈った。

彼だけでなく、彼女に救われた校舎内全ての人間が祈った。

祈りは光となって、ある方向へ飛んでいった。


「……なるほどねー」

校舎内、エルメスたちが通うBクラス。

そこに佇み、戦況を見守るニィナにも、同じ現象が起こっていた。

「違和感というか、不思議な感じはあったんだよね。……でも、そういうことなら納得だ」

自分の内側にあるもの、その正体に彼女は他の人々よりも詳細に気付いていた。

類《たぐい》まれなる魔力感知で認識したそれを――ニィナは、微笑《ほほえ》みと共に慈しむ。

「……ふふ、素敵な魔法だね、サラちゃん。羨ましいくらい」

そして彼女も、当然迷う必要もなかった。

彼女は戦えない。今こうしている彼女の動向も全て監視されている以上、明確に向こうへの反逆と取られる行為はできない。

……けれど、これなら。

祈るだけなら、まあバレるわけがない。

「いいよ。持っていって。……戦えない贖罪《しょくざい》には到底ならないけど、ボクのありったけを」

そうして、両手を広げて彼女も祈った。

彼女なりに、心からの敬愛と『好き』を込めて。

――最後にそれは特大の光となって、同じ方向に向かっていった。

◆

「……これ、は……」
エルメスは、驚愕《きょうがく》の只中《ただなか》に居た。
彼の『原初の碑文《エメラルド・タブレット》』を共有したサラが、己の魔法の本質を叡智《えいち》の力で見つめ直す。
結果発動した、『星の花冠《アルス・パウリナ》』の魔銘解放《リベラシオン》。
その効果が今、エルメスの目の前に展開されていた。
——光。
あまりにも巨大な光が、彼女の光輪の上に現れていた。
それは幾方向からもやってくる新たな光によって、今尚《なお》その規模を増している。
光の正体は、魔力。彼女の魔法が媒介して集めた、莫大《ばくだい》な魔力だ。
それらから察せられる、彼女の魔法の正体。
自分の内側でも存在を主張する光から、エルメスは正確に分析する。
「……他者の自由意思に応じて、魔力を集積する魔法。
対象は一定範囲内の——過去自分が『星の花冠』を使用した人間全て」
かつてニィナは言っていた。『サラの治癒は、受けた後も魔力が残る感じがする』と。
あれは、きっとこのことだ。
彼女の治癒は、治癒だけではなかった。彼女の魔法を種として残すのだ。普段は心を微《かす》

かに温めるだけのもの。けれど——本当に困った時は、どうか助けて欲しいという魔力集積機能を持ったものとして。

特筆すべきは、『強制徴収ではない』ということだ。そうであればこれほど莫大な魔力は集められない。

いや、きっと強制徴収にもできたのだろう。けれど彼女はそうしなかった。己の魔法がそう定義されることを許さなかった。あくまで、対象の自由意志に任せた。望む者から、望むだけの魔力を受け取れる機能にした。

その結果が、このエルメス何人分かも分からないほどの純粋な魔力の塊。

彼女が繋《つな》いだ想《おも》いを信じた結果の——紛れもなく、彼女が得たものの大きさ。

一つ一つはささやかでも、寄り集まれば比べられないほど大きなもの。

誰よりも多くの人を癒し、誰よりも多くの人の心を救った彼女の成果。

それがそのまま、この魔力量となって現れている。

……いや、これを前にまだるっこしい言い方は無粋だ。

ここはシンプルに、エルメスはこう定義しようと思う。

彼女の魔法、『星の花冠《アルス・パウリナ》』の魔銘解放《リベラシオン》。

その効果は——誰かの祈りを、想いを束ねて力にする魔法。

「……はは」

エルメスは苦笑する。

なるほど。なんとも都合の良い、それこそおとぎ話のような魔法。

誰にだって素晴らしいものはあると信じた、理想郷を夢見た彼女の願いの具現。

だからこそ——とても、綺麗《きれい》な魔法だ。

「……エルメスさん」

そこで最後に一際大きな光を吸収して、光の膨張がやむ。

それを確認したサラ——あまりに美しい天使の化身となった彼女が、彼に声をかける。

「はい」

「これが……わたしの、魔法」

「ええ。その光の大きさが、そのまま貴女に向けられた想いの大きさです。……素晴らしい魔法ですね」

そう告げられ、サラが頭上の光を確認し——一つ、透明な雫《しずく》を瞳から流す。

けれど、すぐにそれを拭って。吸い込まれそうな光を湛《たた》えた碧眼《へきがん》をこちらに向けて。

「……これは、あなたに託します」

そうして、告げる。莫大な魔力を譲渡し、己の願いを託す。

「だから、わたしに想いをくださった皆さんが暮らす場所を守るために——」

同時に、彼らの周りを覆っていた黒い壁が破壊されて、黒い魔物が姿を現す。

彼女は慌てることなく、それを指して。

「……あの、今のわたしでは救えなかった方を、打倒してください」

「承知しました」

一切の躊躇《ちゅうちょ》なく、彼は答えた。この期に及んでも『救えなかった』ことを気に病む彼女のことを、彼女らしいと思いながら。

「……ようやく見つけた。さぁ、無駄な足掻《あが》きはやめて大人しく――!?」

そして、想像以上にエルメスの仕掛けた結界破壊に手間取っていたらしいクライドが、調子良く前口上を述べようとして、固まる。

「――なんだ、それは」

いくら彼でも気付いたのだろう。今エルメスが受け取った光の塊――それが、恐ろしく危険なものだと。自分を、殺しうるものだと。

「なんだそれは。僕は知らない、そんなもの僕は知らないッ！　やめろ、それを早くどこかにやれ！　そしてさっさと僕に殺されろ！」

「お断りします」

当然聞く義理はなく、エルメスは一歩を踏み出す。

……そうだ。これがあれば、もう彼を倒す方法について悩まなくても良い。不死の脆《ぜい》弱《じゃく》性を突く必要はなく、倒す以外の手段を考える必要もない。

『魔力が足りない』という絶対的な一点故に断念した手段を、敢行できる。

すなわち——再生できなくなるまで殺し続ければ良い。

既に向こうの戦法は見切った。一度手痛い目に遭ったのだ、油断だってもう欠片《かけら》もない。

だから後は、勝つだけだ。

「やめろ、やめろ！　なんだ君は、一体何をするつもりだ——！」

怯《おび》えを全面に出して後ずさるクライドに、エルメスはあくまで淡々と。

「何を、ですか。意外ですね、分かりませんか。……貴方《あなた》がいつも、口癖のように言っていたことなのに」

最大の皮肉を込めて、決着の始まりとなる一言を告げたのだった。

「みんなで、力を合わせて、害敵《あなた》を倒すんですよ」


「エルメス————ッ!!」

逆上の絶叫は、既に置き去りにした。

この姿になったクライドにも痛覚があることは把握している。

……故に、ここから味わうことは彼にとって紛れもない地獄だろう。

そんなことを考えつつも、躊躇する理由はなく。

エルメスは触手を掻《か》い潜《くぐ》って炎剣を生成し、それをクライドに叩《たた》き込んだのだった。

◆

学園の一角で、甲高い音が響いた。

校舎を防衛している者たちも、校舎にこもった者たちもその方角に目を向ける。

そして、見た。黒い塊に多数の目と蠢《うごめ》く触腕、見るも悍《おぞ》ましい化け物が吹き飛ばされて転がってくる様子と。

——それに向かって走る大剣を持った少年と、光輪を宿した美しい少女の姿を。

多くの者にとって、何が起きているのか詳細は理解できなかっただろう。

だが、全員これだけは理解した。

あの化け物が、現在この校舎を襲っている魔物たちをけしかけた元凶で。

そして——それを倒そうと駆けるあの二人こそが、自分たちの希望だと。

故に、生徒たちは願う。

「頑張れ」

幾人かの生徒は、その少年がこれまで蔑んでいたエルメスであることに気付いたかもしれない。

けれど関係ない。もうこの戦いで己の無力は嫌というほど思い知った。

だからこそ、今は願う。この学校で最も、真に魔法使いだった少年に。

「倒して」「お願い」

多くの声が聞こえる。多くの声援が背中を押す。編入時点では誰よりも蔑まれていた少年に、今は誰もが希望を託す。

その締めくくりとして——紫髪の少女が、その美貌に安堵《あんど》の表情を浮かべ。

そのまま、最も信頼する従者へと不敵に言い放った。

「——行きなさい、エル」

彼の返答が、風に乗って届いた気がした。


「ぁあああああああああ!!」

逃げ腰のクライドが、絶叫と共にがむしゃらに魔法を触手を叩きつける。

だが、当たらない。ここまでの戦いで向こうの行動パターンは完璧に把握している。

よって、届きようがない。どれほど素の能力がエルメスより優れていようと、分かっている攻撃を相手に彼が負けようはずもない。

それを証明するように、全ての攻撃を掻い潜ったエルメスが紫焔《しえん》の大剣を叩きつける。

「————ッッ」

声にならない絶叫が響く。先ほどと違って恐怖に支配されている分、痛みがより鮮明に感じられているのだろう。たまらず、といった様子で身の回りを幾重も触腕で覆う。なるほど、剣を受け止めた上で奪う気か。

なら、魔法を変えるだけだ。今の魔力量ならその手が容易に取れる。

「術式再演──『火天審判《アフラ・マズダ》』」

　彼のかつての主人の魔法。血統魔法最大クラスの劫火《ごうか》が腕の守りごと焼き払う。あるいはそれは、主人を心中で嘲り続けた彼への皮肉だったかもしれない。

　更なる絶叫が轟《とどろ》く。辛うじて再生しながら炎から脱出し、苦し紛れの反撃を放つ。

　しかし、全て無効。クライドのあらゆる対応はエルメスの持つ無数の魔法によって悉《ことごと》く無効化される。学園に通う生徒たちの魔法、クライドが心の中で見下し続けていた魔法の数々が報いのようにクライドへと襲い来る。

　それでも尚《なお》、逃走と反撃でその場凌《しの》ぎを繰り返して足掻き続けたクライドだったが──

ついに、破滅は訪れる。

「……『精霊の帳《テウル・ギア》』」

　穏やかで凛《りん》とした声。エルメスのものではない。

　見ると、魔力を受け取ったサラの方も魔法を発動していた。

　そして気付く。自分とエルメス、二人を取り囲むように光の檻《おり》が形成されているのを。

　──閉じ込められた。

　逃走も、逃げながらの反撃も封じられた。

　そう状況を正しく認識してクライドは、既にその機能はないが冷や汗をかく。

　無論、今の自分の力であればこの程度大した拘束にもならない。多少の時間があれば破ることは容易だ。

……だが。逆に言えば多少の時間はかかるということであり。

当然、眼前の男がそれを見逃してくれるはずがない。

「……あ、あ」

「では、予定通り」

絶望の呻《うめ》き声《ごえ》を上げるクライドの前で、エルメスは宣言し。

「ひたすら焼き斬らせていただきます。——お好きなだけ、魔物の命を使ってくださって結構ですよ」

再度顕現した、炎の剣を断頭台の如《ごと》く振り下ろしたのだった。


（うあああああああああああ——!!）

熱い。痛い。苦しい。痛い熱い痛い痛い痛い痛い痛い——

最大出力で放たれた紫焔の一撃。

それをもろに受けたクライドは、総身を襲う最大の苦痛に心中で絶叫を上げる。

全身が焼け爛《ただ》れる。灼熱《しやくねつ》の刃が容赦なく自身を切り刻み、内側が焼け焦げる不快感に発狂する。息を吸って取り込めるのは熱風のみで、呼吸が最悪の作業になる。

本来人が生きられない空間に無理矢理放り込まれ、生命維持に必要な作業ですら生命を破壊する行為となるまさしく地獄。クライド一人程度の命など軽く奪ってあまりある獄界は、速やかに彼の意識を奪い去り——

（――ッッ!!）

だが、即座に覚醒する。覚醒させせられてしまう。

何故《なぜ》なら、復活するからだ。

彼の肉体と同化したコウモリの魔物が必死に魔法を回し、別の魔物の命を使って彼に死ぬことを許さない。『ご主人さまを死なせない』という心からの忠誠心が、何をおいても大切な主人の命だけは守ろうと奮闘する。

結果――いつまでも、地獄の苦痛が終わらない。

（痛い、痛い……！　ぁ、ぐ、た、助けて……！）

苦痛、絶叫、喪心、覚醒、苦痛、絶叫、喪心、覚醒――

クライドにとっては、終わらせようにも終わらせられないひたすらに心を削り取る絶望のループ。魔物の命の数だけ続く報いの炎獄。

救いを求めても当然無駄。彼にとっては頼もしい配下だった魔物たちは、今や苦痛を長引かせる彼にとっては害悪でしかないものと化していた。

（ああああああ!!　なんで、なんでだ、僕がこんな目に遭わなければならないほどの悪行をいつ為《な》したと言うんだッ！）

一向に慣れることのない苦しみ。それを紛らわせるためにも、彼は世界を恨む。終わりのない絶望に耐えられず叫び続ける。

（僕は、この国を変えようと頑張っていただけなのに！　変革者は受け入れられにくいものとしても限度があるだろう、この国には馬鹿しかいないのか!?)

根み事を吐き続けていた彼は、剣閃《けんせん》の隙間から見る。

今も自分を苛《さいな》み続けている少年と——その奥に居る、少女の姿を。

……その少女は、美しかった。溢《あふ》れんばかりの澄んだ魔力を湛《たた》え、美麗な光輪を宿した彼女は、それこそ天使のようで。既に彼にとっての怒りの対象と化していても尚、どうしようもなく心が惹《ひ》かれるほどに美しかった。

そんな彼女が、エルメスの後ろに控えているという、事実。

(なんでだ……彼女は、僕のものであるはずだったのに。僕が導くことで最も輝くはずだったのに！　こんな男に堕落させられて、おかしい、おかしい！　この国は何もかもが狂っている……!!)

それを見て、エルメスに対するどす黒い嫉妬と憎悪が湧き上がる。その憎悪の対象に今ひたすら為されるがままに断罪を受けているという事実が、尚更《なおさら》己の分を証明されているようで余計に暗い感情が溢れてくる。

……けれど、最早《もはや》、どうしようもなく。

飽和する苦痛に対して既に感覚が麻痺《まひ》してきた彼は、ふっと力を抜く。

(……ああ。もう良いさ)

諦めたような表情。だがそれは罪を受け入れたからではなく、

(もう残りの魔物も少なくなってきた。死ぬんだろう、僕は。良いよ、この国は僕が変え

ようもないほどに腐っていたということだ。ああ、なんて可哀想《かわいそう》なんだろうね僕は、正しいことをしようとしたばっかりにこんな目に遭って。もっと良い場所に生まれていたらなぁ……！）

一切反省などすることなく、ただただ自分以外を最後まで恨みながら。

死ぬことだけを受け入れた……つまるところ、現実逃避だ。

そうして、遂《つい》に再生のための魔物も尽き。彼の魔法がクライドの命を削り切る。

後はあの忌々しい剣に自分が切り裂かれるんだろうと、不貞腐《ふてくさ》れたように受け入れる。

己を、とても可哀想な悲劇のヒーローと定義して。自己陶酔に浸ったまま命を終えようとした——

「——すみませんが」

その瞬間だった。

エルメスがあろうことか、丁度最後の魔物の命を削り切ったタイミングで炎の剣を解除して。そのまま無造作に手を伸ばし——クライドの外側である黒い魔物の頭部を鷲掴《わしづか》みにする。

（!?）

「こちらの聖女様は、貴方《あなた》の命を取ることまでは望んでいない」

サラの慈悲。彼の言葉からそれを読み取ったクライドは、若干の希望を見出《みいだ》して——

——だが、そんな生易しいものではないと示すように。

エルメスは、軽く目を細めて告げる。

「だから……きちんと生きて償いをしてもらいます」

（!!）

その言葉の残酷さを理解してしまったクライドが目を見開いた瞬間。

「【在らざる命よ　枷《かせ》なき心よ　禍星《まがほし》の館に集い給《たま》え　宴《うたげ》の御旗《みはた》は此処《ここ》に有り】」

クライドを更なる絶望へと叩き落とす詠唱が聞こえると同時に。

「術式再演――『万里の極黒《エインヘリヤル》』」

きっちりと解析し終えていたエルメスが、魔法を起動する。

そして……クライドは、剝がされていく感覚を味わった。

（あ、ああ……！　やめ、やめろ……！）

己に纏《まと》わりついた黒い魔物が。己に絶大な力を与えていた魔物が。

同じ魔法を再現したエルメスの、クライドよりも遥《はる》かに優れた手腕でもって支配を奪われ、きちんと『クライドだけ』を残したまま剝ぎ取られていくのを感じる。

「やめてくれ、それまで奪われたら僕は、僕はぁ……！」

「……本当に、嫌なところばかり殿下そっくりですね」

既に真っ当な口が聞けるようになった……つまりほぼ人の姿に戻されつつある彼が発した言葉に、エルメスが嫌そうに顔を歪《ゆが》める。

同時にクリアになってきた思考で……クライドは再度はっきり認識する。

ここで生き残った意味。『生き残ってしまった』意味。

これほどのことを起こし、ここまでのことをやらかしてしまった——生きている以上は必ず償わなければならない、莫大《ばくだい》な罪業を。

「や、やめ、てくれ……！」

「……」

返答は既になく、回答は魔法の継続でもって。

自己陶酔に浸ったまま死ぬなど許さない。死んで逃げるなど許されない。

言葉通り、生きて償いをすること。それこそが、クライドにとって最大の——死んだ方がましだったと思える最大の罰なのだ。

そうして、ぶちりと音を立てて。

クライドから、完全に魔物を剝離することに成功した。

残るのは痩せ細り衰弱しきった、けれど生きている……生きてしまっている少年一人。

「あ、あ……」

呆然《ぼうぜん》と地面に目を向けるクライドを、二者二様の表情で見下ろすエルメスとサラ。

全てを敵に回し、得られていた相応の名声も全てかなぐり捨て、そうして手に入れたはずの味方も全て奪われ、最後には己のアイデンティティたる魔法も奪われた。

加えて一生分の地獄の苦しみを味わった果てに、償いとして背負わされたのは、あまりにも大きすぎる業の枷。何もなくなった少年には重すぎる、一生を費やしても払いきれないもの。

剝奪と苦痛、そして罪過。

分に見合わぬ力を、過剰に周りから与えられていた。与えられてしまっており、それを全て己のものと勘違いした人間の――それが末路だった。

◆

全ての力を失って、へたり込んだクライド。

それを見下ろしつつ、エルメスは自身の右手を見やる。

「…………」

そこで未《いま》だもがいているのは、先ほどクライドから引き剝がしたコウモリの魔物。

クライドと同じ魔法を再現したエルメスは、彼の心中も朧《おぼろ》げながら察せられるようになっていた。

コウモリの魔物から伝わってくるのは、恨みも何もなくただクライドに対する忠誠と、心からの心配のみだった。

「……ごめんね」

それをしっかりと理解した上でエルメスは右手を離し、即座に強化汎用魔法でコウモリの魔物を焼き尽くす。謝罪の言葉と共に、せめて苦しまないようにと最大の火力でもって。

植え付けられたものであり、結果エルメスたちを最も苦しめたものとは言え、その行動は紛《まご》うことなき忠誠心の発露によるものだ。

その心の在り方を理解した以上、それに一定の敬意は払うべきだと思った。

……相変わらず、最後は敵対すべき魔物の方に人間よりも好意的な印象を覚えてしまうのはなんとも皮肉なことだ。そんなことを考えつつ、エルメスは再度クライドに向き直る。

クライドは変わらず呆然とした表情だったが、徐々に意識がはっきりと戻ってきたのだろう。少しずつ目に光が戻り、視界が焦点を結び——

そして、目の当たりにした。

——自分に向けられる、学園中の生徒たちによる糾弾の視線を。

「ひっ——！」

エルメスが魔物のストックを削りきり、残った僅かな魔物も既にカティアたちによって殲滅《せんめつ》された。同時に、呼応するように学園を覆っていた黒い壁も消失し、目に見える脅威は全て去った。

そうなった以上、目の前に居る明確な恐怖の対象であったクライドに怒りの感情の矛先が向くのは自明の理。生徒たちの反応は、わけの分からない怪物となっていたクライドに対する恐れも多く残っているが……それでも尚《なお》、決して少なくないクライドに対する悪感情が直接彼に突き刺さる。

誰よりも他者の称賛を求めていた彼にとって、それは耐えられるものではなく。

「なっ……なんだ、やめ、やめろ、その目を向けるなぁ……っ」

視線を遮るように顔を覆って尻餅をついたまま後ずさる。

当然、その抵抗はなんの意味も成さず、むしろ視線の厳しさを強めるだけ。

それを悟ったか、今度はクライドが顔を上げたまま――必死の形相で口を開いた。

「し、仕方なかったんだ！　僕一人のことじゃない、あの男に騙《だま》されてやったことで！　そうだ、あのコウモリの反逆だって奴《やつ》の仕込みに違いない、僕はそれに取り込まれただけの被害者で、そう、ここまでするつもりはなかった、僕はただ……っ」

だが、流石《さすが》のクライドでさえも自己擁護が途中で不可能になるほどのことをしでかしてしまっている。余計に強まる周りの視線。脂汗を滝のように流しつつ、必死に視線をクライドは彷徨《さまよ》わせ――そして、その目が一人の少女を捉える。

「――さ、サラ嬢！」

縋《すが》るように、サラの名を呼び。彼女の反応を一切考慮しないまま捲《まく》し立てる。

「君なら分かるだろう、僕は被害者だ！　なぁ、心優しい君のことだ、邪悪なる人間に使われてしまった僕を、可哀想な僕を許してくれるだろう!?」

……それもまさしくあの日、アスターが破滅する直前、最後に彼女へと縋りついたことを再現するかのようで。

けれど彼女は、何も変わらなかったアスターと、そしてクライドとは違う。

あの時は、怯《おび》えながらだった。カティアに頼りながらだった。

――今は違う。視線は真《ま》っ直《す》ぐに、自分一人の力でしっかりと、クライドに歩み寄って。

彼女は、告げる。

「……ええ。──きちんと、すべきことを果たしたのならば」

最初の肯定の言葉で希望に目を輝かせるが、続く言葉で顔を曇らせる。

そんな彼に向かって、サラは語る。

「貴方のしたことは、許されません」

「！」

「わたしの大切な場所を……皆さんにとっても、大事な場所を。一方的に踏み躙《にじ》ろうとしたことは、許してはいけない。……許せば、もっと大きなものが大切な場所から溢《こぼ》れてしまうから。今のわたしには、これが限界です」

穏やかに、許さない……許せない理由を叩《たた》きつけた後、彼女は。

「……でも、わたしは。本当は貴方にも赦《ゆる》しを、救いを与えたい」

続けて告げる。今の彼女にとっての、理想と現実の境界線を。

「だから、償って欲しい」

「！」

「いえ、償ってください。傲慢かもしれませんが、わたしの赦しを得たいのであればこれは絶対です。決められた形で、多くの人が納得する形で、正式なやり方で、禊《みそぎ》を済ませてください。何を代償にしようとも、どれほどの時間がかかろうとも」

「ぁ、ああ……」

絶望の呻《うめ》き声《ごえ》を上げるクライドに向かって、サラは最後に美しく微笑《ほほえ》んで。

「……それが済んだのならば、わたしは許します。その上であれば、わたしのできる限りで、貴方を貶《おとし》めるものから貴方を守ると約束します。

——だから、どうか、償いを」

それは、慈悲という名の呪縛だった。

彼女を求める限り……いや求めずとも、彼女は手の届く限りで罪を犯したものを煉獄《れんごく》へと放り込む。逃げることは許さず、誤魔化すことも認めない。救いたいと思うものにこそ、必要であれば艱難辛苦《かんなんしんく》を強制する。

普通なら、これほどのことをした人間は見限るはずだ。見捨てて、打ち捨てるはずだ。

だが、彼女はそれをしない。してもらえない。

『見捨ててもらえない』という恐怖を、クライドはそこでようやく存分に味わった。

これから始まる償いという名のついた地獄を、彼女は救いのため、むしろ最も積極的に勧める側なのだ。

「い、いや、いやだ……！」

「大丈夫です。償う過程で、傷ついたら治してあげます。逃げ出したくなったら、繋ぎ留めてあげます。……幸い、わたしの魔法はそれに適していますから」

「いやだぁああああああっ！」

罪業から逃げたい。都合の悪いものは全て無視したい。その上で、自分にとって甘美な結果だけを自分一人で独占したい。そう考えていたクライドにとってのみ――今の彼女は、地獄の使者に映ったことだろう。

「ぁあああああああ――!!」

涙を流し、喚《わめ》いて逃げ出そうとするクライド。

けれどそれは認められるはずもなく。サラの展開した結界にあっさりと閉じ込められる。

結界を叩く音も、喚き声も遮断され、もはや聞こえることはない。

こうして。

学園を陥れた罪人は――正しく聖女の手によって、裁かれたのだった。

◆

「……あー、だめだったかぁ」

そんな学園の様子を、遥か彼方《かなた》から遠見の魔法で見守る男が一人。

先ほどまで、黒い結界を展開していた男だ。万が一にも追跡されることを防ぐため結界を展開できるぎりぎりまで離れてから解除を行い、その上で『彼の魔法』の応用で魔力の痕跡すら完璧に除去した上で見つからない場所まで退避していた。

その上で、安全な所から学園の顛末《てんまつ》を見届けていたのだ。

「正直、彼の魔法なら良い線はいくと思ったんだけど。魔物のあれも良い誤算だったが……『星の花冠《アルス・パウリナ》』か、あれは予想外だった。断片でしかないとは言え、流石は第二の魔法と言ったところなのかな」

そう告げつつ、遠見の魔法を解除する。

……クライドを始末する必要はない。大した情報も与えていないし、自分の正体も魔法を駆使して摑《つか》ませないようにした。向こうは彼の顔すらもう覚えていないだろう。

慈悲ではない。――心底、どうでもいいのだ。

魔道具だって、元々使い捨てのつもりで貸し出されたものだ。わざわざ回収するのはリスクの方が高い。よって、彼はあの場に戻る気はない。

「ボスも無茶を言うよなぁ。『俺一人で、かつできるだけ魔法を使わず学園に大打撃を与えろ』、だなんて。丁度扱いやすいのが居たから良かったけど、居なかったらもうちょっと魔道具が必要だった。……全く、こっちのリソースだって無限じゃないってのに」

愚痴を言いつつも、声色に対象への悪感情は存在しない。むしろ親しみすら感じさせる口調で、彼は恐らく癖なのであろう独り言を続ける。

……ともあれ、目的は達成した。まさかの人的被害ゼロは流石に予想外だったが、施設の方はそうはいかない。事件自体の脅威も相まって、しばらくは教育機関としての機能はまず働かないだろう。

そう認識して、男はもう一度学園に目を向ける。

……そうして、思い出す。この学園を襲撃する理由。報告にあった、学園にもたらされつつあった、自身も流石に驚愕《きょうがく》した『変化』の内容を。

「……虐げられているクラスが下克上を起こすことによって、生まれの魔法だけで全てが決まるわけではないと強く認識させる。そうして学園全体に新しい価値観を取り入れて活性化させる、か。はは、なるほど――」

その効果も、有用性もしっかりと確認した上で。

男は――笑って、告げる。


「――馬ッ鹿じゃねぇの？」


その声色は、今までと比べて段違いに重く、暗い――紛れもなく、本音の色。

「変わるわけないだろあんな奴ら。いや、変わってもらっちゃあ困るんだよ。あいつらは愚かで、どうしようもなく、けれど力だけは無駄に膨れ上がってなくちゃならないんだ」

あれをどうにかするくらいなら、猿に人語を喋《しゃべ》らせる方がまだ望みがある。全くもって愚かしい努力としか言いようがない。

そうだ、彼にとってはまさしくクライドのような人間こそが最高の『貴族』だ。彼はその点を心から評価し、この計画の要としたのだから。

「変わるな。停滞しろ。愚かなままでいるべきだ。高貴の御旗《みはた》を掲げたまま、その幻想の輝きを馬鹿みたいに見上げ、気持ち悪い顔で眺め続けていてくれ」

男は続ける。飄々《ひょうひょう》とした態度の奥から、微《かす》かな裡《うち》の感情を覗《のぞ》かせて、こう告げた。

「じゃないと――ちゃんと、滅びてくれないじゃないか」

今までで、最も重いその言葉。そんな自らの声色で精神の高揚を自覚したのか、男は深呼吸を一つ入れていつもの調子を取り戻す。

「……ま、見るべきものは確認したか。これ以上の長居は無意味だねぇ」

視線を切り上げ、声を戻して言い聞かせるように言葉を紡ぐ。

「特に――あの銀髪の男の子。ヤバい。あいつが多分学園変化の中心だし、実力もとんでもないとは聞いていたけど想像の三倍くらいとんでもなかった。俺でも戦えば……まぁ、ギリ勝てるくらいかね」

これもボスに報告すべきことだな、と呟《つぶや》きつつ、男は身を翻して。

「任務はおしまい、退散だ。あの子と戦うのは面倒――」

「それは光栄です」

――固まった。

「…………マジで？」

絶対に追跡されない工夫を凝らして、感知できない場所から観察していたはずなのに。何故《なぜ》か、居た。間違いなく先ほどまで学園に居たはずの銀髪の少年――エルメスが、完全な臨戦態勢で自分の背後に立っていた。

……どうやら、無事任務を終えるにはもう一仕事する必要があるらしい、と。

男は冷や汗を流しつつ、どうするかと頭を巡らせるのだった。

◆

「答える義理はないのを承知で聞くが……どうやってここが分かった？」

エルメスの目の前で振り返った男が、そう問いかける。

外見から……年齢は、読めない。エルメスたちよりは上だろうが、逆にユルゲンと同年代でもおかしくない印象を受ける。

くすんだ灰色の髪に、蒼《あお》の瞳。顔立ちは恐ろしく整っているが、逆にそれが雰囲気も相まって何処《どこ》となく野生的で危険なイメージを与えてくる。

そんな男が、また口を開いた。

「一応結界解除時点で十分離れていたし、俺の魔法で魔力は完全に遮断していた。追跡は不可能だと思ったんだが……」

「そう複雑なことではありませんよ」

確かに答える義理はないが、隠す必要もない。

それに、ある程度情報を引き出したいのはこちらも同じなのでエルメスは回答する。

「逆に、魔力が不自然に消えている跡を辿《たど》ったんです。大気中にも微弱ですが魔力は存在していますから、貴方《あなた》が魔力を遮断すれば不自然な空白ができる。そこから移動ルートを逆算して突き止めました」

「──」

男が絶句した。

……なるほど、理論上は不可能ではない。魔力を色でたとえるなら、濃い場所ではなく逆に他よりも薄い場所を感知して辿ったわけだ。

だが──それを可能にするには、本当に微弱も微弱、常人どころか並みの魔法使いにも絶対に見分けられないはずの大気中の魔力の多寡すら判別できるほどの、桁外れの魔力に対する敏感さが必要になるのだが。

当然、男にもそんな真似《まね》は不可能だ。それを正確に理解した上で、彼は再度冷や汗を流して返す。

「……はは、どんな感知能力してんだよ。引くわ」

「……」

一方のエルメスはそれを見た上で──尚《なお》、警戒を強める。

如何《いか》にも追い詰められているかのような動作に、飄々とした態度。

けれど……そんな様相にも拘《かか》わらず、立ち居振る舞いには微塵《みじん》も隙がないのだ。

そして、この男があの学園全体を覆う凄《すさ》まじい出力の結界を維持していたという事実。

加えて、隠さなくなったからだろう。感じ取れるようになった、異質で底知れない魔力。

間違いなく、相当の手練《てだ》れだ。

「……こちらからも、一つ聞いて良いですか」

「ん、何だ？」

本来なら、見つけ次第即座に不意打ちを仕掛けるのも手だっただろう。

しかし、彼の方にも聞きたいことがあったため問答を続ける。男の方も乗り気であることを確認した上で、疑問を一息に。

「――一月前、東部平原。国難クラスの幻想種の魔物。

あれをけしかけたのは、貴方たちですか？」

一月前、つまりあのアスターとの決戦の時。

アスターとの決着がついた後突如として訪れた幻想種、獄界の獣遣《ケルベロス》。

あの時はそんな余裕こそなかったが、冷静に考えた今ならば分析できる。

いくら何でもあの状況、あのタイミングであのレベルの魔物が出てくるのは――あまりにも不自然すぎる。何かの意思が介在している可能性が、極めて高い。

そこに、今回も突如として現れたこの男。関連を疑うには十分だ。

そんな意思を込めての問いかけ、そして観察に――しかし男は飄々と。

「……なるほど？」

うっすらとだけ笑みを深めて、受け止める。否定も肯定もまずはせず、むしろその質問の意味自体を探るかのような表情。

……やりにくい、と感じた。

「その反応、少なくとも知ってはいたんですか？」

「いんや、初耳。なるほど、今の話から察するにここ以外でも結構暴れまわってそうだね君。……その幻想種とやらは知らないけど、多分俺たちとは別口だよ。『そいつら』にもいずれ対処はしないといけないだろうけど――少なくともしばらくは動かないだろうし、まぁ目的も被《かぶ》りはしないだろうから、ぶっちゃけそんなに興味はないかな」

「！」

　関係ない、という台詞《せりふ》が真実かどうかは不明。

けれど、それ以上に見過ごせない情報が今はあった。

「……知っているんですか、何か」

「てことは君は知らなさそうだね。そうなるとま、君よりは情報を持ってると思うよ。『幻想種の魔物をけしかけられる存在』だろ？　そういう血統魔法の使い手でも多分幻想種クラスは不可能な以上、可能性としちゃ一つだろうな」

　舌戦に慣れている、との印象を受けた。

　こちらの言葉から的確に情報を読み取って、逆に向こうの出す情報は興味を煽《あお》るものを選びつつ致命的なところは開示しない。

　自分たちの主張を何も聞かず押し付けてくるこれまでの貴族たちとは違う、洗練されて知性の極めて高い……直感だが、ユルゲンと対峙《たいじ》している時と似たような感覚すら覚える。

　恐らく、知らないのは真実。そして『けしかけた存在』の詳細までここから聞き出せることはないだろう。そう判断するとエルメスは、次の疑問に進める。

「では……あなたたちは、何なんですか？」

「大体予想はついてるんじゃないか、君も」

その質問を待っていた、とばかりに男は笑みを深める。

「ただのしがない――この国が、嫌いで嫌いで大ッ嫌いで仕方ない連中だよ」

「……」

「君、そんだけ強くてちょっと話しただけでも分かるくらいに聡明《そうめい》だ。じゃあさ、疑問には思わなかったか？」

「何をでしょう」

「――この国の連中は、あまりにも阿呆《あほう》すぎるってことさ」

……読み通りの、回答だった。

「確かに、国のシステムからして真っ当に考える存在が育ちにくいことは同意しよう。だが……だとしてもあんまりにも、良識と能力を持った存在が極端に少なすぎるよな」

「居ないわけではないでしょう。尊敬できる大人も僕は知っていますし、そういう人たちによって曲がりなりにも国は保たれてきたのではないですか？」

「曲がりなりにも、な」

エルメスの返答に、ひょっとすると無意識に込められた僅かな同意のニュアンス。それをしっかりと捉えると、男は続けて。

「極端に少ない理由を言おうか。――良識と能力、そんで先見のある人間は。そもそもこの国を見限るんだよ」

「……」

「何をどう足掻《あが》いても未来はない。そう見切って他の国に行くか、或《ある》いは俺たちのように様々な理由で、この国に怨嗟《えんさ》をぶつけるか。

圧倒的に多いのは後者だ。この国はそれだけのことをいくらでもしてきた。華やかで綺《き》麗《れい》で空虚な魔法の底に、どれほどのどす黒い汚泥が溜《た》まっていると思う？　臨界点なんざ、疾《と》うの昔に超えている」

淡々と語られる……けれど底知れないものを秘めた口調ののち。

「と、まぁこれ以上は語りすぎで怒られちゃうな。――というわけで、本題だ」

思考と口調を切り替え、戦うつもりはないと言うように手を広げて。

「君さ、こっちに来ない？」

「……え」

「おや、そんな意外か？　むしろこれを言うためにここまでお話ししたんだけどな」

意表を突かれたエルメスに対し、男は薄く笑いながら語る。

「俺たちも、強い仲間はぜひ欲しい。さっきまで見ていたが君は文句なしに強いし……これは勝手な印象だが、考え方も他の貴族とは違うように感じる。むしろこっち側の方が性に合っていると思うんだが」

「……似たようなことは、ニィナ様にも言われましたが」

「ニィナ……？　ああ、あのスパイの子か。そっちは俺の管轄じゃないから詳しくはないけど……そっちにも勧誘されたんなら尚更《なおさら》欲しいな。どうだい？」

今の返答にも、様々な情報が詰まっていた。

それを慎重に整理しつつ……けれど、返答だけは迷う必要はないのでエルメスは答える。

「申し訳ございませんが、お断りします」

「へぇ。何で？」

「いかなる考えであれ……人の執着を煽り立て、せっかく変わろうとしていた場所を無為に壊すような方々の手は取れません。思想を否定はしませんが、行動を受け入れたくはない」

「……やっぱり、あの学園の変化は君が主導だったのか」

エルメスの言葉に、男は納得の響きと共に呟くと。

「……はぁ。つまんないなぁ。どうしてあんな連中を庇《かば》う？　あんなの、潰し合わせてそれを上から眺めて楽しむくらいしか使い道ないよ、もう」

「……」

「君でも……いや、むしろ君だからこそ分かっただろう？……この国が、どれだけどうしようもないか」

……否定は、しない。この学園で味わったことが、プラスの印象ばかりをエルメスに与えたとはとても言えないからだ。

でも、とエルメスは心中で意思を固め、それを表すように前を向いて告げる。

「それだけでは、ない。僕はそう信じます」

その真《ま》っ直《す》ぐな視線を男は受け止めると、諦めたように息を吐いて。

「……流石《さすが》に、すぐに鞍替《くらが》えしろって言っても無理があるか。りょーかい、今日のところは諦めよう。知ってもらえただけでも十分だ」

そこで話を切り上げて、身を翻そうとする。

「ま、気が変わったらいつでも言ってくれ。あのクラ……なんだっけ。自意識過剰なお坊ちゃんとは違う、これは本当の勧誘だ。君がそっち側につくなら、いずれまた対面するだろうしね」

「……」

「一応俺、組織の中じゃそこそこ偉い人だから。言ってくれれば十分取り次げる。……そういうわけで！　お互い多少は親睦を深めたところだし、ここで解散と――」

「……」

「――いうわけには、いかなさそうだねぇ」

流れのまま解散……及び逃げ出そうとした男だったが、当然エルメスは許すはずもない。

腰を落として入口を塞ぐエルメスに、男は殊更にため息をつく。

「……うぇ。マジでやるのぉ……？　やだよ、君強いじゃん……俺、リスクのある戦いは極力避けたい派なんだけど……」

「すみませんが、避けられないとご理解いただければと」

「いや、いくら君でも学園でのあの大立ち回りの後だ、万全とは程遠いでしょ？　俺もあのレベルの結界を張り続けて相当消耗してるしさ。ここは痛み分けということで一つ……」

返答は、既にない。

そこでようやく男も覚悟を決めたか、更に大きくため息をつくと――笑って。

「――しょーがない。そんじゃ、痛い目見てもらおうかな」

「！」

気怠《けだる》げな雰囲気を吹き飛ばして、顔を上げる。まさしく切り替えたように、戦意を瞳に宿して告げる。

「君は強いよ。でも……ただ真っ当に強いだけだ。それじゃあこの先は生き残れない。

――先達として教えてあげよう、この国の『底』は、君が思っているほど浅くはないと。代償は大怪我《おおけが》だけど、必要経費と受け入れな」

「ご忠告どうも。ではどうぞそれを示してください。貴方《あなた》の魔法で」

ようやくやる気を見せた男と、エルメスが正面から相対する。

最後の言葉を交換し、お互いに魔力を高め、魔法の準備を完了し。

「血統魔法――『悪神の篝幕《ゴエティア》』」

「術式再演――『灰塵の世界樹《レーヴァテイン》』」

郊外で人知れず、二人の強者が激突した。

◆

戦いは、数分で終わった。

戦場を後にして、悠々と歩くのは――くすんだ灰色の髪をした男。

最後にイレギュラーこそあったが、終わってみればこの通り。

宣言通り任務を完了し、学園を後にして。あとはボスに報告するだけ、と仕事を終えた男は、笑って呟《つぶや》く。

「…………いや、参った」

――その体から、夥《おびただ》しい量の血を流しながら。

「あの子、ヤッバい。悪い、正直舐《な》めてた。リスクがあるとは言っても『ちょっと怪我するくらいかなー』と思ってたらこれだよ」

そう、宣言通りのことを行った。戦う姿勢こそ見せたが、彼の目的は徹頭徹尾離脱だ。それをチラつかせることで戦闘を優位に進め、この通り逃げおおせることにはきっちりと成功したのだ。

問題は、そこからだった。

向こう……エルメスも、男の力量を見て途中で気付いたのだろう。

——勝てないと。この状況では、男の勝利条件である逃走を阻止するのは不可能だと。

それを把握して、彼が何を行ってきたか。

「あいつ、目標を切り替えてきやがった……！」

逃走阻止が不可能ならば、その先の次善策。

——『タダでは逃げさせない』。

そう目的を変更し、それに適した魔法の使用に切り替えた。

その結果が、今の男の状態だ。全身から流れる血に関しては、正直然程《さほど》問題はない。治癒系の魔法を本拠地で受ければ済む話だ。

問題は——今も彼の全身を這《は》い回る、彼以外の魔力。それは未《いま》だ呪詛《じゆそ》にも似た性質を持って彼を蝕《むしば》み続けている。

「炎に、氷に……雷もか。おいおい、この手の効果って竜種とか幻想種が使う『侵食』系統の魔法じゃねぇか。どんだけ手が広いんだあいつ、ってかどうやってんだよ。くそっ、ありったけの機能低下《デバフ》かけてくれやがって……！」

これればかりは、即座に治癒というわけにはいかない。

本拠地に戻ってから、じっくりと時間をかけて解呪《ディスペル》するしかない。その手の魔法使いは希少なこともあって、更に完治までには時間がかかるだろう。

……その間、彼を中心とした計画が遅れることは避けられない。

「どんだけ戦闘慣れしてんだあいつ。もうちょっと結界の解除が早ければここまでは喰《く》らわなかったか……？　いや、無理だな。あの状況じゃあれが全力だ」

分析し、悪態をつきながらも……しかし、男は笑う。

「流石にあの場で魔銘解放《リベラシオン》を使うわけにもいかんかったし……しゃーない、認めよう。してやられた」

むしろ、ここまできっちり最大限の戦果を挙げられたなら向こうを褒めよう。

計画が大きく遅延することは手痛いが……その分成果はあった。最も警戒すべき相手を、この時点で認識することができたのだから。

「……面白いじゃん。上等だ」

そうして男は笑みを浮かべる。どこか気怠げな態度の中でも、確かにある意思に従って。

「しっかし、ボスへの報告事項が積み上がっていくなぁ……あー痛いしんどい面倒臭い。だから戦いたくなかったんだがな……ま、次上手《うま》くやれば済む話か」

今回の反省点は多い。

だが、自分は生き残った。ならばその反省を踏まえ、次回以降はこの失敗をしないように立ち回れば済む話。その信念の元に、男は最後に告げる。

「『学習』と『進化』こそ、俺たちの武器。貴族どもが失った俺たちの特権だ。そうだろう、ボス……！」

痛みを紛らわせるように、言葉を続けて。

男は人知れず、闇の中へと消えていくのであった。

◆

同刻。

エルメスも戦いを終え、学園に戻るべく歩みを進めていた。

「……っ」

――彼も同様に、全身から血を流しながら。

「……宣言通り……大怪我、させられたな」

無論、見合うだけの成果はもぎ取った。口ぶりや話の内容から察するに、あの男が組織の中で相当重要な立ち位置なのは間違いない。それをしばらく行動不能にしたことは、確実に今後に影響してくるだろう。向こうの目的をある程度推測できたのも収穫だ。

だが、それに男の言った通りの代償を支払わされたのも確か。当初の目標だった捕縛も叶《かな》わなかった。

傷自体は、強化汎用魔法で徐々にだが治せる。

よってそこからエルメスの思考は、自らの負傷よりも――男の魔法の方に向く。

「……あの、魔法……」

桁違いに強力で、多彩な魔法だった。本人の立ち回りも技術力も申し分ない、人間の個人戦力としてはエルメスがこれまで相対してきた中で師匠に次ぐ強敵だった。エルメスが、油断なく挑んでこの状態であることがその証明だ。

だが、それよりも。何より彼にとって衝撃的だったのが。

「魔法が……解析、できなかった」

学園での生活を経て、彼の血統魔法に対する理解能力は格段に上がった。

今ならどんな魔法でも、断片くらいは読み取れると思っていた。

しかし、それを真っ向から否定するように。あの魔法はエルメスに何も読み取らせてくれなかったのだ。

これまででも、エルメスが解析しきれなかった魔法はある。師であるローズが持つ三つ目の血統魔法はその最たるものだ。

でも、あれは。あの魔法は……何か、そういったものとは違うように感じられたのだ。

まさしくこれも男の言う通り、エルメスの知る魔法とは何処《どこ》か根本が違う。真っ当ではない、得体の知れない何かを感じた。

「……この国の『底』は、思っているほど浅くない、か」

男の言葉を反芻《はんすう》する。その点に関しても、確かに認識を改める必要があるだろう。

「……はは」

それでも、彼は笑う。

むしろ男には感謝しよう。まさしく身をもってそれを教えてくれたことに。

まだまだ未知の魔法があることだって——彼にとっては、高揚こそすれ落ち込むべき事柄ではは断じてないのだから。それだけ、辿《たど》り着ける高みがあるということなのだから。

きっとこの先は、あの男をはじめとしたより大きなものと戦っていくことになるのだろう。

望むところ、と戦意を燃やし。ようやく一通りの治癒が完了したので、少しだけ歩調を速めて——そこで。

「……エルメス、さん」

金髪の少女が、正面から歩いてくるのを見た。

「サラ様。どうしてここに？」

「貴方が居ないのが気になって……その、大丈夫ですか？」

流石に彼女には、先ほどまで怪我をしていたことはバレるらしい。

安心させるように笑うと、エルメスは続ける。

「クライド様をけしかけた黒幕を追っていまして。……すみません、取り逃してしまいました。が、多少の戦果と情報は得られたのでその件はまた後で」

「え……ええ!?」

「とにかく、学園の混乱を収めましょう。クライド様の監視も——っと」

色々と想像以上の情報を告げられて驚きを見せるサラ。

そんな彼女をよそに、彼は学園に戻ろうとするが——そこで、ふらりと体が傾く。血を失いすぎたらしい、前のめりに倒れようとするエルメスを、サラが慌てて抱き留める。

「……あー、すみません。……というかなんだか、よくこういう状況になりますね」

彼女の魔法の性質によるものだろうか、どうもサラの前だと回復を当てにして力が抜けてしまう傾向にあるらしい。

そんなことを思いつつ、体を起こそうとしたエルメスだったが――

「っ！」

「……サラ様？」

ここで、彼女が予想外の行動に出た。

エルメスを離すどころか……より、力を入れて抱き締めてきたのだ。

「……ええと。できれば離して、あと回復もしていただけるとありがたいのですが。貴女《あなた》の魔法であればまだ動けますし……」

「いえ……もう、大丈夫ですから」

彼の要請に対し、サラは穏やかに拒否を示す。

「学園の方は、カティア様が中心となって混乱を収めてくれています。Bクラスの皆さんも協力してくださっているので、人手は十分あります」

「え……」

「だから……貴方は、もう休んで大丈夫です。貴方が変えてくれたおかげで、もう貴方一人が頑張る必要は、なくなったんですから」

「！」

その彼女の言葉は、彼がここに来て得たものを端的に表していただろう。

「後は、わたしたちに任せてください。治癒もして差し上げますから……安心して」

「……そう、ですね」

その言葉と、紛れもない信頼で。彼は張り詰めた気をほどく。すると想像以上に消耗していたらしく、すぐに意識が薄れてきた。

そんな中、彼女の声が聞こえる。

「ありがとうございます、エルメスさん」

「……ええ、と。何がでしょう」

「……すみません。その、すごく色々ありすぎて言い切れないのですが……とにかく、本当に……ほんとうに、ありがとう、ございます……！」

微《かす》かに湿った声。

そこから彼女は、先ほどとは違う様子でより腕に力を込めてきて。

「だから、その……今だけは。しばらく、こうさせて、ください」

その言葉を、ほどけた思考の中で聞き届けてから。

温かな魔法と柔らかな香りに包まれて、エルメスは意識を手放すのだった。

終章 激動の予兆

——おとぎ話が、好きだった。


きらきらしていて、少しだけ暗くて、でも最後は優しい世界のことが。

どこかコミカルだけれど、それでも一生懸命生きている人たちのことが。

その雰囲気が、美しさが、どうしようもなく好きだった。

この世界で生きられたら、どんなに素敵なことだろう。そう子供心に思ったものだ。


今となっては思う。今までの自分はきっと、そこまでで止まってしまっていたと。

理想ばかりを見据えて、そこに向かう行動をしただけで何かをした気になって。叶わないことを嘆いて悲劇に酔うだけでは、嫌だと思ったから。

理想を見て、現実を知って。打ちのめされても、逆風が吹いても、進みたいと思ったから。お城に閉じこもるだけのお姫様では、壇上で微笑《ほほえ》むだけの聖女様では、いられないと思ったから。


誰もが真っすぐに綺麗《きれい》に生きられて、誰かの一生懸命を称賛できて。優しさが踏み躙《にじ》られることもなく、気高いものには確かな憧れを持てて。

鳥籠の要らない、そんな世界を。自分で創るくらいの気概がないと、きっとこの夢は叶わない。

そして――そのために魔法があると、教えてもらったから。

おとぎ話は、現実ではないけれど。それを誰かが現実であれば良いと思ったからこそ、誰もの理想として伝わってきたもの。

ならば自分が、それを継ぎたい。傲慢でも、強欲でも、美しいと言ってくれた理想を魔法の象《かたち》にするために、自分だってどこまでも進んでいきたい。

今は足りないものが多すぎて、どうしようもなく未熟だけれど。それでも良いと、進み続ける姿を肯定してくれた人が、憧れることを喜んでくれた人がいたから。

だからわたしも、もう少し。

――あなたのそばで、あなたを見ていても良いですか？

◆

かくして、魔法学園を襲った未曽有《みぞう》のテロは幕を閉じた。

誰も予測のできない、一人の生徒の暴走という形で始まったこの事件。それは学園の施設や風評に壊滅的な被害を与えたが……それでも、奇跡的なことに死者、人的被害は一切ないままに事態を終えることに成功したのだ。

その一点によって、学園の評価は辛うじてのところで守られたと言えるだろう。

だが、それは。この学園の管理者である教員の評価と、必ずしも同一ではない。

「——そういうわけで」

むしろ、今回に限っては真逆と言っても良い。

崩れかけた学園の一室。そこに集められた学園の教員陣を前に、眼鏡をかけた細身の男性が口を開く。

「裁きの時間だよ、教員諸君。この学園を襲った事件に対して——何もできなかった、その責任を取る時だ」

男、ユルゲン・フォン・トラーキアの冷徹な視線に射抜かれる教員陣。

彼らが座っている場所は奇《く》しくも、以前対抗戦の後エルメスを詰問した場所だった。

あの時は自分たちがこの学園の絶対者だった。自分たちの思う通りに生徒を動かし、教育機関特有の治外法権を利用して自分たちの王国を築くことができていた。

だが、それは今や全て剝がされた。

生徒たちの多くは、既に自分たちの手を離れ。来たるテロにおいては、あろうことか襲い来る魔物たちに対して何もできず、学園の防衛を全て生徒に任せる始末。

言い訳は、最早《もはや》できない。考えうる限りの弁明は全て尽くした上で、それでもどうにもならず、全ての抵抗の手段を奪われてしまったからこそ——最終執行人として、この法務大臣がやってきたのだから。

「責任、責任だと……？」

それを完璧に理解した上で、彼ら教員陣が行ったのは。

「——我々に一体、何の責任があると言うのだ!?」

あろうことか、開き直りだった。

「まず我々の仕事は、生徒たちを教え導くことだ！　生徒たちを守ることではない！」

「そうだ！　あんな事態など通常の魔法使いにはどうしようもないではないか！　あれを前にしては教師も生徒も関係ない、撃退できたのは、たまたま生徒たちに撃退できる力を持った者が居たからだ！」

「ああ！　むしろ——それほどの力を持った生徒を育てた我々が評価されて然《しか》るべきなのではないかね!?」

「……」

変わらない、変われなかった貴族たち。

どうしようもないものは、確かにある。それを認識して、ユルゲンは何も言わず冷たい視線を向け続ける。

……いくら彼らでも、自分たちの言い分が厳しいことには気付いているのだろう。

むしろ何も言われないことが一番応えている様子で、冷や汗と共に言葉を続ける。

「な……なんだ、何だその目は！」

「我々は悪くない、悪くないんだぁ！」

「そもそも、今までは全て我々のやり方で上手《うま》くいっていたではないか！　どうして今になってそうではなくなったのだ！　おかしいではないかっ!!」

「……そうだね。確かに今までは……表面上、問題が起こることはなかった」

ようやく、ユルゲンは口を開く。

この学園に限ったことではない。血統魔法を受け継いだ、この国全体に言えることだ。

「けれど、それは問題がなかったからではない。とっくにあった綻びを、血統魔法という遺産を食い潰す形で繕っていただけだ。……それが、君たちの代で繕い切れなくなっただけ。君たちが正しかったわけではないんだ」

「なっ……それは」

ユルゲンの返答に、教員たちは一瞬言葉を詰まらせると――

「――なら、尚更《なおさら》我々は悪くない！」

……尚も、開き直りを続けた。

「貴様の言葉が正しいなら、我々は昔からのやり方を踏襲しただけで、何の罪もないではないか！」

「そうだとも！　私たちは運が悪かっただけだ！　そもそも——そういういずれ破綻するものを作った側が、与えた側が悪い！」

「そうだそうだ！　我々は被害者だ！　我々だけが昔からの負債を受け取らなければならないなど、おかしいではないかッ!!　だから——」

「……へぇ」

ユルゲンは、すっと目を細めて。

「だから——自分たちもそれを次の世代に押し付けても良い、と？」

教員たちが、息を吞《の》んだ。

言葉の内容ではない、ユルゲンの威圧に押されての形だ。言葉の内容に関しては、否定するどころか……むしろ丸ごと押し付ける気だったのが顔つきでよく分かる。

「……そんなわけがないだろう。私たちの代で気付いたからこそ、私たちの代で終わらせなければならないんだよ」

少しだけ熱を帯びた声で、ユルゲンが続ける。

「この国は今、変わろうとしている。過去の遺物に頼りすぎない、力を持った国になろうとしているんだ。その足を引っ張るもの、過去に縋《すが》り続けようとする要素は全て——私が、丸ごと持っていく」

そこで言葉を一つ区切ると、軽く息を吐いて。

「……まぁ、君たちの言い分はよく分かった。だから——これ以上、私は何もしないよ」

そう告げられた教員たちは、一瞬呆《ほう》けたのちに……一斉に汗を噴き出させる。

気付いたのだ。『それが一番困る』と。

そう。正直な話、ユルゲンが何も手を下さずとも彼らは既に詰んでいるのだ。対抗戦のAクラス敗北と、その後の対応のまずさに関しての学園生徒保護者からの突き上げ。

加えて、今回のテロ事件への対応が表沙汰になった件。先ほどのあまりに自分勝手な物言い、言うのは勝手だが——それを、他の貴族たちが聞き入れてくれるかは別問題だ。

むしろ、裁いてくれた方が良かったのだ。そうしてくれれば、『既に裁きを受けた』ことを強力な言い訳の一つとして使える。

故にこそ、ユルゲンはそれをしない。ここに来たのは具体的な罰を与えるのではなく、『見捨てる』と宣言をしに来たのだ。そうすれば最早彼らの末路は、他の貴族に四方八方から叩《たた》き潰されての圧死以外あり得ないのだから。

聞きたいことは聞けたし、話は終わり。そう言わんばかりに身を翻すユルゲンの背に、しかし一つの声が届く。

「……待て、トラーキア……！」

「……ルジャンドル君か。何だい？」

振り向くユルゲンに、憎々しげな声を上げるのは学年主任のルジャンドル。

彼は年の近い公爵家当主に、怒りと権力への嫉妬に満ちた声色でこう告げた。

「そもそも、お前は何なのだ！　いつもいつも、どこからともなく現れては好き勝手場を自分の都合の良いようにまとめて帰っていく！　口ばかり達者な詐欺師如《ごと》きが、責任ある立場の人間として恥ずかしくないのか!?」

「そ……そうだ！　そもそもここは魔法国家、物言いたくばまず魔法を見せるべきではないのかね!?」

「力なき者の言葉など何の意味も持たぬわ！　いや、むしろその言葉を力ある者のために使うべきだ！　このまま言いたい放題言って我々を侮辱しただけで帰るなど、そんなことが許されるとでも!?」

ルジャンドルの狙いを察して、他の教員も追従する。

……なるほど。ユルゲンはどちらかと言えば文官寄りの人間で、武力、力の面で有名な人間ではない。その辺りと、魔法国家である特性を突いてユルゲンを糾弾する。あわよくばそうして屈服させ、ユルゲンの権力を自分たちに都合の良いように使う。

色々と分析したが……まあ、要は、『追い詰められたから力押し』というわけだ。

……呆《あき》れ返りつつ、しかしユルゲンは告げる。

「……つまり何だい、何か物を言うのならそれに相応《ふさわ》しい力を見せろ、と？」

ある意味で、挑発に乗るような言葉。それを確認したルジャンドルは口角を吊《つ》り上げると、更にユルゲンの逃げ道を塞ぎにかかる。

「そうだとも！　ああ、もちろん政治的な力では断じてないぞ？　具体的な魔法の力、そう、血統魔法だ。それこそ我々の証《あかし》、その優劣こそが貴族の優劣！　それが足りぬものの言葉など何の意味も――」

「うん、分かった」

「――なに？」

しかし。あっさりと、平然とユルゲンは答える。

「ごちゃごちゃ言っているけど、要は『血統魔法を見せろ』ってことだろう？　いいよ、見せて困るような人間はここには居ないし。じゃあ、早速」

ルジャンドルが驚く間もなく、ユルゲンは魔力を高め、息を吸って。

「【――――】」

唄《うた》い、そして。


……彼らは思い違いをしていた。

文官というユルゲンの印象。戦場での功績がほとんど見当たらないという事実。それらから、『ユルゲンの血統魔法は大したことがない』と勘違いしていたのだ。

そして、彼らは思い知る。

彼らの言った通り、ここが魔法国家であることを。魔法があまりに大きく評価されることの国で、権力を持って成り上がることの意味を。

すなわち――『公爵家当主』が、弱いわけがないのだと。

「な……ぁ……っ」

魔物の襲撃で、ひび割れた校舎の一角。

その中の一室が、地獄絵図と化していた。

教員陣に被害はない。その代わりに、床や壁のあちこち、どころか全てが抉《えぐ》り取られ、大破し、机全てが粉々に砕け散っていた。

教員たちは全員顔を真っ青にして座り込み、恐怖に歪《ゆが》んだ顔で、中心に唯一立つ紫髪の男を見ていた。

「……どうせ取り壊すとは言え、派手にやりすぎたかな」

「ぁ……き、さま……」

同様に青い顔をしたルジャンドルが、恐怖に震える指でユルゲンを指す。

恐怖を覚えた理由は、二つある。

一つはその魔法の威力。確かに公爵家当主を名乗るに相応しい、凄《すさ》まじい魔法であった。

認める認めない以前の問題で、目の当たりにして分からされてしまった。

だが、それ以上に。ルジャンドルの体を震わせるのは、心胆を寒からしめるのは。

「な、なんだ……その、おそろしい魔法は……!?」

その魔法の、内容だ。

指摘するルジャンドルに対し、ユルゲンは対照的に涼しげな微笑で答える。

「これかい？　これはね……私の、罪の証だよ」

意図的にそうしている、そうする必要があるような感情の読めない表情で。

「かつて友から目を逸《そ》らし、妻を救うことができなかった私の罪過を象徴する魔法。誓いの形。この国の過去を濯《すす》ぎ、未来に託すための力だ」

ルジャンドルは勿論《もちろん》、他の教員も恐怖に呑まれてそれ以上何も言えなくなる。

そんな彼らに向かって、ユルゲンは微笑《ほほえ》みかけると。

「安心したまえ。過去にわたっての負債は、我々の世代が引き受けるべき。それは君たちにも同じことであり――そして、私自身も例外ではない」

淡々と、言い聞かせるように語る。

「故に、君たち過去の遺物が残らず破滅した後――私もちゃんと破滅する。そうして後は現存する真っ当な貴族と、子供たちに任せようじゃないか」

「――」

そうして、ようやく教員たちは悟る。

この男は。この国で、一部門の大臣にして公爵家当主という王族を除けば最高の権力を持つまでに出世しておきながら――

――それに、一切の執着がないのだ。

勝てるわけがない。そもそも見ているものが違う以上、懐柔も臣従も不可能。この男に目をつけられた時点で、自分たちは破滅以外の道がなかったのだと。

完全に心が折れた教員たちに向かって、ユルゲンは最後に一言。

「存分に恨むと良いよ。だから、一つだけ約束して欲しい。この魔法のことはできる限り口外しないこと。特にカティアの耳には入らないように。

……流石《さすが》の私も、娘に怖がられたくはないからね。いくら君たちでも、破ったらどうなるかくらいはもう分かるだろう？」

最大の恐怖を植え付けられた教員陣は、最早《もはや》頷《うなず》く以外の道を持たず。

こうして、ひたすら醜い抵抗を続けていた教員は、遂《つい》に破滅の海に沈んだのであった。


学校を出て、帰りの馬車に一人乗りながらユルゲンは思う。

（……流石に、魔法を使ったのはやりすぎだったかな）

魔法に頼らずとも、あの場で彼らをきっちり破滅させる手段などいくらでもあった。

にも拘《かか》わらず、漏洩《ろうえい》のリスクを負ってまで魔法を使った理由は。完膚なきまでに恐怖を植え付けた理由は。

（……いくら私でも、彼らには思うところがあったのかな）

彼ら——教員陣、貴族たち。特権を守ることしか頭になく、誇りを失った——

——彼の妻を、間接的に殺した者たち。

「私もまだだなぁ。……これに囚《とら》われる行動はやめると決めたんだけど」

小さく、彼は呟《つぶや》く。

そう、あの日に決めたのだ。過去はあの日に置いて行って、そこからは未来に託すための行動をすると。それが、友への贖罪《しょくざい》になると思ったから。

故に、ユルゲンは思考を切り替える。過去ではなく、未来のことへと。

学園は変わった。確かに校舎は滅んだけれど、一人の少年を中心として多くの人に変化の意思は伝わっただろう。ユルゲンの、狙い通りに。

（……まぁ、とは言え。学園機能を壊滅させられたのは間違いなく変化を波及させる上では痛手なんだけど）

それを成した、王国の裏側に暗躍する組織。

存在は勿論知っていた。けれどここまで早急な行動を狙ってくるとは予想外だったし……きっと、今後も躍動は更に加速すると思われる。エルメスたちを中心とした王国の変革、その大きな敵として今後も立ちはだかることは間違いないだろう。

エルメスの魔法が大々的に明かされてしまったのも当然当初の予定にはない。できれば切り札としてもう少し秘めておきたかったのだが、まあそう上手《うま》くはいかないものだ。彼に対する他の貴族の反応のケアも必要か。

……とまぁ、色々あったけれど。

総合的には確実に、前に進んでいる。彼の目的、そのゴールは確実に見えるところまでやってきた。

後は王国を完全に変えて憂いをなくし、その先を未来に託して。

それで自分はお役御免。宣言通り権力を全て手放して破滅する。

とは言え、死ぬつもりはない。理由は単純、死ねば娘が悲しむからだ。

それくらいには娘に慕われている自信があるし、彼自身も勿論愛情を持っている。

故に、一人の親としては——せめて娘の結婚くらいは見守りたいものだが。

「……現時点での最有力候補があの調子だからなぁ……」

これにはユルゲンも苦笑する。

この目標においては、色々な意味で彼は強敵だ。加えてなんだかあの学園生活を通してある面での強敵度が更に加速したような気配さえする。

有力な傘下の魔法使いが増えることは喜ばしいが、その点においてだけは非常に反応に困るというのが本音だ。加えて、自分の今後の行動によってはむしろその部分を加速させかねない辺りが何とも皮肉なところである。

「……まぁ、そのことで下手に干渉するつもりはないけれど」

流石に、子供たちの青春に土足で踏み入るほど野暮ではない。

それに——むしろ、そういう光景こそがこの先を作ると彼は信じている。

だから、まあ、きっと——大丈夫だろう。

(……少し、疲れたな)

丁度良い、馬車が家に着くまで仮眠を取ろう。ただでさえ、慢性的な睡眠不足に陥りがちなのだし。

それに……きっとここから先は、もっと忙しい日々が待っているし。

思考を穏やかに、口元は緩めて、輝かしい彼らの未来を夢に見て。

理想を目指す男が一人、穏やかに微睡《まどろみ》の中に沈んでいくのだった。

◆

学園の生徒たちの顚末《てんまつ》を述べよう。

まず、今回の事件の主犯であるクライドは大罪人、及び今回のテロを唆した組織の人間に対する参考人として事情聴取、そして裁判に回されることとなる。

……だが、事情聴取の方は芳しくないようだ。あの男が魔法を使ってクライドに人相を含めた情報を与えなかったこともあるだろうし、本人も頻繁に支離滅裂な言動を繰り返しているとのこと。……聴取をする側の苦労も察せられる。

その分、直接相対したエルメスが情報を伝えておいた。時間が短かった分詳細なことは分からなかったが、クライドより多少はましだろう。

聴取が終われば、裁きの時間だ。……きっともう真っ当に戻ることは不可能だろうが、どのような内容でも最早自分たちにできることはない。後は大人の仕事だ。

加えてヘルムート家も、流石にクライドのやらかしたことが大きすぎたため最低でも大幅な降爵、取り潰しの可能性も十二分にあり得る。

それを告げられた現侯爵は、『教育を間違えた我々の責任だ』と心から沈痛そうな面持ちで語り、どのような罰でも受け入れる姿勢らしい。

学園の生徒たちは、学園の機能が一時停止しているため大半は実家に戻っている。学園を襲った事件、そして学園に吹きつつあった新しい風を受けて、多くの生徒たちが改めて身の振り方を考えるだろう。

これまで通りの姿勢で、学園に通い続けるのか。或《あ》いはいっそ学園を辞めて、領地の発展に寄与するのか。

或いは——激変しつつある勢力図に合わせて、大幅に立場を変更するのか。

そう、例えば、

「……ようやくゆっくりできるわね……方々に話し続けて流石にしんどかったわ……」

「ですね……これは、僕も」

「はい……その、お疲れ様です、お二人とも」

現在、エルメス、カティアと共に卓を囲んで紅茶を差し出す、サラ・フォン・ハルトマンなど。

今までは公爵家に避難する形を取っていた彼女だったが……今回正式に名目上は傘下に入った証《あかし》、兼見聞を広める行儀見習い的な扱いで、トラーキア家の世話になることになった。

既に男爵家当主、サラの父親との話し合いはそう済んでいる。

……彼女の母親についても、今後時間をかけて向き合っていくつもりらしい。

確かに良好な関係とは言えなかったが……母親の教育によって得られたものも、確かにあった。そう彼女が語ったからだ。

その決断を、エルメスもカティアも尊重すると決めた。

後は彼女を友人として支えるだけだと、主従揃《そろ》って決心したのだ。

そしてそんな主従に加えてサラは現在……心持ち疲れた様子で椅子に座り込んでいる。

理由は先ほどの言葉通り、彼らも方々から事情聴取を受けまくっていたからだ。

それもそうだろう。この三人はあの学園の騒乱を収めた最功労者たちだ。

防衛戦において指揮を執り、魔物撃退にも最大の貢献をしたカティア。

校舎を守る結界を展開し、条件付きだが魔銘解放《リベラシオン》にも覚醒したサラ。

そして――常識外れの魔法と共に異次元の活躍でクライドを最終的に撃退したエルメス。

あの光景は、あの場に学園に居た全員が目撃してしまっている。

今までの目撃者とは桁が違う。いくらなんでももう隠し通すことは不可能だ。

既に水面下ではエルメスの調査や実力の洗い出し、手が早い陣営などはかなり露骨にエルメスを引き抜く動きなども見せているらしく、それらを現在ユルゲンが堰《せ》き止めているところだとか。本当にあの公爵様には頭が上がらない。

……まあ、ともあれ。

「僅かな間かもしれませんが……少なくとも今日は一息つけますね」

「……はい」

「本当にね。色々あったけれど、またこうやって今まで通り、みんなで一緒の席につけて……いえ」

そこで、カティアが言葉を区切る。

そうだ。『今まで通り』と言うには——一人、足りない人間が居る。

「ニィナさん……」

ニィナ・フォン・フロダイト。彼女がスパイだったことは、当然既にエルメスから話してある。

けれど、決して明確に敵対する意思があったわけではないこと。以前は立場上そうせざるを得なかったが、きっと今後は余地があるだろうことも話した。

彼女の行方は、あの事件の後杳《よう》として知れない。恐らくは他の生徒同様実家に戻ったと思われるが、それも定かではない。

……それでも。直感でしかないが、近いうちにまた再会することになると思う。

そう二人にも話したし、二人もそれを信じてくれた。

ならば、今は、それでいい。

「……そうね。本当に今まで通りにするために、また頑張らないと」

決意を込めて、カティアが呟き。二人もそれに同意する。

間違いなく多くのものを守ったけれど、失ったものもある。

今度はそれを取り戻すために……彼らはまた、歩き出すのだ。

そう決心を共有し、穏やかな空気が流れたその後のことだった。

「ところで、サラ」

カティアが、口を開く。

「なんだかエルとの距離が近いような気がするのだけれど、気のせいかしら」

「────えっ」

「今までは、もう少し席を離して座っていたわよね。でも今は……それこそ、私より近いんじゃないかしら。……いえ、席の位置程度でどうこう言うつもりはないのだけれど……何となく、気になって」

円状の机、そこに座る三人の席の位置を示して、やや控えめに指摘するカティア。

それに対してサラは、

「……あ、そ、その」

どうやら完全に無意識で、指摘されて初めて気付いたらしく。ぼっ、と顔を赤らめ、どうにか説明を捻《ひね》り出そうと四苦八苦するも結局何も思い浮かばず、俯《うつむ》いてしまう。

端的に言うと──一番やってはいけない反応だった。

「……へぇ？」

まずい、と理屈でなくエルメスは思った。

カティアの目がすっと細まる。何やら対抗戦のどこかで見たものと同種の雰囲気が溢《あふ》れ出す様子を彼は幻視した。

「そう言えばサラ、学園の襲撃が終わって、エルを迎えに行った後どこか様子がおかしかったわよね、ちょうど今みたいに。何かあったのかしら。ええ、気になるわ、とても」

そして学園生活で鍛えられた凄《すさ》まじい洞察力と直感で一番まずそうなところをピンポイントで指摘してくる。

先ほどまで和やかだった雰囲気に不穏なものが漂い始め、追及に耐えかねてサラが何事かを口走ってしまう、その直前。

こんこん、と部屋にノックの音が響く。

その音で、雰囲気はひとまず霧散する。やってきた人間の正体を把握していたカティアは流石《さすが》に追及を続けるわけにもいかず、扉の向こうに返答する。

「お父様？」

「ああ。入ってもいいかい？」

カティアが許可を出し、扉が開く。……正直すごく助かったようだ。

そうして入ってきた、カティアの父親ユルゲン。穏やかな表情で三人を見守る彼に、カティアは問いかける。

「学園での用事は終わったのですか？」

「そうだね。教員たちの処分も済んだ。いずれ機能が復興してからになるだろうけど……きっと、学園は生まれ変わるはずだ」

告げられた、確かなエルメスたちの成果。それを確認できて、彼らは顔を見合わせて喜びを交換する。それを微笑《ほほえ》ましそうに見届けると、ユルゲンは表情を引き締めて。

「……これで、一通りの後始末は終わった。だから……今後の行動方針に関する話をしたいんだが、今良いかな？」

それを聞かされて話を後にするほど、三人は不真面目ではない。

しっかりと聞く姿勢になった三人を見届けると、ユルゲンは口を開く。


「――王位継承争いが、本格的に始まった」

――。


それは、紛れもなく、次の波乱の予兆。

「知っての通り、これまで圧倒的な最有力候補者、王太子指名まで秒読みと言われていたアスター殿下が……つい先日、正式に継承権を剥奪された」

アスターの裁判が終わり、判決は下った。大方の予想通り廃嫡は確定、立場を考慮して処刑まではいかないものの、厳重な牢《ろう》の中で一生を過ごすことになるらしい。

そして……。

「それに伴い、他の候補者――これまでアスター殿下……元殿下の陰に隠れていた他の候補者、元殿下のご兄弟姉妹。加えてそれを支持する勢力が大きく動き始めている」

「……荒れますね、お父様」

「ああ、仕方ない。『第二候補』と呼べる人が居なかったからね。……そして」

ユルゲンが言葉を切って、次の一言は厳かに。

「——我々トラーキア家も、ここに参戦する。私たちの思想、考え方を理解してくださる候補者の方に当たりをつけることができた。そのお方を推す。そう……色々とイレギュラーはあったが遂《つい》に、この国を本格的に変える時がやってきたんだ」

「！」

宣言を受け、背筋を何かが這《は》い上がる。

それは今までやってきたことの集大成であり……大きな戦いの、予兆。

その様子を見やった上で、ユルゲンはエルメスに声をかける。

「そういうわけで、エルメス君。それに関連して、今回も君にお願いしたい極めて重要な任務がある」

「……はい」

ユルゲン曰《いわ》く『切り札』たる自分に与えられるもの。

それをエルメスは厳かに待ち構え、そこで。

「……ところでだけど、エルメス君。——学校は、生徒としての生活は楽しかったかい？」

突如ユルゲンが、脈絡のなさそうなことを聞いてきた。

面食らいつつも、素直に答える。

「もちろん、はい。色々とありましたが、通わせていただいたことには心から感謝しています」

「それは良かった。……ではきっと、生徒の気持ちもある程度は理解してくれたと思う。そんな君に――今度は生徒ではなく、先生の立場をお願いしよう」

前置きを終えると、ユルゲンは結論を告げるべくにっこりと笑って。

「――お姫様の、家庭教師をやってもらいたいんだ。いいかな？」

…………。

「…………はい？」

あとがき

ここまでお読みいただきありがとうございます。『創成魔法の再現者』四巻であり、『魔法学園の聖女様』編後半、これにて終幕となります。

王国の歪《ゆが》みに立ち向かう彼らの、始まりとなる一つの事件とその決着。今回のキーパーソンとなった彼女の成長と共に、楽しんでいただけたなら幸いです。


そして、本巻は一つの事件の終わりであると同時に多くの謎や敵も残していきました。

それを踏まえた上での次巻、新たなエピソードが開幕します。

本巻最後に出てきた彼や、エルメスたちの前から姿を消した彼女。そしてユルゲンが示唆した『お姫様』。王家の新しい人物や謎を残した人物たちと共に舞台を更に大きく広げ、王国全体を巻き込んだ過去最大の戦いに彼らは身を投じていくことでしょう。

コミカライズも開始し、『創成魔法』の世界はこれまで以上に盛り上がっています。

それに見合うお話を書けるよう今後も頑張っていきます。それではまた五巻、もしくはコミックの方でも。素敵な魔法と共に、皆さんにお会いできますように。

みわもひ

コミカライズ絶好調連載中!!
創成魔法の再現者
漫画 うさとる 原作 みわもひ キャラクター原案 花ヶ田
コミックス第①巻 好評発売中!!
連載はこちら!
オーバーラップ発
WEBコミック誌
COMIC GARDO
コミックガルド

創成魔法の再現者 4
魔法学園の聖女様〈下〉

発　行	2022 年 12 月 25 日　初版第一刷発行

著　者	みわもひ
発行者	永田勝治
発行所	**株式会社オーバーラップ** 〒141-0031　東京都品川区西五反田 8-1-5
校正・DTP	**株式会社鷗来堂**
印刷・製本	**大日本印刷株式会社**

©2022 Miwamohi
Printed in Japan ISBN 978-4-8240-0361-4 C0193

※本書の内容を無断で複製・複写・放送・データ配信などをすることは、固くお断り致します。
※乱丁本・落丁本はお取り替え致します。下記カスタマーサポートセンターまでご連絡ください。
※定価はカバーに表示してあります。
オーバーラップ　カスタマーサポート
電話：03-6219-0850 ／ 受付時間 10:00～18:00（土日祝日をのぞく）

作品のご感想、ファンレターをお待ちしています

あて先：〒141-0031　東京都品川区西五反田 8-1-5 五反田光和ビル 4 階　オーバーラップ文庫編集部
「みわもひ」先生係／「花ヶ田」先生係

PC、スマホからWEBアンケートに答えてゲット！

★この書籍で使用しているイラストの「無料壁紙」
★さらに図書カード（1000円分）を毎月10名に抽選でプレゼント！

▶https://over-lap.co.jp/824003614
二次元バーコードまたはURLより本書へのアンケートにご協力ください。
オーバーラップ文庫公式HPのトップページからもアクセスいただけます。
※スマートフォンと PC からのアクセスにのみ対応しております。
※サイトへのアクセスや登録時に発生する通信費等はご負担ください。
※中学生以下の方は保護者の方の了承を得てから回答してください。